將門毒后

卷一

千山茶客 著

楔子　毒誓

初夏的天，到了傍晚，滂沱大雨總是突然而至。

天色陰沉沉的，金碧輝煌的宮殿在烏雲籠罩下暗沉下來，彷彿巨大的囚籠，將裡頭的人困得牢牢實實。

本該富麗堂皇，纖塵不染的皇后寢殿，紗簾、擺設卻是陳舊不堪，還落了一層灰，地上更是散亂著衣裳和首飾，彷彿剛剛經歷了一場浩劫。本是炎熱的天氣，竟能覺出些許冷意。

一名女子跪坐在地，明明才而立之年，面容卻蒼老似老嫗，一雙眼睛猶如乾枯許久的枯井，流不出眼淚，卻又帶著深不見底的恨意。

「娘娘，請吧！」身前的太監手捧潔白絹帛，語氣盡是滿滿的不耐煩，「咱家還等著向陛下覆命呢！」

沈妙的目光落在太監身上，沉默半晌，才慢慢開口，「小李子，本宮當初提拔你的時候，你還是高公公身邊的一條狗！」

太監倨傲的微微昂頭，「娘娘，今時不同往日了。」

「今時不同往日……」沈妙喃喃重覆，突然仰頭大笑，「好一個今時不同往日！」

只因一句「今時不同往日」，那些從前見了她畢恭畢敬的臣子奴僕如今可以對她呼來喝去！因為「今時不同往日」，她就要落一個三尺白綾自行了斷的下場！

往日是個什麼往日？今時又是從哪裡開始的今時？是從楣夫人進宮開始？還是從她秦國為質五年再回宮開始？抑或是從長公主和親遠嫁慘死途中開始？

呵呵，「往日」到「今時」，皇后到廢后，不過就是傅修宜的一句話，何來今時不同往日！

寢殿的門「吱呀」一聲開了，一雙繡著龍紋的青靴停在沈妙面前，往上，是明黃的袍角。

「看在妳跟了朕二十多年的份上，朕賜妳全屍，謝恩吧！」

沈妙慢慢的仰起頭，看著高高在上的男人，時間沒有在他臉上留下任何痕跡，一如當初的丰神俊美，他是明齊的皇帝，是至高無上的君主，是她痴戀了二十多年的男人，與她相濡以沫的丈夫，現在卻對她說——朕賜妳全屍，謝恩吧！

「為什麼？」沈妙艱難的問出心中疑惑。

他沒有回答。

這讓沈妙再難壓抑心中的悲憤，怒吼出聲，「告訴我為什麼？為什麼要抄了沈家滿門？」

先皇育九子，九子各有千秋，偏太子多病，先皇又遲遲不肯改立太子，看似平穩的朝堂早已暗潮洶湧，各方勢力陰謀算計層出迭見。她愛慕彼時還是定王的傅修宜，不顧父母的勸阻，最終得償所願，卻也將整個沈家和定王綁在一起。

正因如此，她盡心盡力的輔佐定王，從什麼都不知的嬌嬌女到掌握局勢，出謀劃策的王妃，助他成為最後贏家。傅修宜登基那一日，立她為后，母儀天下，好不風光。

不料，奪嫡之亂剛落幕，還來不及整治內政，外敵匈奴就來犯，其他鄰國也虎視眈眈！為了借兵，她自願去了秦國做人質，走的時候，一雙兒女尚未足月，傅修宜還說，「朕會親自將妳接回來。」

五年後，她終於再回明齊，後宮中卻多了一個美貌才情皆是上乘的楣夫人。

楣夫人是傅修宜東征匈奴時，遇到的臣子女兒，喜愛她解語懂事，帶回宮中。楣夫人還為傅修宜生下二皇子傅盛。傅盛深得聖寵，倒是沈妙的兒子，太子傅明，不得聖心。

傅修宜曾經當著滿朝文武的面說，「傅明性子太柔，還是傅盛肖似我兒。」此話明明白白的指出有改立太子之意，這也讓沈妙有了危機感。

後宮之中，沈妙和楣夫人鬥了十年。楣夫人屢佔上風，甚至攛掇著傅修宜把她的女兒婉瑜公主遠嫁匈奴和親。匈奴人生性好鬥凶狠，婉瑜公主在和親途中就病逝了，當即火化，誰都知道這其中肯定有蹊蹺，偏偏身為母親的沈妙無可奈何。

到底還是走到了今日，傅修宜一道聖旨，沈家謀反滿門抄斬，太子自刎謝罪，她付出一生心血，僅換來兒女親人雙亡以及一條三尺白綾。

她只想問一句——為什麼？

「傅修宜，你有沒有良心？你我夫妻二十餘載，我自問沒有對不住你的地方。當初你想爭皇位，是我沈家助你；你想拉攏的朝中大臣，是我一一下跪求說服。你想出征匈奴，是我赴秦為質借兵。我為你傾盡所有，你回報了我什麼？楣夫人讓婉瑜和親，你便下旨，婉瑜才十六就病逝！你寵愛傅盛冷落傅明，滿朝皆知！現在你戮我滿門，我只問你一句，為什麼？」

傅修宜沒有一絲一毫的動容，彷彿冰冷的雕像一般，「沈妙，父皇在世的時候便打算對付幾大世家，沈家功高蓋主不可留，是朕勸住父皇。朕多留了沈家二十年，已經是對沈家天大的恩賜了！」

已經是對沈家天大的恩賜了！沈妙冷冷一笑，「為什麼留著沈家？不是你仁慈，也不是你的恩賜，你只是想利用沈家的兵權來增加奪嫡的籌碼。狡兔死，良狗烹，如今江山穩定，你就過河拆橋，傅修宜，你好狠的心！」

「沈妙！」傅修宜怒喝一聲，似是被戳到了痛處，「妳好自為之吧！」說罷拂袖而去。

沈妙伏在地上，握緊雙拳，這就是她愛了一輩子的男人，但到最後方才發現，她費盡心思與楣夫人爭寵根本是一大笑話，因為這男人的心從來都沒有在她身上過！那些情話耳語，不過都是為達目的的虛情假意！

「噗！」氣血翻湧，喉頭一甜，一口鮮血噴吐而出。

「姐姐這是怎麼了？看上去好生狼狽呀！」隨著一道甜美輕柔的聲音傳來，一個身著鵝黃宮裝的麗人就嫋嫋婷婷的出現在她眼前。

芙蓉面，楊柳腰，無物比妖嬈，這就是和沈妙爭寵十年，已勝券在握的楣夫人。

楣夫人的身後還站著另外兩名宮裝女子，沈妙不禁一愣，「沈清、沈玥!?」

這是二房和三房，二叔和三叔的女兒，她的兩個堂姐，怎麼會在宮中？

沈玥掩嘴笑道：「五妹妹不必驚訝，是陛下召我們姐妹入宮的。之前五妹妹總替我們姐妹打聽人家作媒，如今倒不必了，陛下待我們姐妹極好。」

「妳們……」電光石火間，沈妙已然明白，卻仍難以置信，「妳們遲遲不嫁，就是為了今日？」

「可不是嘛！」沈清上前一步，「當初陛下和我爹還有三叔達成盟約，只要說動大伯父讓妳嫁給陛下，助陛下完成大業，我姐妹二人也能有同樣的歸宿。」

當初沈妙能嫁給傅修宜，二房和三房確實在其中出了不少力。如今想來，當初她會愛慕上傅修宜，似乎也是二嬸和三嬸經常在她面前提起定王，讚揚他的才學與氣度，才讓她萌生出好感。原來是他們早就達成的協議嗎？原來二房與三房早就暗藏禍心嗎？

沈清卻生怕沈妙聽不明白似的，繼續道：「陛下龍章鳳姿，我姐妹愛慕已久，偏偏只有大伯父手握重權，不得已只能讓五妹妹捷足先登。五妹妹前些年已是享了不少福，如今也該讓位了。」

「沈清、沈玥，妳們別傻了！」沈妙突然坐正身子，「陛下已下旨抄了沈家，二房和三房怎會平安無事？」

「二房和三房當然會平安無事，因為我們是大功臣，大伯父造反的證據可都是我們兩房大義滅親指認出來的。五妹妹，陛下還要封賞我們兩房呢！」

「妳們瘋了嗎？」沈妙無比震驚的看著她們，「傅修宜要對付沈家，妳們竟然陷害自家人！」

「自家人？五妹妹，我們可從沒承認大房是自家人。」沈清冷冷一笑，「再說，如今太子已死，公主已故，大房已亡，妳還是早些下黃泉，跟他們團聚吧！」

楣夫人款款上前，「是啊姐姐，如今明齊江山社稷穩固，妳也該功成身退了。」

爭了十年，沈妙到底是輸得一塌糊塗，輸得太慘，輸得子喪族亡，輸成了一個天大的笑話！

她恨恨地道：「本宮不死，爾等終究是妃！」

「李公公，動手吧！」楣夫人朝小李子使了個眼色。

小李子立刻上前幾步，一手死死攥住沈妙的脖子，一手將白綾纏在沈妙的脖子上，然後雙手用力一扯。

聽到骨頭發出清脆的嘎吱聲響，沈妙瞪大雙眼，無聲的立下毒誓——

傅修宜、楣夫人、沈清、沈玥，沈家二房及三房，所有害過她的人，害過她親人的人，若有來世，必血債血償！

是日何時喪，予與汝皆亡！

第一章 開始

沈家大宅西院，堂堂大將軍沈信在定京的所居之地，沒有人們想像中的富麗堂皇，雕梁畫棟，反而只是白牆黛瓦，顯得過分簡單古樸。

雅致的閨閣裡，桌上狻猊紫銅香爐吐著淡淡的水木香，在初秋的天聞起來分外清爽。

一張精緻的楠木拔步床四角都掛了流蘇香包，色澤鮮豔。床邊有兩個丫鬟守著，刻意壓低聲音討論。

「天涼了掉水裡，幸好沒再發熱，但姑娘都睡了一天一夜了，怎麼一點動靜都沒有？昨日大夫明明說了今日會醒的呀！」穿著青衣的丫鬟面上難掩焦慮。

「是啊！」另一個紫衣丫鬟也是不安的朝門口張望，「穀雨，妳說都大半個時辰了，怎麼大夫還沒過來？」

「二夫人那邊盯得緊，這算是醜事，府裡都藏著掖著呢！」說起這個，青衣丫鬟穀雨就有些忿忿不平，「老爺、夫人和大少爺都不在京城，老夫人又偏心東院的，白露和霜降去找大夫遲遲未回，肯定是被人攔住了。這是要把姑娘往絕路上逼啊！不行，我得出去看看。」

話音剛落，便聽到床上的人發出一聲微弱的聲音。

「姑娘醒了!?」紫衣丫鬟驚喜地叫了一聲，就見床上躺著的少女揉了揉額頭，慢慢的坐起身來。

「驚蟄……」沈妙喃喃一聲。

「奴婢在呢！」紫衣丫鬟驚蟄笑著握住沈妙的手，「姑娘可覺得好些了？您睡了一天一夜，眼看著熱是退了卻不見醒，奴婢們還尋思著再請大夫過來一趟。」

「姑娘，要不要喝點水？」穀雨遞上一杯茶。

沈妙有些困惑的看著面前的兩人，她有四個一等丫鬟，驚蟄、穀雨、白露、霜降，俱是聰慧靈敏又忠心，可惜到最後一個都沒能留下來。

穀雨在她當秦國人質時，為了保護她不被秦國太子羞辱，死在了秦國太子手中。白露和霜降，一個死在陪婉瑜和親的路上，一個死在和楣夫人爭寵的後宮。

至於驚蟄，生得最為貌美，當初為了幫傅修宜拉攏關鍵權臣，自願為妾，美色成了權臣俯首的一大理由，只是最後她仍被權臣的妻子尋了由頭杖責而死。

得知驚蟄的死訊，沈妙大哭一場，差點兒小產。

如今驚蟄好端端的站在自己面前，眉目依舊秀美如畫，穀雨則笑盈盈的看著她，兩個丫鬟都是青春年少的好年紀，讓沈妙一時恍惚。

片刻，她才苦笑著閉上眼睛，「這死前的幻覺也太過真實。」

「姑娘在說什麼呢？」穀雨把茶杯放到一邊，伸手摸沈妙的額頭，「莫不是燒糊塗了？」

摸在額頭上的手冰冰涼涼的，舒適而真實，沈妙目光陡然鋒利，低下頭看著自己的手，潔白如玉，圓潤可愛，指甲修剪的整整齊齊，柔和而帶珠澤，一看就是雙養尊處優的手。

這不是她的手，她的手在秦國被當成僕婦一般呼來喝去，在回到明齊失寵，必須自己漿洗衣衫、打掃環境後，早已不再白皙柔嫩，而是生滿繭子，關節腫大，黑瘦乾皺，哪裡是這樣嬌嫩嫩的模樣？

「拿面鏡子過來。」

穀雨和驚蟄面面相覷，最後還是驚蟄去取了鏡子遞給沈妙。

銅鏡裡的少女，小臉圓圓，額頭飽滿，一雙大大的杏眼微微發紅，鼻頭圓潤，嘴巴小小。還是一張稚氣未脫的臉，說不上多美貌，卻勝在清新可愛。

這是一張曾被皇家盛讚「旺夫」之相的少女容顏。

沈妙手中的鏡子猝然落地，發出清脆的響聲，擊打在她心上，掀起巨大的驚濤駭浪。

她狠狠的掐了自己一下，痛感讓兩行熱淚滾滾而下，不是因為疼，而是因為蒼天不負她，她回來了！

穀雨和驚蟄嚇了一跳，穀雨忙去撿銅鏡，驚蟄拿著帕子給沈妙擦臉，「姑娘怎麼哭了？」

「我回來了……」沈妙仍沉浸在重生的不可思議中，一把抓住驚蟄，「現在是明齊幾年？」

「明齊六十八年。」驚蟄有些害怕，卻還是老老實實回答，「姑娘您怎麼了？是不是哪裡不舒服？」

「明齊六十八年，明齊六十八年……」沈妙興奮地瞪大眼，明齊六十八年，也是她十四歲那年，是她遇到傅修宜，痴戀傅修宜，請求父親讓她嫁給傅修宜的那一年！

而現在……她的耳邊響起穀雨的聲音，「姑娘莫要嚇奴婢們，不是已經退熱了，怎麼有些神智不清!?大姑娘實在太狠了，根本是想要姑娘的命嘛！」

沈妙上輩子大多時間都在為傅修宜奔走，對未嫁前在沈府的生活反而沒什麼印象，但這件事她卻記得，因為和傅修宜有關的每件事她都記得一清二楚。

沈清告訴她傅修宜來府裡拜訪二叔和三叔，人就在花園裡，拉著她一起去偷瞧。原本兩人是打算躲在園裡的假山上，沒想到途中沈清就把她推下池塘了。

被從池塘裡撈上來，那真是既狼狽又難堪，沒想到還被傅修宜以及幾個沈貴與沈萬的同僚撞見，眾人只當親眼證實一件事——她迷戀定王的事情早在半年前就傳遍京城，這一次不過又添笑料罷了。

上輩子她醒來後指責是沈清將她推下池塘，卻沒有一個人相信她。老夫人罰她閉門思過，導致之後無法參加一年一度的賞菊宴，沈玥卻偷偷將她放出來，帶她一同去了雁北堂賞菊宴，結果又出盡洋相。

沈家有三房，大房沈信，就是沈妙的父親，是老將軍原配的兒子，二房沈貴和三房沈萬則是繼室所出。老將軍死後，繼室成了如今的沈老夫人，沈家沒有分家，兄弟三人相互扶持，感情頗好，傳為一段佳話。

沈家世代戎馬，到了沈信這一代，除了大房手握兵權，二房和三房卻是走文官的路子。沈信常年在外征戰，沈大夫人也跟著丈夫隨軍，沈妙就一直被留在沈府，由老夫人和兩位嬤嬤親自教導。只是教導來教導去，就成了這麼一副一事無成，不學無術，遇見男人就不知羞恥黏上去的草包。

前一世，她只覺得兩位嬤嬤和老夫人待她特別好，沈玥和沈清要學的規矩禮儀，她統統不必學，只要開心過日子。如今看來，不過是一齣十足蹩腳的捧殺。

欺她父母兄長不在身邊，便當面一套，背後一套，只讓沈信和沈大夫人每次回府都覺得這個女兒比從前更加頑劣草包一些罷了。

這一世，她倒要看看，這些人要如何厚顏無恥的故技重施！

正想著，便聽到外頭灑掃院子的小丫鬟稟道：「姑娘，二姑娘來看您了。」

驚蟄面色有些不豫，「哼，這時候過來肯定不安好心。」

穀雨推了推驚蟄的胳膊，神情卻也十分憂慮。

沈妙看在眼裡，心中舒了口氣。她身邊四個丫鬟是沈信和沈大夫人親自挑選調教出來的人，沈家究竟是個什麼狀況？二房和三房暗藏什麼心思？她看不出來，她們卻能瞧出端倪。

還沒來得及說話，便見外頭走進一名年約十五、六歲的少女，穿了一件淡粉色菊紋上衣，月白百褶如意裙，梳著個流蘇髻。膚色白皙，眉目清雅秀美，渾身透著一股濃濃的書卷氣，顯得端莊而得體，瞧見她便快步走到床前，擔憂道：「五妹妹，身子可覺得好些了？知道妳落水後，我心焦不已，可大夫說要讓妳多休息，我不敢來打擾，方才聽說妳醒了才敢過來。」

沈妙看著面前的少女，這是沈家三房嫡出姑娘沈玥。

沈家的三個嫡女，沈清開朗大氣，沈玥才名遠播，只有沈妙，性格木訥，怯懦無才，外人誇讚「貞靜賢淑」，其實都知道並無長處，是沈家最上不得檯面的女兒。

上輩子，沈妙未出嫁前，和沈玥的關係最好。沈玥性情溫柔體貼，許多時候都會幫沈妙出主意。只是沈妙當時一心感激這位堂姐盡心盡力的幫忙，並未察覺那些其實都是餿主意，表面幫她，實際上卻是在害她。

好比這一次，說是關心她，其實又是別有用心。

「五妹妹，大姐姐聽聞妳發熱昏迷，自責到吃不下，睡不著，她真的是一時失手，絕非故意讓妳在定王殿下面前出醜啊！她還跑到祖母的小佛堂裡跪求菩薩保佑妳平安無事，心想事成呢！妳就原諒她這次的無心之過吧！」

誰都知道沈妙最在意的人就是定王，若是不提定王，說不定沈妙便就這麼罷了，她偏偏「好心」來替沈清求情，不是要挑起她和沈清的爭端是什麼？

上輩子她沒認清，因為沈玥的這一番求情，認定沈清就是故意害她在定王面前出醜，是想與她爭搶定王。平日裡唯唯諾諾的人，為了心上人，跑到老夫人面前指責是沈清故意將她推下水，偏沈清不承認。

老夫人本就偏袒二房與三房，自然順勢教訓她小小年紀不知自愛，還妄圖誣衊嫡姐，罰她閉門思過，才又發生雁北堂賞菊宴出醜之事。

後來這些事被傳到學堂，沈妙成為同學們集體嘲笑的對象，羞憤之下，乾脆不去學堂了。再後來，京城中的貴女圈她也漸漸淡出了。

如今想來，她的視野一直都被局限在將軍府這些人為她創造的世界中，她以為自己賢良淑德，殊不知在外人眼中是懦弱無知；以為愛慕定王是勇敢直率，殊不知外人稱她不知廉恥。

所以傅修宜是打從心底的厭棄她，若非為了得到沈家大房的支持，根本不會娶她，後來的一切也全是利用與算計，從始至終，他都不曾真心喜歡過她，多愚蠢可悲的過去啊！

沈玥知道依沈妙的性子，只要提到傅修宜，定會勃然大怒。可等了半天也不見反應，狐疑的看過去，卻見面前的少女看著她微微一笑。

少女臉色還是蒼白的，嘴唇也脫皮乾裂，唯有那雙大大的杏眼依舊猶如黑曜石一般明亮。

其實三個姐妹中，沈妙的眼睛長得最好看，只是平日裡神情木訥，平白辜負了靈動精神的雙眼。

然而一直是清澈又懵懂的眼神，此刻卻完全不一樣了，不再像小狗般怯怯的，而是透著些冷意，倒有種……居高臨下的俯視。

沈玥一個激靈，不知道為什麼，心中竟生出了一種無法言喻的膽顫。好像面對的不是一個無知蠢貨，而是一個洞悉一切，身居高位的人。

怎麼會有這樣的感覺？

她自然不知道，面前的沈妙已經不是從前那個沈妙了。面前的沈妙是經歷了奪嫡、戰亂、爭寵、喪子，亡族的沈妙。

是曾執掌後宮，擁有至高無上權力的明齊沈皇后。

她愣了半晌，直到面前的少女揉了揉額頭，輕聲道：「二姐姐言重了，此事本就與大姐姐無關，是我自個兒掉下去的。」

「五妹妹妳說什麼!?」沈玥沒料到沈妙會這麼說，呆了一下才反應過來，搖頭道：「五妹妹莫要委屈自己。」

「我哪裡會委屈自己呢？不過是一件不足掛齒的小事罷了。我頭還有些暈，想再休息會兒，有什麼事情，明日到祖母那裡一併說吧！」

話都說到這個份上，沈玥也不好再說什麼了。她雖然奇怪今日沈妙為何待她不甚熱絡，也歸結於沈妙在傅修宜面前出醜，所以心情不佳。又安慰關懷了幾句，沈玥這才離開。

等沈玥走後，穀雨才道：「姑娘被推下水，命差點兒沒了，二姑娘還來替大姑娘求情！求情就求情，怎麼聽著不是那麼回事？」

穀雨是在隱晦的提醒沈妙，沈玥不安好心。

「鷸蚌相爭，漁翁得利，她大概是想當那個漁翁吧！」

穀雨驚喜沈妙終於能看清沈玥的真面目，又有些不明白沈妙話裡的意思，抬頭見自家姑娘討喜的容顏一片冰寒，竟有種莫名的肅然感，讓人不由自主的仰視。

沈妙不再多說，喝了茶，閉目養神。她很清楚沈清為什麼會推她下水？是因為當時她說了一句——等年關爹凱旋，我便求爹做主，將我嫁給定王殿下。

她說的天真，又覺得是自家人，因此毫無顧忌。沈信是手握兵權的朝中大將，有心要嫁女兒，不是不可能的。

沈玥為什麼要挑撥她和沈清？自然是因為沈玥也愛慕定王。

上輩子死到臨頭，沈玥和沈清才告訴她，她二人愛慕傅修宜許久。如今想來，這時候就已經初見端倪了。

既然她們都對傅修宜痴心一片，不讓她們得償所願，豈不是可惜？

她一定會讓她們心想事成，二房和三房上輩子欠沈家滿門的血債，就從現在開始償還吧！

初秋，北地大雁排成人字，自浩瀚長空飛過，飛向溫暖的南國。院子裡繁茂的枝葉開始凋零，池塘裡的彩魚看著都比往日少了幾分生氣。

白露把緞繡披風輕輕的披在沈妙身上，「姑娘病體尚未痊癒，小心莫要著涼。」

沈妙搖了搖頭，「放心，我沒事了。」

她身量嬌小，臉蛋又生得圓圓的，加之平日裡怯懦的性格，看起來比實際年紀還要小上幾歲，但今日卻又有些不同。

霜降在一邊看著，心中生出一些異樣。

沈妙臉上一絲笑意也無，不再嬌憨，卻也說不上冷漠，就那樣冷冷地看著天空，似乎還帶著一些緬懷。同樣的站姿，卻添了幾分端莊，彷彿一夜之間不知道從哪裡來了獨特的氣質，竟有種雍容大氣之感！

霜降搖了搖頭，驅走心中荒唐的念頭，笑著看向沈妙，「姑娘在看什麼呢？」

自用過早飯後，沈妙便一直站在院子裡看著天空出神。

「只是在想，這些大雁從北地飛到南國，是否也經過西北的荒漠。」

西北荒漠，那是沈信鎮守的地方，沈大夫人和沈大少爺都在此處。上個月送來的家書裡稱，京城才剛剛寒涼，西北已經百草枯萎，白雪紛飛了。

「姑娘是想老爺和夫人了，等年關老爺就回來了，屆時看到姑娘又長高了，不知會有多歡喜呢！」

沈妙笑了笑，心頭卻有些發苦。

一年一度才能回定京的大將軍，歸來後的第一件事便是面對自家女兒不知廉恥，以死逼嫁的笑話，能有多歡喜？

更何況她心心念念要嫁的，還是個不過想利用沈家兵權奪嫡的卑鄙小人。

沈信本不願摻和皇位之爭，偏偏被她盲目的愛情拉下水，最後落得一個滿門覆滅的淒慘結局。

沈妙閉了閉眼，距離年關不過短短半年時間，足以發生太多事情。前世自她及笄之後，她的婚事便成為東院隨時可以拿捏的把柄。似乎也是從這年及笄開始，東院成為卸下偽裝的惡狼，一步一步把她逼入死胡同，回不了頭。

「姑娘，姑娘？」白露見小主子神情有異，抓著披風的指尖關節泛白，不由得輕聲喚道。

沈妙回過神來，就見穀雨小跑著過來，「姑娘，榮景堂那邊來催了。」

榮景堂，沈老夫人住的地方，一大早老夫人便差身邊的丫鬟來看沈妙，見沈妙無礙，只說是身子好了就能去給老夫人請安。事實上是請安還是興師問罪，哪個不是心知肚明？

沈妙微微一笑，「嗯，走吧！」

沈府裡，東院和西院涇渭分明。

當初沈老將軍在世時，常在西院一處空地裡舞劍打拳，後來沈老將軍去世，沈貴和沈萬都走文臣之路，獨有沈信一人接了老將軍的衣缽，那處空地連著西院一起給了沈信。東院則因寬廣，住了沈老夫人、二房及三房。

事實上，西院比起東院來，所在位置不佳，連帶著日光也不甚充足，只有東院一半不到，實在沒什麼值得稱道的地方。只有沈信整日樂呵呵的，得了那片空地便覺得撿了天大的便宜。沈信和沈大夫人因都出身將門，素來不講究，西院比不得東院修繕的氣派精緻。

沈妙曾對自家住在西院十分不滿，羨慕東院的一步一景，如今卻是嗤笑自己的無知。自家院子雖然樸素無華，卻處處彰顯豁達心境，又哪裡如東院那些牛鬼蛇神一般，不過金玉其外，敗絮其中。

待拐過長長的迴廊，經過修剪得精緻無比的花園，才走到榮景堂門口。

或許是為了彰顯書香之氣，榮景堂佈置的極為風雅，門口掛著竹心雅意的牌匾，松鶴做成的銅把手精巧靈動。

沈老夫人身邊的喜兒見她來了，朝裡通報一聲，「五姑娘來了。」

沈妙一腳踏入榮景堂，裡頭是一副其樂融融的畫面，人幾乎都到齊了。沈二夫人任婉雲和沈三夫人陳若秋坐在老夫人下首，沈清拿著一盤點心坐在老夫人身邊，另一邊坐著沈家二房所出的三弟沈柏。沈柏今年才五歲，胡亂抓了點心就討好地往老夫人嘴裡送，逗得沈老夫人笑得見牙不見眼。

似乎沒有一個人注意到沈妙的出現，過了好一會兒沈玥才笑道：「五妹妹怎麼現在才來，三弟都要把糖蒸酥酪吃完了。」

沈妙頷首，「身子大概還未好全，一路走來頭有些暈，路上歇息了一下，所以來遲了。」

沈玥若說她托大來得晚，她倒也不怕點出沈老夫人倚老賣老，不顧孫女身子就要人過來請安的道理。

沈玥為顯示自己的溫柔體貼沒多說，倒是二夫人任婉雲開了口，「我看五娘是真的身子弱，這幾日大夫都請了兩回，好在現在看著是無事了。」

「身子可好些了？」一道沙啞嚴厲的聲音響起，帶著一絲不易察覺的不耐煩。

沈妙抬頭看向沈老夫人，她臉上的笑容已經收起，有些倨傲的微微昂頭。明明已近花甲之年，偏穿一件桃紅色的窄身襖裙，領口鑲著綠松石盤扣，戴著繡著白蘭的抹額。滿頭銀髮盤成祥雲髻，點綴著一些玉珠子。

她是一個對外表極其講究的女人，上輩子沈妙一直覺得她是最高貴的女人，那種到了晚年都優雅美麗的氣質讓她忍不住著迷，如今看來卻覺得有些可笑。

沈老將軍的原配，沈信的母親出身名門，真正的大家閨秀，可惜中年病逝了。後來沈老將軍行軍路過某地時，從地痞手中救下一名歌女，歌女上演願為奴為婢的報恩老戲碼，直到生下沈貴和沈萬才被扶正了。

歌女熬出頭，成為了沈夫人，後來又成為了沈老夫人。名聲和地位變了，可是骨子裡來自市井的小人嘴臉還是一成不變。沈妙還記得上輩子，沈老夫人逼她嫁給瘸了腿的豫州王，不過是為了給沈清鋪路。

沈老夫人年輕時生得很美，臉兒尖尖，眼睛大而靈動，只是到了老時，便如一個乾巴的倒三角形，上面崁著一雙又凸又大的金魚眼。偏她還不認命，非要抹上一層厚粉，塗上紅豔豔的口脂遮掩。

果真是俗不可耐！沈妙以上輩子做皇后的眼光漫不經心的在心裡給了評價，嘴裡則謙恭的道：「喝了藥，已經好多了，謝祖母關心。」

下一秒，便聽得沈老夫人高聲喝道：「孽障，還不跪下！」

話音落下許久，沈妙卻一動不動。

眾人都有些吃驚的看著她，沈信常年征戰不在府中，沈妙交由沈老夫人教養，沈老夫人待她極為嚴厲，也養成懦弱木訥的個性，對老夫人可說是唯命是從，今日竟然不跪!?

難道事關定王，她便生出莫大的勇氣了？

「祖母，五娘不知自己何錯之有？」沈妙平靜反問。

「五妹妹莫不是燒糊塗了？」沈玥面上帶著些焦急的神情，開口相勸，「祖母只是一時氣急，並非真的要罰妳，如今只要認個錯就沒事了，怎麼還執拗起來了？」

一句話便把知錯不改，頂撞長輩的罪名扣在了沈妙頭上。

「放肆！簡直反了！」沈老夫人氣得一下子坐直身子，聲音帶著幾分尖利。

沈柏正吃著嘴裡的糖蒸酥酪，被沈老夫人這麼一嚇，手裡的點心不小心掉在地上，頓時哇哇大哭起來。

「柏哥兒莫怕！」任婉雲見小兒子哭了，立刻幾步上前將他抱在懷中，看著沈妙的目光裡全是不贊同，「五娘，妳是瘋了不成，誰教妳頂撞長輩？」

二夫人任婉雲，膚色白皙，身材豐腴，臉上總掛著笑容，看上去和氣又仁善。而且手握掌家之權的她，處事公正嚴明，不偏不倚，贏得沈府上上下下的敬重，是個當之無愧的好媳婦。

沈妙也曾這麼覺得，直到後來自己出嫁的時候，沈信幾乎將自家大半財產都給她添做了嫁妝，可最後到了定王府，嫁妝卻寥寥無幾。為什麼呢？自然是被任婉雲扣下了。

任婉雲將嫁妝裡值錢的東西都扣了下來，店鋪莊子也換了主人，沈信又不在京中，自己傻乎乎的嫁到定王府，卻因為嫁妝問題受盡定王府上上下下的白眼，都虧了這位好嬸嬸的「公正」。

「二嬸此言也是認為五娘做錯了？可五娘真不知道自己錯在哪裡？」

「蠢貨！」沈老夫人沒忍住，當即大罵起來，「妳小小年紀不知廉恥，偷看定王殿下，把我們沈府的臉面都丟盡了！還敢與我頂嘴，誰教妳的規矩，如此上不得檯面！」

沈妙心中微嘆，沈老夫人平日裡裝腔作勢，可一旦開口，定是歌女作風無疑，哪家高門大戶的老夫人會如此破口大罵？簡直如那市井潑婦一般，上輩子沈妙還不覺得，當過皇后以後再看，便覺得與沈老夫人說話都是降低了身分。

「偷看定王殿下？」她歪著頭，露出一臉的困惑。

沈玥「好心」提醒她，「五妹妹，雖然知道妳愛慕定王殿下，可是為了偷看而讓自己掉進水中，實在是有損咱們府上顏面。而且此舉定然引得殿下心中不喜，五妹妹還是尋個機會給定王殿下道個歉吧！」

上輩子沈玥也是這麼說的，沈老夫人深以為然，沈妙卻覺得難堪，抵死不從，便被沈老夫人一怒之下罰跪祠堂思過。

一句話就是因為愛慕定王而不知廉恥，毀了自己名聲還連累沈家，沈玥看著溫柔敦厚，其實最為陰險狠毒，沈妙忍不住看了她一眼。

沈玥話音剛落，便瞧見沈妙朝自己看過來，那雙葡萄一般黝黑的眼睛竟然分外清透，似乎含著什麼特別的意思，讓她不禁一愣。

下一秒，便聽到沈妙淡淡的聲音傳來，「二姐姐，什麼愛慕定王殿下？這話可不能胡說。如今五娘即將及笄，這麼說話怕是會壞了五娘的聲譽。」

沈玥愕然，沈妙愛慕定王全京城的勛貴圈子都知道，沈妙雖然沒有明說過，可是言行舉止都不加掩飾，怎麼現在卻矢口否認了？

「五妹妹，這裡都是自家人，妳無須……」

「二姐姐慎言！」正說著，沈妙突然高聲打斷她的話，「二姐姐，所謂禍從口出，定王殿下乃天潢貴胄，我們戶列簪纓，更該謹言慎行。從前是五娘年紀小不懂事，恐是做了些許惹人誤會之事，可前日之事卻是個教訓，五娘以後自會約束言行，還請二姐姐莫要再說這樣的話。」

一番話，不僅沈玥，屋裡所有人，包括沈老夫人都驚呆了。

沈妙向來怯怯弱弱，話都不曾大聲說過，是個乖順好拿捏的，何曾這麼疾言厲色過!?

陳若秋眸光一閃，沈玥年紀到底還小，眼見自己女兒吃了虧，心下不悅，當即就溫溫柔柔的開口，「這愛慕不愛慕的，五娘自己心裡最是清楚了，畢竟女兒家的心思誰能猜得透。可是五娘還得聽三嬸嬸一句勸，妳二姐說得不錯，定王殿下身分高貴，無論如何，都應去給他道個歉才是。」

不愧是母女，三夫人陳若秋出身書香世家，也是表面溫溫柔柔，其實腹黑精明得很，而且心高氣傲，從來不肯服軟。

「不錯。」沈老夫人也回過神來，「明兒便去定王府遞帖子，親自登門道歉。」

沈妙幾乎要氣笑了，這話也就能騙騙上輩子這時候不知事的她。如今再看，她一個世家嫡女，身分也高貴，憑什麼就要去給皇子登門道歉？這麼一來，沈信的臉面又往哪裡擱？恐怕明日起定京就又多了一個笑話談資。

她也算是看明白了，沈老夫人就是看沈信這個原配所出的大房不順眼，巴不得大房整日出醜，最好是早點倒楣傾塌，沈信、沈大夫人不在定京，就拿她作筏子。

沈妙微微一笑，目光落在從一開始就一言不發的沈清身上，「大姐姐，我落水的時候，只有妳在我身邊。」

沈清抬起頭，面色沉靜的點點頭。她已經想好了，沈妙接下來肯定要說出自己推她落水的事，可是她一點也不怕。沈家如今做主的是老夫人和母親，沈妙也就面上佔著個大房嫡出小姐的名頭，實際上不過是個被遺棄的草包罷了，只要她一口咬定沒有，老夫人和母親都會向著自己。屆時沈妙說謊，定會被老夫人厭棄，甚至重重處罰。

活該！誰讓她一個粗鄙無知的蠢貨也想跟自己搶定王，當日怎麼就沒淹死她！

「大姐姐，那日妳也看到定王殿下了嗎？」

沒想到沈妙說的話卻出乎她的意料，下意識地點頭，「看到了。」

「那便是了，明明是我與大姐姐在池塘邊玩耍，一不小心落入水中，恰好被前來拜訪的定王殿下遇到罷了。妳們說我是去偷看定王殿下，那我是從哪裡得來的消息？我聽府裡的人說，定王殿下那日是路過，臨時起意找二叔要幅畫，難不成我有未卜先知的本事？抑或是……定王殿下給咱們府裡下了帖子，二叔和三叔的小廝還跑到西院給我傳話？」

沈清不明白沈妙說這些話是什麼意思，皺眉就要反駁，卻聽任婉雲突然開口喝道：「大姐兒！」聲音帶著無法掩飾的惶急。

沈妙掃了一眼面色蒼白的任婉雲和神色驟然緊張的陳若秋，微微笑了。

她就說嘛，這府裡這麼多精明人，怎麼會聽不出來。

傅修宜前日是路過沈府的時候，臨時想起曾跟沈貴下棋贏了一幅畫，來找沈貴要畫。

現在沈妙說提前下了帖子……如今皇帝最討厭臣子和皇子走得太近，若是特意下了帖子，那是為了什麼？入府之後幾人又聊些什麼？難道是商討奪嫡大計？

天底下沒有不透風的牆，有些話是說也說不得的！

沈妙一句話，就把女兒家的品行上升到臣子的忠誠問題，沈信在西北，自然沒什麼問題，沈府裡留著沈貴和沈萬，這兩人還在朝廷當差呢！

這個道理，沈玥和沈清不懂，任婉雲和陳若秋卻一定懂。

沈妙心中冷笑，她們要拿自己的名聲踐踏，她就拿沈貴和沈萬的腦袋來賭，不知道她的二嬸和三嬸，捨得嗎？敢嗎？

沈清有些不明所以的看著自己的母親，雖然心有不甘，還是乖乖住了嘴。

沈玥雖然不明白沈妙這話究竟有什麼不對，看見陳若秋緊張的神色卻也意識到了什麼，規規矩矩的立在原地，也不再開口了。

沈老夫人眉頭一皺，她雖然與沈老將軍同床共枕多年，卻不懂官場上的彎彎繞繞，眼光局限在後宅高牆上的四角天空，哪裡聽得出來沈妙這番話中的含義，只覺得沈妙今日吃錯藥般，屢次頂撞，已經冒犯了她的威嚴，當即就要發火。

「五娘這話說得不錯。」任婉雲笑著阻止沈老夫人即將出口的斥責，「本來就是一場誤會，這前堂的事情怎麼能傳到後院呢？都是不巧撞上罷了。定王殿下心胸開闊，不會將小孩子家的玩鬧看在眼裡。一切都是誤會，可憐五娘落了水又受了驚，真是委屈極了。」

沈老夫人張了張嘴，對二媳婦突然打斷自己的話有些不滿，可是任婉雲的娘家是明齊赫赫有名的商賈之家，府裡許多用度都是這個二媳婦自掏腰包補貼，她雖然不滿，卻也不願意得罪她。登時冷哼一聲，卻沒有繼續說下去。

陳若秋也忙順著任婉雲的話道：「就是就是，玥姐兒、清姐兒，以後千萬莫要再提剛才的話了。本就是五娘不小心落水，恰好被定王殿下看到罷了。五娘，老夫人也是心疼妳，並非真的生妳的氣。」

沈妙看著陳若秋，眉目婉約秀麗，沈玥的長相就是隨了陳若秋，氣質也像，看著是個心善好相與的，實際上心腸比誰都陰險歹毒。

前世匈奴請求和親，宮中適齡公主只有一位，那就是婉瑜。陳若秋卻主動提出，沈玥自願和親匈奴，為國盡忠，為陛下解憂，可沈玥不是公主，擔心匈奴會拒絕。傅修宜便冊封沈玥為月如公主，這樣就能名正言順的和親了。

只是最後出嫁的還是她的婉瑜，而且死在了和親的路上，而月如公主順理成章的接收了原本屬於婉瑜的一切。

若說這其中沒有陳若秋的功勞，恐怕陳若秋自己都不信，怕是陳若秋和楣夫人早已沆瀣一氣。

陳若秋的笑容一僵，對面的少女，圓圓的臉蛋，圓圓的眸子，圓圓的鼻頭，這樣的容貌配上怯懦的神情，很容易讓人生出傻笨好欺的印象。

而現在卻不是了，怯懦的神情不知什麼時候消失不見，取而代之的是凜然難犯，叫人敬而遠之。有一瞬間，陳若秋突然覺得面前的並不是大房那個傻笨好欺的女兒，而是什麼身居高位的主子。

只是下一秒那股淩厲氣勢又不見了，只見少女笑得眉眼彎彎，天真無害，「我曉得，三嬸嬸現在也覺得五娘沒錯了吧？」

陳若秋一愣，看了看明顯不悅的老夫人，勉強道：「話雖如此，可五娘掉進池塘，也實在太不小心了，身邊的幾個丫鬟是怎麼照顧人的？大哥大嫂不在身邊，便如此奴大欺主了嗎？依嬸嬸看，還是將那幾個丫鬟換掉的好。」

任婉雲噗嗤一笑，陳若秋有些惱怒的瞪了她一眼，任婉雲卻不以為意。

這樣的話也就騙騙沈妙這個傻子，把沈妙身邊那幾個機靈忠心的丫鬟換掉，想毀掉沈妙就更加容易了。如今沈玥也到了該留意人家的年齡，在這定京城裡，無論沈妙的名聲有多壞，地位上沈玥永遠不如沈妙，畢竟沈信手中握著兵權呢！

三房到底也是蠢蠢欲動了。

「三嬸為什麼要換掉穀雨她們，她們都是爹和娘留給五娘的人，如今西院的人已經換了許多，前幾日那批二等丫鬟，五娘一個都不認識，再把穀雨幾個換掉，在西院裡，五娘都不知道找誰說話了！」

任婉雲的笑容戛然而止。

第二章 暗流

西院裡，沈信夫婦常年不在京城，院裡的丫鬟小廝幾乎被換了個精光，裡頭有老夫人的人，二房的人，三房的人。

不過因為是二房掌家，自然是二房的人多一些。這話不說還好，若是傳到外人耳中，大房女兒在自家院子裡一個奴僕都不認識，二房和三房能安什麼好心？斷沒有妯娌插手到大哥院子裡的道理。

她腦子轉得飛快，瞪了陳若秋一眼，笑著對沈妙道：「妳三嬸是在同妳說笑呢！穀雨幾個不過是粗心馬虎罷了，咱們沈家向來仁善，做不來這種不近人情的事，小五莫急。」

話到了最後還是嗆了陳若秋一句。

沈柏這時打了個呵欠，沈老夫人正對二媳婦和三媳婦之間的唇槍舌戰有些不耐煩了，見狀便道：「成了，不過是些瑣碎雜事，卻吵得我頭昏腦脹。老二家的，把柏哥兒抱去床上睡，然後都散了吧！」

任婉雲忙把沈柏抱到沈老夫人床上，「娘，那我們就先下去了。」

陳若秋看了沈柏一眼，手撫上自己的小腹，慢慢走出了榮景堂。二房有個兒子，便得了沈老夫人高看，自己再有本事又如何？沈玥到底是女兒，要是有個兒子就好了。沈府裡，大房的東西遲早要爭過來，若有個兒子，至少能平分秋色，不像現在，平白便宜了二房。

而且大房還有個嫡子呢，雖然跟著沈信在邊關，可誰知道會不會回來分一杯羹。

想著想著，陳若秋抬起頭，目光落在往西院方向去的幾人身上。

沈妙歷來愛穿豔嫩的色彩，加之沒有母親在身邊細心教導，不會打扮，總會流露出土裡土氣的味道。而今日一身深紅色的儒裙，將她膚色襯托得更加白皙，分明還是那個容貌，卻覺得沉穩了不少，甚至有些……威嚴!?

西院四個忠心丫鬟沒心思管身後陳若秋的打量，一心撲在自家姑娘身上。

「姑娘身子還未大好，何必急急忙忙去廣文堂？已經說明了病情，功課也不急於一時，還是……」

「不行。」沈妙打斷穀雨的話，「立刻備車。」

分明沒有說重話，可不知道為什麼，穀雨打了個寒顫，竟然什麼都不敢多問了。

廣文堂是定京知名學堂，裡頭的先生們都是赫赫有名的大儒或者才子，所以明齊的達官貴人們爭相把家中的兒女送進廣文堂學習，勛貴子女也都以能入廣文堂為榮。

沈妙也是在廣文堂學習的，可惜沈信和沈大夫人都是武將世家，大哥沈丘更是一提念書就頭疼的主兒。沈妙自小養在沈老夫人身邊，沈老夫人是個歌女，大字不識一個。沈妙的啟蒙還是三夫人陳若秋教的，可當初教沈妙的盡是晦澀難懂的課本。小孩子本就玩心重，教來教去，倒教沈妙徹底厭惡了讀書寫字。

陳若秋見沈妙不喜歡讀書，也從不勉強，便教她如何講究吃穿用度，過上十足嬌小姐的生活。後來到了年紀進了廣文堂，沈妙怎麼都跟不上先生授課的內容，明明是國二生，卻比國一生還不如，後來便成了墊底的了。一來二去，沈妙就更不喜歡念書，也成了定京城中出了名的草包。

沈家的三位嫡出姑娘中，沈玥最是才名遠播，琴棋書畫樣樣精通。沈清雖然沒有沈玥那般出眾，卻也不錯，女紅了得，在算數方面也是出類拔萃。作為日後成為主母的人來說，算數越好，越能得到婆家的歡心，所以沈清也得了一個能幹的名頭。

沈玥和沈清越是出眾，就越顯得沈妙一無所長，甚至連二房的庶女三姑娘沈東菱都不如。

馬車上，驚蟄問她，「姑娘，怎麼不和大姑娘、二姑娘同行了？」

平日裡，沈妙總是要和沈清、沈玥同乘一輛馬車的，沈妙是覺得有自家姐妹相陪安心不少。沈玥和沈清則是認為有個蠢笨的妹妹襯托，她們自然會顯得更優秀。

可如今，沈妙卻無需人相陪了。

「本就不是一個屋簷下的人，走的路更是南轅北轍，又何來同行一說？」

驚蟄吐了吐舌頭，不知道為什麼，自家姑娘說的話她越來越聽不懂了？不過她覺得這樣挺好的。沈妙的性子一直都過於懦弱，萬事都被二房、三房拿捏著做主，如今落水一回，倒像是有了自己的主意。這樣才對，大房的正經嫡女，論起身分地位來比誰都高，哪就能跟個丫鬟似的。

另一輛馬車裡，沈玥撩起簾子偷偷看了看後面，「大姐姐，五妹妹跟在後面呢！」

「她是故意在跟我使性子。」沈清冷哼一聲，在沈玥面前，她從來不掩飾自己對沈妙的輕視，「隨她去，反正最後丟臉的也不是我。」

沈玥卻擔憂道：「可是她本就受了風寒，況且定王殿下這件事又……」

「沈玥，妳心裡如何想的，以為我不知道？就別在這裡裝什麼好人了。妳若真在意心疼她，妳去坐她那輛馬車啊，何必與我在這邊說道？」

沈玥咬了咬嘴唇，低下頭去，沒有再說話了。

馬車行駛了小半個時辰，終於到了廣文堂。

時辰尚早，學生們來得七七八八，在教室裡坐著說話。沈玥和沈清剛到，立刻就有人熱絡的和她們打招呼。

廣文堂裡，女子中沈玥才名第一，生的美，性情又謙遜溫柔，自然是受到眾人追捧。沈清雖然不及沈玥才學出眾，可做事能幹，處事又圓滑，貴女們也很喜歡她。

一名粉衣少女道：「玥娘，今日怎麼不見沈妙？」平日裡沈妙便如一個丫鬟似的跟在沈玥和沈清身邊，今日不見人，卻是有些奇怪。

「怕是沒臉來了吧？」說這話的少女長相嬌美，嗓門卻是有些大，面上帶著輕蔑的神情，「聽說偷看定王殿下掉到水裡去了，是風寒還沒好，還是沒臉見人啊？」

「佩蘭，不是那樣的……」

「妳別替她遮掩了。」易佩蘭打斷沈玥的話，一副心知肚明的樣子，「那樣一個蠢笨的人，根本就不像你們沈家出來的姑娘，妳還時時刻刻護著！不過她也真讓人大開眼界了，平日裡看著怯怯懦懦的，一遇到定王殿下卻是十足勇敢，不知道的還以為是哪家蓬門華戶教出來沒教養的姑娘。」

這話說得便有些重了，等於把沈家也一併罵進去了，沈清不得不出面維護一下，「五妹只是一時頑劣罷了。」

「我看是因為沈將軍和沈大夫人不在身邊教養吧？」另一名梳著墮馬髻的少女說出關鍵

重點，「疏於管教，自然連姑娘家最基本的禮義廉恥都不知道。」

「采萱這話說得不對。」沈玥輕輕柔柔的開口，「雖然大伯父和大伯母不在定京，可五妹妹也是養在祖母身邊的，我娘和二嬸也時時教導，並不曾疏於管教。」

言外之意就是沈妙天生不知廉恥了。

沈玥這番話一出來，易佩蘭就立刻附和，「真奇怪，同是一家教養出來的，玥娘、清娘，妳們和沈妙可真是天壤之別。這大概就是先生所說的，爛泥扶不上牆了。」她說完就咯咯咯的笑起來，其他貴女也跟著一起笑了，連一旁的兒郎都忍不住側目。

下一刻便聽得有人喊道：「看，沈妙來了！」

眾人都抱著看好戲的心態往門口看去，便見門口處緩緩走來一名少女，穿著深紅儒裙，外頭披著一件深藍緞繡披風。這樣的顏色對於年輕女子來說未免過於老成，尤其是沈妙個子嬌小，一不小心便會像個偷穿長輩衣裳的小孩。

她一步一步走得雖然輕緩卻似極有分量，說不出是為什麼，便覺得無端有種雍容大氣的感覺。下巴微微抬著，眉目間波瀾不驚，於是那雙如幼犬一般的眸子便成了深不見底的潭，所有的力量都蘊於其中，彷彿收了爪牙的猛獸。

臉蛋仍是圓潤可愛，如今卻找不到一絲蠢笨的痕跡，因為還未長開，配合端莊的儀態，卻意外的並不違和。

不像是個少女，倒像是一位身居高位的貴夫人，也像殺伐決斷的女將軍。

教室裡瞬間安靜下來。

沈妙是什麼樣子的？問起廣文堂的學子們，可說是無人不知，無人不曉，而且答案一致

——蠢笨怯懦，偏還要做貞靜賢德的模樣。容貌也無甚特別，氣質亦不出眾，才學樣樣不通，還是個花痴。所以若問廣文堂最出眾的女子是誰，自然是沈玥。若問最鄙陋的女子是誰，自然是沈妙。

同是沈家女，形象卻截然不同。偏偏眾人還習慣了沈玥身邊那個丫鬟一般的沈妙，有一日沈妙變得不像是沈妙的時候，眾人便有些不習慣了。

易佩蘭推了推沈玥，「玥娘，妳妹妹莫非是病糊塗了，今日怎麼像換了個人似的？」

沈玥看著沈妙，心中也大為不解。好似從落水醒來後，沈妙的性情便變了不少，莫非是因在定王面前出醜，打擊太大了？

她剛想說話，身邊的好友江采萱先開了口，「沈妙，聽說妳落水了，怎麼，現在風寒已經好了嗎？」

這話直接擺在明面上說出來，著實讓人難堪，若是往常的沈妙，定會不知所措的看向沈玥，請求沈玥幫自己說話。可今日她只是輕飄飄的看了一眼江采萱，冷冷答道：「好了，多謝關心。」

不僅江采萱，其他人也都跟著一愣。

或許是沒料到沈妙會這麼不冷不熱的對自己，江采萱覺得沈妙的態度礙眼極了，「既然風寒好了，第一件事不是給定王殿下道歉，卻是來學堂，不覺得本末倒置了嗎？」

周圍的學子無論是男還是女，都沒有人要為沈妙說話的意思。她本來就是一個沒有朋友的人，而且看她出醜，大概是這些勛貴子弟們在學堂裡的樂趣之一了。

掃了一眼神色各異的眾人，再看看沈清眼中的幸災樂禍，沈妙正要出口，便聽得沈玥道：「定王殿下心胸豁達，不會因為這些小事就怪責五妹妹的，五妹妹來學堂，自然是因為求知若渴，是一件好事。」

「求知若渴？」一位少年卻是忍不住笑了起來，他暗地裡愛慕沈玥許久，平日裡也十分看不上沈妙，覺得有沈妙這樣的妹妹簡直是沈玥的悲劇，「沈玥，妳心善想幫妹妹，卻也需知道爛泥是扶不上牆的。連國一課文都不會念的人，說求知若渴實在太可笑了！況且……」他惡意的打量一下沈妙，「誰知道她是不是故意掉下水的？話本子不都是這麼寫的，掉入水中，英雄救美，以身相許……不過事與願違罷了！」說完，自己覺得有趣，放聲大笑了起來。

他是這群少年的頭頭，這麼一說，周圍的少年們也跟著哄笑起來。圍著沈玥周圍的貴女們也覺得好笑，一時間，嘲笑聲緊緊圍繞著沈妙，落在她身上的目光都是滿滿的惡意。

言語是最傷人的利器，上輩子這樣的情景不知道出現過多少次。她習慣了被輕視、被侮辱、被嘲笑，更不願意主動打破這些固有的印象，最後沈玥和沈清和所有勛貴兒女們交好，而她卻漸漸遠離這個圈子。

她曾以為這就是最大的不幸，可跟上輩子後來那些悲劇比起來，這些算得了什麼？這些少男少女還沒有她的婉瑜和傅明大，不過是因為受了挑撥便來欺她，真的就是她的仇人嗎？自然不是的。

這些人非富即貴，其中不乏世家大族，而世家大族上輩子落得個什麼下場？全都被先皇和傅修宜逐一斬草除根。譬如眼前這位嘲笑她的，沈玥的愛慕者，朝奉郎家的大公子蔡霖，幾年之後，蔡家因捲入一起貪墨案，不照樣被抄家，蔡霖也被發配充軍。可憐他愛慕了沈玥多年，最後沈玥卻巴不得與他劃清界線。

她與這些人並不是敵對的關係，有一部分甚至是站在同一邊的。只是這些世家因為皇帝的刻意制衡和挑撥，處在微妙的對立面，彼此之間聯繫並不緊密，甚至算是有些仇怨。

沒有必要把同盟變成敵人，上輩子當皇后，沈妙學到了不少東西。不要因為一時意氣去樹敵，那樣太不划算了。

「蔡霖，你怎麼能這麼說我五妹妹？」等眾人笑夠了，沈玥才開口，「我五妹妹才不是那樣的人，她是……」

「蔡霖，誰告訴你，我掉下水是因為愛慕定王殿下？」沈妙打斷了沈玥的話，語氣平平沒有一絲起伏。

這麼大剌剌的說出來，本該令人鄙夷的，可沈妙說這話時的從容坦然，竟然讓眾人再次一愣。

蔡霖是這裡的小霸王，平日裡沈妙見了他話都不敢多說，何時用過這種質問的語氣？而且這語氣裡不自覺的就帶了一絲命令般的詢問。

蔡霖自己都不知道為什麼，竟然沒有罵出聲，反而道：「難道不是嗎？」

原來是這樣呀！沈妙心中暗忖，突然微微笑了，看向沈玥和沈清二人，「大姐姐、二姐姐，他人不知道便罷了，妳們也不知道嗎？怎麼也不為妹妹辯解一二？」

沈玥和沈清同時怔了怔，突然想起出門前自家母親的叮囑——在沈妙落水這件事情上千萬不要說錯話。

沈清到底比沈玥顧全大局些，立刻道：「是的，你們莫要胡說八道，當時我與五妹妹一道，我親眼所見，五妹妹是不小心掉入水中，湊巧被定王殿下撞見，和愛慕完全無關。」

沈清說得篤定，眾人雖然不信，卻也沒有方才那麼鄙夷了。

「非是親眼所見便妄言，廣文堂不僅要教習功課，怕是品德也要一併教一教了。況且愛慕一言，本是美好之詞，為何說得如此不堪？我沈妙愛慕一個人，也要愛慕的有尊嚴。至於定王殿下，他乃天潢貴胄，哪是我能夠肖想的？諸位都錯了。」

要想一下子讓眾人對她改觀是不可能的，況且她之前痴戀傅修宜的事人盡皆知，現在說不愛就不愛了，怕是沒有人會相信。但無論如何，劃清界限總是要的。

話音未落，便聽得一個讚嘆聲響起，「好一個愛慕的有尊嚴！」

自外頭走進來一名年輕男子，約莫二十出頭，一身樸素青衫，眉目端正，身材卻略顯文弱，瞧著是個坦蕩蕩的君子模樣。

「說的不錯，愛慕之心皆有尊嚴，不該做取消嘲弄之意。廣文堂雖是教習功課，品性卻也不能忽略。」

諸位學子皆不吭聲了，沈妙則緊盯著那青年。

裴琅，廣文堂的算數先生，德才兼備，是廣文堂唯一一個只是秀才之身便能入堂教學的先生。裴秀才性情溫和耐心，比起其他嚴厲的夫子，在學生心中更受喜愛尊敬。便是如沈妙這樣時時吊車尾的人，裴秀才也從未責罵過，都是一遍一遍耐心講解。

若只是這樣的話，這人的確是一個不錯的先生，可惜沈妙知道他的另一個身分——傅修宜最依仗的幕僚。傅修宜登基後，封了他做國師，一人之下，萬人之上。

作為國師來說，他也的確做得很好。沈妙以為，裴琅是一個聰慧又正直的人，可最後廢太子的時候，他卻什麼都沒有說。

沈妙和裴琅的私交算起來也不錯，當初沈妙去秦國做人質的提議，就是裴琅提出來的。他告訴她——都是為了明齊的江山著想，若是娘娘此去能解陛下燃眉之急，日後萬里江山皆賴娘娘福蔭，天下人都會感激娘娘的恩情。

可事實上，當她五年後重返宮門，後宮之中已多了一位楣夫人，而那些往日敬重她的裴琅手下們卻對她開始有了防備之心。

廢太子的時候，沈妙甚至跪下來求過裴琅，因為裴琅是傅修宜的親信，只要裴琅開口，傅修宜定會聽他的意見。可是裴琅卻扶起她，委婉拒絕了，「娘娘，陛下決定了的事情，微臣也無能為力。」

她怒極，咄咄逼問，「裴琅，難道你就這樣看著太子被廢嗎？你明知道廢太子之事不可為啊！」

「這已是大勢所趨，娘娘，認命吧！」

認命吧！人怎麼能認命呢？若是重來一世，還要認命，豈不是太可悲，太可恨了？

沈妙目光沉沉的盯著前方的青年，他光明磊落，他性情溫和，卻也見死不救，冷酷無情。作為臣子來說，一切為了江山著想，裴琅是一個忠臣。但是……只要他站在傅修宜那邊，這輩子就註定與她至死方休！

現在這個時間，傅修宜應當還沒有收服裴琅，那麼是在那之前斬斷他們的可能將裴琅拉到自己身邊，還是乾脆先將他扼殺在搖籃裡呢？

裴琅放下手裡的書卷，敏感的察覺到有一道目光正注視著自己，他抬起頭，迎上了沈妙意味不明的眼神。

沈妙坐的位置比較靠後，即使是這樣，她仍然執拗而端正的看著自己。這種感覺有些奇怪，裴琅覺得那種目光包含著一種審視與判斷，似乎在權衡著什麼利弊，評判著什麼。再延伸一點，是一種帶著挑剔的俯視。

他動作一頓，想要再看清楚沈妙是什麼神情，便見她拿起桌上的筆，低下頭去。裴琅心中一笑，搖了搖頭，一個小姑娘怎麼會有那種居高臨下的神情呢？至於判斷和審視，那更不可能了，沈妙可是整個廣文堂最蠢笨怯懦的學生啊！

他打開書本，開始了今日的授課，所有學生都有些昏昏欲睡。

算數課本來就容易令人感到乏味，即便裴琅教習的如何精彩，都是十四、五歲的少男少女，正是跳脫的年紀，哪裡能認真專心聽課。

若是別的先生，定會拿著戒尺開始訓斥，偏偏裴琅這個人最溫和，從不懲罰學生，所以在他的課堂上，眾人的膽子也是最大。除了算數常拿第一的沈清聽得認真，其餘人都百無聊賴的做著自己的事。

今日沈妙卻不同，她坐姿端正，似乎聽得極為認真。這實在是有些不可思議，因著她平日裡最厭惡學習，對算數更是提不起絲毫興趣。眼下沒睡著已經是奇跡，居然還會認真聽課？

與沈妙坐一桌的是個穿著繡菊紋薄襖裙的秀麗少女，神情有些倨傲，見沈妙如此，忍不住露出詫異的目光，對沈妙認真聽課的舉動不時側目。

沈妙哪裡管得了那麼多，上輩子她對算數沒興趣，可後來當了皇后，各項開支用度都要精打細算，而且帳目多樣繁雜，她都要一一過目核算。這些書本上的算數與之相比，真是小巫見大巫了。

她只不過是想要更加看清楚裴琅究竟是一個什麼樣的人？只有這樣，她才能知道對這個人，什麼樣的手法更合適。

待算數課結束後，裴琅走了，沈妙才收回目光。

身邊少女推了推她，語氣中帶著驚訝，「沈妙，妳是不是中邪了？」

「為什麼這樣說？」

身旁的少女是光祿勳家的嫡女馮安寧，從小被養成了驕縱的性子。可是因馮老爺站錯了隊，新皇登基被革職後，馮家為了保全這個女兒，只能匆匆將她嫁給遠房的一位表哥。之後馮家敗落，馮安寧最後也沒得到什麼好結局。那位表哥也是個金玉其外，敗絮其中的，馮安寧進門不到一年，就養了一個外室，兒子都有了，還罵她是馮家留下的包袱。馮安寧哪是能受這種委屈的脾氣，當即就拿了剪子和外室同歸於盡了。

前世種種，如今看來皆如過眼雲煙。再看面前神情高傲的少女，哪能想得到後來的悲慘結局？

沈妙現在看廣文堂的少男少女，就像在看傅明和婉瑜般的孩子，倒是難以生出置氣的感覺。除了像沈清和沈玥那等口是心非的小人，大多數的人都不過是被嬌寵壞了的孩子罷了。而這些天之驕子們在不久的將來，便會領略到命運的殘酷。

見她不說話，馮安寧有些不滿，「妳是在故意無視我嗎？沈妙，妳今日這般刻苦，莫不是為了一月後的考校吧？聽妳姐姐說，妳想趁著考校出風頭，好讓定……別人看見妳。」

到底是孩子，剛才聽了裴琅的話，這會兒便不把愛慕定王的一套說出來了。

「考校？」沈妙挑了挑眉。

廣文堂的考校，設在每年的十月。

考校是對學堂裡每位學子的考核，特別優秀的學子將能在眾人面前進行才藝展示。最重要的是，當日皇子、朝臣都會前來觀看，若是有不錯的學生，或許能因此得到入仕的契機。

總之，將自己的才學展示給別人看，無論如何都是一件出風頭的事情。所以每年的考校，眾人都拼盡全力。

沈玥每年都能在考校中一枝獨秀，沈清雖然不比沈玥在詩詞歌賦上的造詣，算數卻名列前茅，這一項上總也能奪得名次。

至於沈妙，每年的考校日就等同於她的出醜日，別說才藝展示，便是通過考驗都很艱難。前世的沈妙最怕的就是每年的考校，看著沈玥、沈清在臺上春風得意，心中不是不羨慕的。

如今再看，只覺得都是小孩子間的爭強好勝，她什麼陣仗沒見過，考校，還真的不放在眼裡。

「考校嗎？我從未想過爭什麼名次，一個墊底的，有什麼可爭的？」

馮安寧微微一愣，她倒沒想到沈妙如此坦蕩的就說出吊車尾的事實，仔仔細細的打量一番，「妳莫不是真的被傷得狠了，才這般性情大變吧？」

沈妙好似一夜之間變了個人似的，平平淡淡，坦坦蕩蕩，大大方方，竟有一種不是這個年紀該有的沉穩。因為坐在一起，這種性情上的轉變她看得比誰都清楚。

「是啊！」沈妙笑了笑，不再說什麼了。

或許是因為這個年紀的少男少女，本能的會對比自己成熟的人感到尊敬或者羨慕。沈妙的這種姿態，竟讓馮安寧無形中對她的態度好了些。

算數上完後，男孩子們都跑到外邊的花園中玩耍，女孩子們則在教室裡下棋或者討論新寫的詩，卻聽得外頭有馬兒的嘶鳴聲傳來。

「出什麼事了嗎？」易佩蘭好奇的往外看。

「走，去瞧瞧是什麼事？」江采萱拉起沈玥就往外走。

沈妙本無意湊熱鬧，倒是馮安寧，走了兩步又回過頭來，想了想，抓起沈妙的手，「一起去吧！」

沈妙有些詫異，馮安寧向來是瞧不上她的，更別說是這般親密的舉動了。她尚且摸不著頭腦，就已經被馮安寧拽著走出了教室。

外頭已經有許多學生都聞聲聚在了學堂門口，見到馮安寧拉著沈妙過來，俱是投來詫異的目光。

沈玥眼神微微一閃沒有作聲，倒是沈清冷哼一聲。自從知道沈妙也愛慕定王之後，她連表面上的和氣也不屑裝了。

蔡霖剛剛從人群中擠出來，瞧見外頭的人就驚喜的叫了一聲，「謝小侯爺！」

謝小侯爺？沈妙往外一看。

廣文堂的朱色大門外，立著一匹棗紅色的駿馬，馬匹毛色光亮滑順，一看便是千金難求的寶馬良駒，但終究不及馬背上的人耀眼。

少年端坐馬上，穿著一件玄色繡雲紋的窄身錦衣，懶散的把玩著手中的馬鞭，生得劍眉星目，極其俊俏。嘴角微微勾著，似笑非笑，眼神卻冷漠得很。

人群中立刻就有少女羞紅了臉，也不顧是什麼場所，大膽的將手絹疊成絹花往那少年懷中拋去。明齊向來民風開放，尤其是對少男少女們的規矩寬容得很。

絹花落到少年懷裡，少年伸手拈在手中，勾唇一笑。

拋絹花的少女立刻撫著胸口，臉紅撲撲的，儼然已經痴了。

下一刻，少年笑容一收，手一放，絹花就飄落在地，被棗紅大馬的鐵蹄踩踏得面目全非。

不得不說，少年有著一股讓人移不開眼的高冷魅力，氣場強大到令人難以忽視。

沈妙挑了挑眉，原來是謝家小侯爺，謝景行，是一個冷漠又惡劣的人啊！

明齊如今的簪纓世家，多少都是從開國以來陪先皇打下江山掙下的功勛。經過一代又一代的傳承，有的世家只餘名頭，內裡空空。有的世家卻是越發繁榮，花團錦簇。

有如馮家這樣的文官，也有沈家這樣的武將。

如果說沈家將門幾代，都是老老實實的帶兵打仗，是公認的實誠人。那麼謝家，手握重兵，卻是從上到下都天生長著幾根反骨，喜歡背道而馳，不按牌理出牌。譬如罔顧朝堂決議的退守指令，偏要劍走偏鋒的乘勝追擊。問責時，還理直氣壯的來一句——將在外，君命有所不受。

別說朝堂大臣，就連當今聖上都拿謝家無可奈何，誰讓謝家人戰無不勝，攻無不克。

沈家和謝家一直以來都是對立關係，這其中固然有先皇故意的隔閡和挑撥，使之相互制衡達到穩固皇權的因素。

沈信和臨安侯謝鼎也是向來不合，沈信看不慣謝鼎在戰場上狡許激進，手法不正統。謝鼎看不慣沈信打仗還要看兵書，守舊古板，不懂變通。兩家除了在朝堂上吵架外，再無往來，先皇顯然也是喜聞樂見的。

謝鼎的妻子去世後，沒有再娶，只有一房妾室。妾室生了兩個兒子，也就是說，謝景行有兩個庶出的弟弟。也許是謝鼎心疼嫡子母親早逝，想要盡力彌補他，從小嬌寵著謝景行，終於把謝景行寵成一個無法無天的性子。

可即便是這樣，謝景行依舊是一個驚才絕豔之人，撇開性格頑劣冷漠不提，他的才學、機智、相貌、家世，皆是明齊數一數二的，否則不會有那麼多姑娘傾慕於他。

只是可惜了，沈妙在心中嘆息一聲，這樣一個出類拔萃的少年，最後卻落了一個萬箭穿心，扒皮風乾的慘烈下場，死時才二十二歲。

許是她目光中的憐憫太過明顯，謝景行突然望過來，幽深如潭的眸子微微一閃，意味不明的看了她一眼。

沈妙垂下頭，做出一副羞赧的模樣。

明齊的皇室越到後來，越是昏聵無能，整日想的不是勵精圖治，發展國力，而是如何自保？

勢力盤根錯節的世家，手握重兵的將門，對皇室而言都是威脅。誠如傅修宜所說，沈家老實做人尚且是目標，謝家這樣不聽指揮的，自然更是先皇的眼中釘。

適逢匈奴進犯，謝鼎帶兵出征，然而在戰場上所向披靡的謝家軍這一次卻全軍覆沒。謝景行在京中等待父親的凱旋歸來，最後卻等來了一具棺木。

謝鼎的死並不是結束，出殯當日，定京百姓不畏寒風刺骨，跪於葬禮隊伍行進的道路兩旁送謝鼎最後一程，可謂是滿城哀戚。

這對於皇室來說卻是大忌，於是沒過多久，就下旨任命年輕的謝景行代父出征。

謝景行不是第一次上戰場，他排兵布陣，運籌帷幄的能力不輸其父。可是明知謝鼎死得蹊蹺，皇家的這道聖旨，無疑是把謝景行推向了絕路。

不過謝景行還是接了聖旨，也去了戰場，然後如預料中的兵敗。他暴露在敵軍的眼下，得了一個萬箭穿心的結局。不僅如此，不知為何屍身被奪走，匈奴扒皮風乾，晾在城樓，以儆效尤。

謝家父子齊喪戰場，百姓們只看得到匈奴的凶殘和將軍的英勇，卻看不到這陰謀之下的暗流洶湧。

傅修宜登基後，擺出一副明君模樣，追封謝家父子。只是得了封號的謝家父子已然作古，倒是朝廷的賞賜平白便宜了那位妾室和兩個庶出的兒子啊！

沈妙還記得得知謝景行死訊時，沈信沉痛的模樣。原以為當初沈謝兩家勢同水火，謝家倒楣，自己的父親無論如何都不該難過的。現在想想，恐怕早在謝鼎死時，沈信就有了兔死狐悲之感。平衡已經被打破，謝家一倒，接踵而來就是沈家，可笑她那時候還一門心思為傅修宜打算。

沈妙對謝家沒什麼感覺，卻也為這少年郎的際遇唏噓了一番。這樣驚才絕豔的兒郎，本應該在明齊江山中留下濃墨重彩的一筆，誰知道會以這樣的方式退場。而且明知道那道聖旨就是死亡的召喚，卻仍是去了。

也許是為了保全謝家的尊嚴，證明謝家最後都不曾彎下家族傲骨。但明知不可為而為之，能看出謝景行頑劣外表下的非常人心性，也是個非常正直勇敢的人。

沈妙想著，就見蔡霖手裡捧著一個小布包遞給謝景行，恭恭敬敬地道：「小侯爺，這是您吩咐我去找的醫書孤本。」

一個小霸王，對人這樣畢恭畢敬，直教人驚掉下巴了。可轉念一想，比起蔡霖，謝景行更是這定京城中的一大霸王，謝家更是霸王中的霸王，蔡霖對謝景行的態度又可以理解了。

馮安寧悄悄跟沈妙咬耳朵，「妳覺得謝小侯爺比起定王殿下如何？」

沈妙愣了一下，馮安寧突然跟她這麼要好，她還有些不習慣，「我覺得謝小侯爺更勝一籌。」

豈是一籌，在她看來，傅修宜一個黑心肝的小人怎麼能和磊落不羈的謝景行相提並論。當初婉瑜和傅明在讀明齊正史的時候，讀到謝家那一段，也曾偷偷的與她說，覺得謝景行是頂天立地的好男兒，死得著實可惜。連自家兒女都稱好的少年，必然是好的。

馮安寧有些驚訝，「看來妳果然是真傷心了。」

沈妙懶得跟她解釋，見馬上的謝景行一把接過包袱隨手綁在馬鞍上，看了蔡霖一眼，什麼話也沒說，瀟灑的揚鞭轉身就走。

馬蹄揚起滾滾煙塵，依然掩蓋不了馬上少年的風姿。彷彿天上的旭日，天生就是耀眼的光芒。

蔡霖有些失落，周圍的少女們難掩失望，大概是想著謝景行能多待一些時間。很奇怪的是，謝景行是唯一一個，深受少女們戀慕，少年們卻也不因此嫉妒的貴族子弟。可能是他與旁人迥異的行事風格，著實令人羨慕吧！

沈妙收回目光，暗自忖度，謝家傾覆，沈家也會隨之迎來滔天大禍。兩家既然是脣亡齒寒的關係，可否緩和一下呢？若是天家那位想要動手，或許也要掂量掂量有沒有這個能力？

救下謝家，救下謝景行，就等於給沈家增添了一分籌碼。

沈家老實厚道，謝家飛揚跋扈，皇室最先對付的是謝家，她或許可以和謝家做一筆交易了。

另一頭，謝景行一路騎行，終於在一處酒館面前勒馬。

他翻身下馬，逕自走進酒館最裡面。

廂房中，一名白衣公子容貌清秀，瞧見他就面露微笑，「三弟。」

「拿去！」謝景行將手中的包袱扔過去，「以後這種事別找我。」

若不是高陽托他找勞什子醫術孤本，他才不會去找蔡霖，更不會像個傻子一樣在廣文堂供人圍觀。想到那朵絹花，更是覺得有些厭惡的拍了拍衣裳。

高陽知道自己這個師弟有潔癖，打趣道：「你這性子就應當多走動，那些學生年紀也有與你相仿的，你該學學他們那般生氣活力。而且有可愛的姑娘，你年紀正好，整日孤家寡人是怎麼回事？」

謝景行已經習慣了自家師兄外表正經，內心無聊的性子，微微不耐煩的撇過頭，腦中卻想到方才看見的那雙眼睛。

如幼獸一般清澈的眼睛，含著的卻是深深的悲憫和無奈。那種神色都不禁讓他一怔，後來那雙眼睛的主人低下頭去，似是羞怯了。

但他謝景行是什麼人，少年時便跟隨父親走南闖北，打過仗、殺過人，練就了一雙火眼金睛。那丫頭大概是想裝作戀慕他，可惜她自己都不知道那雙眼睛如一潭死水，一絲波瀾也無。

實在很有意思。

第三章 勾搭

沈妙不知自己已經引起謝景行的興趣，下了學堂，回到沈府的時候，天色已經有點晚了。

沈玥和沈清依舊沒有與她一道，沈妙也懶得與她們計較。沈老夫人已經休息了，她便逕自回了西院。

方走到西院門口，便聽到一道有些熱絡的聲音傳來，「姑娘可回來了，老奴聽說姑娘落水擔心得不得了，眼下看到姑娘好了，心中大石終是可以放下。」

側過頭，便見一名約莫四十來歲的中年婦人朝自己走來。身形略胖，膚色稍黑，穿著一件青色比甲襖子。雖然看上去款式普通，那料子卻是不錯的。腕間一只沉甸甸的銀鐲子，滿眼都是笑容。

「桂嬤嬤。」沈妙語氣淡淡。

那婦人似乎沒覺出她有什麼不對勁，一個勁兒的道：「老奴本想早些過來的，奈何然兒一直病著不曾好。但不親眼見到姑娘，我實在放心不下，只得把然兒丟給他娘，自個兒先回府了，如今看見姑娘安好，我也放心了。」

這話說得討巧，便是沈妙在她心中比自己的親孫子還要重要。若是往常，聽完這話沈妙便又該大大的感動一回，然後說些安慰的話語，拿些銀子給桂嬤嬤，讓她買些好吃的給孫子帶回去。

可是人生重來一次，再看眼前的婦人，沈妙幾乎想要破口大罵自己了，當初怎會認為這樣的人是忠僕？

沈大夫人生下沈妙沒多久，沈信便接到出征旨意，但甫出生的小娃兒哪裡經得起舟車勞頓，沈大夫人只得忍痛將她留在沈府裡。沈老夫人為她請了奶娘，就是桂嬤嬤。桂嬤嬤是莊子上農戶出生，當初沈大夫人也是看上她勤快老實，後來見她將沈妙照顧得很好，便放心將她留在沈妙身邊。

可這世界上，人心是最善變的。

沈府西院本就人丁稀少，做主的是東院的兩房和沈老夫人。桂嬤嬤原先還老老實實的照顧沈妙，可越到後來，越是看清了局勢，毫不猶豫的投奔了沈老夫人。當初自己鐵了心要嫁給傅修宜，桂嬤嬤也沒少在其中煽風點火。

不過最可恨的是，當初沈老夫人的一位遠房姪女來投靠沈家，她大哥沈丘卻在一次醉酒後佔了那姪女的清白，最後只能娶她為妻。

那姪女可不是個省油的燈，把大哥的後院搞得烏煙瘴氣。而出面作證沈丘侮辱那位姪女的人，就是桂嬤嬤。

如今想來，又是一齣蹩腳的戲碼。

一次不忠，百次不用，況且如桂嬤嬤這樣百次不忠的人，她自然要好好地收拾收拾。

桂嬤嬤等了許久也沒聽到沈妙的打賞，面上維持的慈愛神情一時間有些僵硬。她忍不住抬頭看向沈妙，卻見沈妙淡淡的看著她，沒有顯露出絲毫情緒。

她心中咯噔一下，不知道為什麼，竟感覺到心虛。

下一刻，便聽到沈妙不鹹不淡的道：「哦，那真是辛苦嬤嬤了。」穀雨輕哼一聲，有些嘲諷的看了桂嬤嬤一眼。她向來看不上桂嬤嬤這種諂媚的小人模樣，仗著是姑娘的奶娘，就在西院裡橫行霸道。偏偏自家姑娘從前被她哄得服服貼貼的，聽信了桂嬤嬤不少讒言，害得姑娘和西院本來的下人們都離了心。

如今好了，姑娘自落水醒來後，倒像是看清了不少事情，眼下對桂嬤嬤這般不冷不熱的態度，著實讓穀雨心中大大快慰了一回。

桂嬤嬤訕訕一笑，她也摸不清為什麼沈妙今日待她態度這般冷淡。想著莫不是沈妙是因為落水之事心情不好，笑著勸道：「老奴勸姑娘一句，莫要太過傷心，顧著自個兒身子才最重要。姑娘花一樣的人兒，定王殿下心裡定是喜歡的，總有一日能得償所願。」

她向來會說討喜的話，平日裡撿沈妙喜歡的話來說，最能得沈妙歡心，可今日這番話一出口，卻見沈妙變了臉色。

「嬤嬤這般說話，可是想要毀了我的名聲？雖說父親和母親如今不在將軍府，可我也是將軍府嫡出的小姐，也是西院的主子，尋常家中尚且要知曉名聲，嬤嬤這般說，豈不是故意陷我於水火之中？」

桂嬤嬤一愣，下意識道：「姑娘怎麼能這麼說，老奴也是為了您好呀！」

「這樣說來還是我的錯了？」沈妙冷笑一聲，「也好，不如去向老夫人問個明白，如今將軍府女兒的名聲都是大白菜了不成？便是大白菜還值幾個銅錢，桂嬤嬤說的這般理直氣壯，我不禁要問是否是我不知禮儀了？」

桂嬤嬤在西院裡橫行霸道慣了，平日裡沈妙也被她拿捏的很好，今日突然反咬自己一口，便覺得她心情不好也不該拿自己出氣，而且還當著幾個丫鬟的面指摘自己，心中不由得有些惱怒，「姑娘，您可是老奴一手帶大的，沒有功勞也有苦勞，姑娘怎能如此不知好歹，說老奴是故意害您？」

「放肆！」驚蟄實在忍不住了，高聲譴責，「姑娘是主子，桂嬤嬤怎敢跟姑娘這般說話？」

桂嬤嬤一驚，也懊惱自己方才衝動了，忙又軟了聲音，「姑娘，從您還在襁褓時，老奴就跟著您，心中其實早把姑娘當成自己的孩子了，老奴是真心心疼姑娘啊！方才是老奴一時糊塗說錯話，姑娘莫要為此氣壞了身子。」

把她當自己孩子看待？沈妙心中冷笑一聲，她倒覺得桂嬤嬤是個妙人兒。平日裡從她這裡得了不少銀子，卻把東院的當正經主子，最後還害得她大哥吃了那樣一個大虧。若是上輩子，後宮中遇到這樣的刁奴，她早已一道懿旨讓人打死丟出去了。不過現在麼……既然桂嬤嬤誠心投靠東院，那就借她的手讓東院吃個虧如何？

「既然桂嬤嬤知錯了，便只罰三個月月錢吧！」

桂嬤嬤神色一僵，沈妙唇角一揚。

沒有銀子的桂嬤嬤該怎麼辦呢？

自然是去東院表忠心了，她就等著看好戲。

夜裡，燈火下，沈妙斜倚在美人榻上看書。

白露則站在一旁呆呆的看她，彷彿一夜之間，眼前這個姑娘便變得不像是往日那個姑娘了。莫說以前的沈妙最討厭看書了，即便是肯看書，也不會是這般沉穩致志，如老僧入定一般。

「傻站著幹嘛呢？」霜降走過來推了她一把，然後將一條羊毛毯披在沈妙身上，溫聲勸道：「姑娘，眼下時辰也不早了，明日還要去廣文堂，還是早些歇息了吧？」

沈妙搖了搖頭，「妳們先下去休息吧，我再看一會兒。」

哪有主子不睡丫鬟先休息的道理，霜降無奈，還想再勸，卻被給沈妙換熱茶的穀雨拉住，待換了茶，將她和白露一併拉到了外屋。

「穀雨，妳拉我出來做什麼？」霜降不明白，「姑娘身子才剛好，妳怎麼也不跟著勸勸。」

「我怎麼沒勸？只是如今的姑娘根本不聽勸。」穀雨也覺得頭疼，憂心忡忡的看了裡屋一眼。

原先怯懦的時候，時時都要人拿主意。如今不怯懦了，卻是自己拿定了主意，就不容他人置喙。明明說話平緩，語氣淡淡，卻彷彿自帶一股威嚴的氣勢，讓人不寒而慄，似乎大老爺發火都沒這麼可怕。

屋裡，沈妙還在看書，而且是真的十分認真，連一點兒細節都不放過。

《明齊正史》將齊國自開國以來到現在發生過的重要大事都記載得一清二楚，她熟知未來幾十年將要發生的事情，也準備尋求一些方法來阻撓悲劇的發生。在這之前，她必須要找到所有簪纓世家如今情況的源頭。

皇帝下令剷除這些世家大族的腳步就快要近了，沈妙記得清楚，如果不出意外，下個月便會有一場浩劫。這些簪纓世家一個接一個倒了，很快就會輪到沈家。

在沈信沒有回來之前，沈府只能由她一個人撐著，還要提防東院裡的那些豺狼。

沈妙料想的不錯，這天晚上，桂嬤嬤進了榮景堂，名義上是送這次回莊子帶來的特產，實際上是拉著沈老夫人身邊的張媽媽告狀，話裡話外都是沈妙行事越發乖張。

張媽媽哪裡不知道她的心思，陪著不鹹不淡的說了幾句後，桂嬤嬤又讓張媽媽在沈老夫人面前美言幾句，這才離開了。

她剛走出榮景堂，便瞧見任婉雲身邊的丫鬟香蘭走過來，看見她便笑了，「桂嬤嬤，我正要找您呢！」

當家主母身邊的人，桂嬤嬤自己是要討好的，立刻笑著迎上，「香蘭姑娘找我什麼事呢？」

「也沒什麼大事。」香蘭順勢拉著桂嬤嬤的胳膊，「就是二夫人聽說您知道有一處賣口脂的，那裡的口脂顏色特別好看，想找您問問在什麼地方？不知您現在可有空跟我走一趟？」

這話明顯只是一個藉口，任婉雲定是想找她過去說些私密話。

桂嬤嬤心知肚明，立刻順著香蘭的話道：「有空有空，當然有空！說起那家的口脂，許多官家的小姐夫人也都愛用呢！」

待同香蘭來到彩雲苑，屋裡的丫鬟婆子都已經被打發下去了。

沈二老爺這會兒還在外頭應酬不曾回來，任婉雲斜倚在榻上，吃著已經剝好的一碟子葡萄。

如今這天氣，定京城裡是尋不到葡萄的，這肯定是花了大錢從外地買來了。桂嬤嬤心中暗暗啐了一口，雖然表面上瞧著沈家二房當家沒虧待大房，可實際上沈妙的吃穿用度並非真精緻，不過是看著奢華，經不起仔細推敲。便是說這吃食吧，沈妙屋裡可不會有這葡萄呢！

「桂嬤嬤。」任婉雲放下手中的銀叉子，微微抬眼。

桂嬤嬤忙回過神，躬身行禮，「老奴在，二夫人請吩咐。」

任婉雲已經是四十歲的人了，雖然保養得極好，眼角卻還是有一些細紋。只是坐在那裡，穿著上好的料子剪裁得體的衣裳，舉手投足都是當家夫人的派頭，即便是笑著，也有些威嚴的。

「聽聞妳回來了，如今小五身子方好，妳需得好好照顧她。」

桂嬤嬤心中嘲笑，誰不知道東院巴不得西院倒楣，任婉雲又怎麼會如此好心，不過是掩人耳目罷了。

果然，只聽得任婉雲又道：「這些日子，小五大概是落水心情不大好，我這個做嬸子的似乎做什麼都只有討嫌的份兒，便是想要知道什麼消息，也只能從妳這裡聽來了。」

這便是要桂嬤嬤將沈妙的一舉一動都說給任婉雲聽了。

桂嬤嬤忙道：「太太有心關懷五姑娘，是五姑娘的福氣。不過依老奴看，五姑娘這次落水，也的確是生了氣。這幾日性情都變了不少，連帶著對老奴也生分了。別的不說，便是今日好端端的，老奴也被罰了三個月的月錢。老奴聽聞五姑娘落水，心中焦急，連自家的小孫子尚在病中都不管，就跑回來看她，誰知道五姑娘竟斥責老奴，老奴心中也不好受。」

任婉雲有些不耐煩聽這老貨的言外之意，便道：「小五會如此，終究是因為心病。依妳看，小五對定王殿下的態度可曾改變了？」

這才是她最想問的話。

桂嬤嬤眼珠子轉了一轉，「五姑娘似乎是想與定王殿下劃清界限，今日都不讓老奴提起。不過老奴帶了五姑娘這麼多年，清楚她的性子。五姑娘在定王殿下一事上異常執著，怕是不會這麼輕易放棄。這些話，大概只是姑娘家氣急之下的話，當不得真的。」

話音剛落，任婉雲的面上便浮起一絲狠戾。

桂嬤嬤走後，沈清從屏風後走了出來，坐到任婉雲身邊，語氣中是掩飾不了的憤怒，「娘，沈妙不肯放棄定王殿下，我該怎麼辦呀？」

沈家三房，大房無疑是官位最大的，若是沈妙求沈信自個兒討賜婚，那也是有很大可能成的。可是她也愛慕定王，若是沈妙成了，她算什麼？

定王殿下那樣丰神俊美的人，怎麼能被沈妙那個蠢笨無知的人佔了。每每思及此，沈清便是一百個不甘心。

「放心，這沈府裡，沒人能大得過妳去。沈妙蠢笨，不足為懼。娘自然有法子讓她嫁不成定王殿下。倒是妳，要盯著秋水苑的人，妳以為二丫頭就是個好的了？妳有這樣的想法，二丫頭未必就沒有。」

「沈玥？她也戀慕定王殿下？怎麼可能！」沈清不相信，「再說了，就算她真的喜歡定王殿下，三叔不比大伯父，根本說不上話，不足為懼。」

「妳呀！」任婉雲嗔怪的點了點沈清的額頭，「妳三嬸可是個厲害的，當初她和妳三叔……」似乎意識到這話不該在孩子面前說，任婉雲話鋒一轉，「總之，妳不必將五丫頭放在心上，娘自然有辦法。」

「謝謝娘。」沈清依偎進任婉雲懷中，母女倆笑作一團。

而在秋水苑內，陳若秋正坐在桌前寫字，因出身書香世家，即便已為人婦，還是喜歡寫寫字看看書。

沈玥立在她身後，一身鵝黃綢緞長裙，面容姣好，身材纖細苗條，活脫脫就是個小陳若秋。

「娘，您剛才為什麼對桂嬤嬤那樣說？」

沒錯，桂嬤嬤離開彩雲苑後，就又被請到秋水苑。可出乎人意料的是，陳若秋非但沒有讓桂嬤嬤阻止沈妙戀慕定王殿下，反而讓桂嬤嬤勸著沈妙，定王殿下是個好歸宿。

「這不是讓她打定主意嫁給定王殿下了嘛。」沈玥有些埋怨。

陳若秋放下手中的筆，輕輕嘆息一聲，拉著沈玥的手來到榻前坐下，「玥兒，娘不是告訴過妳，做任何事情，尤其是在這後宅之中，都要繞著彎的去做。這樣日後出了什麼事，怪天怪地，總歸都怪不到妳這裡來。」

沈玥搖了搖頭，「娘，我不明白。」

陳若秋笑了笑，她這個女兒，要樣貌有樣貌，要才華有才華，但終究還是太年輕了。再加上她是三房唯一的孩子，沈萬十分寵愛她，讓她無法體會到後宅中的凶險。哪像她當初，在尚書府的時候，一堆姐姐妹妹、姨娘侍妾，個個都不是省油的燈。所以她出嫁後，一直把沈萬牢牢的握在手心裡。

然而最遺憾的是，她終究沒能生個兒子，沈萬再疼愛她，沒有兒子，就沒有傍身的籌碼，沈萬遲早會讓唯一的通房不再喝避子湯，到那時又是個什麼景象呢？

所以這個女兒，她更是要好好教養。

「玥兒，妳以為沈五如何？」

沈玥想了想，「琴棋書畫不通，算數女紅不精，性子怯懦蠢笨，不善言辭。若非有大伯父的名號鎮著，只怕無人會給她臉子。」

若是有人聽見，定會大吃一驚。這些將沈妙貶得一文不值的話竟是出自這個溫溫柔柔的堂姐之口，要知道平日裡與沈妙最親的人便是沈玥。

「或許以前是這樣，」陳若秋搖搖頭，「可這次落水後，我瞧著沈五變了不少。」

「娘為何這樣說？」

陳若秋也不知道為什麼會有這樣的感覺，大家都認為沈妙是受了打擊一時賭氣，可比起她那個自以為精明的二嫂，她看人看得更清楚，沈妙變聰明了。

她在榮景堂和老夫人的對話，以及表現出來的樣子，都和以前截然不同。難道真是定王的事刺激了她，抑或是身邊有高人指點？

不論如何，都不能掉以輕心。

「玥兒先別管娘為何這麼說，妳只要記住，聰明的女人不對付女人，她們對付男人。」

陳若秋聲音輕輕柔柔的，像是唱歌一般，「妳既然也心悅定王殿下，又何必把所有的目光都放在沈妙的身上。妳大伯父就算再有權勢，可天下男子，絕沒有人會去愛慕一個蠢笨無知的女子。定王殿下貴為皇子，若是真娶了這般不堪的女子，豈不是要被天下人笑話？」

「可是……」沈玥有些委屈。

「聽娘的話，妳不僅不要因此而疏遠沈五，還要如同從前一樣與她做朋友。妳要加倍的勤奮，讓所有人看得到妳的才華和美貌。妳越是出眾，她便顯得越是蠢笨。」陳若秋笑著，彷彿在閒話家常一般，說的話卻是字字誅心，「我讓桂嬤嬤勸她繼續戀慕定王，是因為這樣蠢笨的女子越是傾心相待，越凸顯她是個沒有自知之明的，定王殿下只會加倍厭惡她。」

「這算不算一石二鳥？」沈玥好像有點兒明白了。

「當然算。」陳若秋欣慰地摸了摸她的頭，「所以妳要勸著她繼續愛慕定王，在定王面前出醜。只有這樣，才能讓定王殿下注意到更為出眾的妳。即便天下人都要定王殿下娶沈五，妳只是能走進定王殿下的心裡，最終的勝利者還是妳。」

「娘……」就這麼大刺刺的說出來，沈玥有些害羞的頭埋在陳若秋懷裡，「我曉得了。」

陳若秋笑了笑，當初沈萬也是頗多人爭搶的佳婿之一，為何獨獨選中了她呢？那是因為有次在寺廟中「偶遇」，她穿著一身白色錦衣，在樹下彈琴，被沈萬看到了，沈萬回家後便主動提出要娶她為妻。

她可是仔細打聽過了，沈萬最愛聽琴，最喜歡的顏色是白色。

看，那麼多女子爭爭搶搶，而最後的贏家是她，不過是因為她從一開始就知道，自己要對付的是一個男人罷了。

沈家有三個嫡女又如何？只有她的玥兒能對付定王殿下。

無論東院的怎麼做，沈妙都還是開始故意疏遠了二房和三房的人，不再像從前一樣黏著沈玥和沈清了。

起初沈府眾人都以為她不過是因為落水之事在賭氣，可當沈妙開始行事都有了自己的主意時，眾人便多少覺察出一些不對來。

桂嬤嬤一如既往的勸著沈妙莫要與東院置氣，偶爾也煽風點火的說些定王乃是明齊無雙男兒之類的話。

可沈妙竟像是鐵了心般的，每每桂嬤嬤提起此人，便狠狠呵斥一番，弄得桂嬤嬤煞是頭疼。

不過西院如今都是二房、三房塞進來的人，總有些刁奴。穀雨幾個本以為沈妙既然轉了性子，定當好好地整頓一下，誰知道沈妙竟是理都不理。

沈妙自然有自己的打算。

這些日子，她去廣文堂越來越勤奮了。雖然眾人看她的目光依舊是輕蔑的，她卻也不惱，每日只做好自己的事情。她越是這般坦蕩，人們便越是覺得無趣，竟然也過起相安無事的日子。

這天辭賦課結束後，沈妙覺得胸口有些發悶，便走出教室隨意散步。

廣文堂雖是學堂，佔地面積倒頗為廣闊，依照就學的年齡分成國一、國二、國三，三個班級，沈妙的年紀屬於國二班，卻不知不覺的走到國一班的教室前，恰好見著一個小男孩坐在臺階上抹著眼淚。

小男孩約莫八、九歲的模樣，生得白白胖胖，穿著一件菘藍色的銀絲褂，小布靴，脖子上掛著一個赤金盤螭項圈，好似年畫上走出的娃娃。

沈妙微微一怔，隨即走過去，輕聲問道：「你哭什麼？」

小男孩許是沒想到突然有人來，猛的一抬頭，愣愣的看著沈妙。他生得白胖，一雙眼睛炯炯有神，臉上還帶著未乾的淚痕，實在是憨態可掬，沈妙忍不住噗嗤一笑。

小男孩卻是奶聲奶氣的叫了聲「姐姐」。

沈妙的一顆心頓時被叫化了，她上輩子生了婉瑜和傅明，可婉瑜和傅明五歲之前她都在秦國做人質。待回來後，兩個孩子都已經學會規規矩矩的叫「母后」。沈妙自己都不知道五歲之前，她的兩個孩子是何模樣。

眼前這小男孩雖八、九歲，看起來卻是不諳世事的模樣，讓她忍不住想起婉瑜和傅明。

沈妙蹲下身子，摸了摸他的頭，「你哭什麼？」

「先生問我問題，我答不出來，便打我手心。」小男孩伸出手，露出紅紅的手心，委委屈屈的道：「我實在疼得很。」

「先生考你什麼問題呀？」

「先生要我寫兔死狐悲四個字，可我寫不出來。」

已到國一生的年紀，卻寫不出這四個字，的確是有些說不過去。

撇開沈妙自己不談，傅明在這小男孩這麼大的年紀時，已經開始學著處理朝中的政事。雖說皇室子弟多早熟，但來廣文堂讀書的孩子也都是達官顯要的子弟，不應當啟蒙的這般晚。

小男孩還嫌抱怨的不夠，繼續哼哼唧唧道：「若是回去被爹知道了，定又會狠狠訓我，我活著還有什麼意思，倒不如一頭撞死算了。」

沈妙被小男孩哀戚的發言一驚，又好氣又好笑。

這是哪家的活寶貝？也不知從哪裡學的這唱大戲一般的說法。

「你是哪家的孩子？」

小男孩看著沈妙，沈妙如今也不過十四歲，加之她本身長著一張娃娃臉，看起來其實並不比小男孩大多少。

但不知為什麼，身上便是有一種難以言喻的氣質，彷彿見過大風大浪，能安定人心。便是小男孩，聞言也不由自主的安靜下來，竟是竹筒倒豆子一般的將自己的身家來歷說了個一清二楚。

「我是平南伯家的二少爺，蘇明朗。我爹是平南伯蘇煜，我大哥是平南伯世子蘇明楓。」

沈妙一愣，蘇家？平南伯？

無論是上輩子還是這輩子，蘇家和沈家都沒什麼關聯，因為彼此在朝堂上是相悖的政見。蘇家和謝家關係不錯，平南伯蘇煜和臨安侯謝鼎是很好的兄弟，蘇明楓和謝景行也是自小玩到大的朋友，這兩人關係好到什麼地步呢？當初蘇明楓死時，只有謝景行敢去給他收屍。

是的，蘇明楓死了。或者說，是整個蘇家都滅亡了。先皇查出蘇家貪墨並私下販賣兵馬的證據。

聖旨下的突然又迅捷，都沒有過審，直接抄家就地處死。

謝景行知道消息的時候已經晚了，整個蘇家幾百口人，無一倖免。

而往日交好的人家沒有一人敢出面，是謝景行親自去給蘇家主子收屍，之後謝鼎向先皇請罪，並請求看在蘇家也曾為明齊立功的份上允許下葬。

先皇准了，蘇家的後事是由謝家一手操辦的。沈妙記得很清楚，年關時候沈信回來知道了此事，還很是唏噓了一番。

蘇家的滅亡，就在兩個月後，很快了，面前這個懵懂無知的小男孩，也死在了那道冰冷的聖旨之下。

她的神色突然變得冷厲，小男孩不由得瑟縮了一下。

沈妙再看向他時，語氣便又如方才一樣溫柔了，「蘇明楓？是不是最近立了大功，把軍馬管得極好的那個蘇家世子。」

「是啊！」小男孩與有榮焉，「爹說陛下這次肯定會賞大哥一個功名呢！」

沈妙笑了，湊近小男孩，「你不是說你爹知道你答不出先生的問題就會罰你嗎？我有個法子，可以叫他不罰你。」

「什麼辦法？」小男孩眨著眼，一臉期待。

「你須得答應我，不能讓他知道是我告訴你的，我才說。」

「好。」小男孩毫不猶豫地點點頭。

自明齊開國以來，蘇家就是負責掌管軍馬的世家大族。朝堂中，但凡掌管兵力、糧草、軍馬的，似乎總是高人一等。

平南伯蘇煜也是這麼認為，在他看來，蘇家花團錦簇，必然會長長久久的綿延下去。或許忠臣都會有這樣的想法，只要忠心做事，皇家必然不會虧待。

只是自古以來伴君如伴虎，這世上之事，又有誰能說得清呢？

蘇煜年過不惑，同夫人也算恩愛，雖有幾房妾室，妾室所生的都是女兒。一共便只有兩位嫡子，因此對兒子們的教育總是格外嚴厲些。

大兒子蘇明楓年紀輕輕便已入仕，依舊是如他一樣掌管著軍馬處，甚至這半年來做的比蘇煜還要出色。前段時間蘇明楓同太醫院的獸醫們商量著改革了軍馬處的規章，讓每年因馬瘟死去的軍馬數量少了一半，這可是件大功。只待下個月軍馬統計回饋後，必然會得到賞賜。

賞賜倒是其次，主要是這其中代表的榮耀。如今蘇明楓年紀正好，是該子承父業了。若是蘇明楓再出色些，說不定會成為留給下一任儲君的心腹人才。

大兒子如此出色，蘇煜自然是高興不已，可是小兒子卻令他頭疼。大概是小兒子蘇明朗是自家夫人年紀頗大的時候才得的，過分溺愛的結果，便是養成了嬌慣的性子。莫說如同大兒子一般優秀，便是在同齡人中也顯得落後許多。

本來蘇明朗不是長子，自然不用繼承世子之位，所以蠢一點也沒關係。可是蘇煜是個完美主義者，哪裡容得下自家兒子半點不好。於是每次問及小兒子課業，就要上演一齣老子教訓兒子，老媽子立刻跑來護崽子的雞飛狗跳戲碼。

這不，這一日，蘇煜正在書房同蘇明楓商量事情，父子倆在軍馬一事上總有說不完的話。蘇煜可得意了，生了這麼個優秀的兒子，還有什麼不滿意的，說著說著便說到下個月關於蘇明楓的賞賜。

「依我看，陛下這次必然是要封官了。金銀珠寶什麼的暫且不說，爹只盼著你仕途走得更穩。如今匈奴蠢蠢欲動，軍馬之力更需重視。明楓啊，你只要得了陛下重視，日後咱們蘇家只會越走越遠。你弟弟年幼，蘇家還需你一肩扛起。」

蘇明楓點頭稱是，一向在為官之事上沉穩有加，但畢竟少年得志，此刻也是心花怒放，面上便忍不住流露出幾絲得意。

父子倆俱是心情不錯，便聽得小廝在門外稟道：「老爺，二少爺回來了。」

每日蘇明朗下學，都要到蘇煜的書房報到，今日也不例外。

蘇明朗慢慢的走進書房，拱手一揖，「爹、大哥。」

看看優秀的大兒子，再看看蠢得小豬似的二兒子，蘇煜頓時有些頭疼的按住額心。

蘇明朗每日來書房，最後只會把他氣得七竅生煙。

蘇明楓倒是很喜歡看著像顆圓球，傻得可愛的弟弟，「明朗，今日在學堂過得可還好？」

蘇明朗抿了抿唇，沒說話。每次他這樣做，意思便是，過得不好，一點兒都不好，被先生訓斥了。

蘇煜板著臉，對蘇明朗道：「伸出手心。」

蘇明朗瑟縮了一下，委委屈屈的伸出手，便見白白嫩嫩的掌心裡，赫然有幾條紅痕，不是挨過板子的痕跡是什麼？

蘇煜一臉早就料到的模樣，倒是蘇明楓有些心疼自家弟弟，「先生怎麼打得這般重，明朗不過還是個孩子啊！」

「就是你們整日這般嬌寵才把他慣壞的！」蘇煜聞言暴跳如雷，「今日又是哪裡出了錯？」

「先生讓我默寫兔死狐悲四個字，我寫不出來。」

「你讓我說你什麼好！」蘇煜一臉痛心疾首，「看看那些如你一般大的孩子，哪個像你這樣？你大哥在你這般大的時候，都開始讀《軍馬策》了，我蘇家的臉面都快被你丟光了！」

蘇明楓正想勸一勸，便聽得自家二弟抽抽搭搭道：「我雖寫不出來兔死狐悲四個字，卻寫得出狡兔死，良狗烹六個字，說起來還多兩個字呢！既然都是一樣的意思，寫出狡兔死，良狗烹不是一樣的嗎？」

「胡說八道！」蘇煜簡直不知道說什麼好。

蘇明楓笑了笑，「二弟，這兩個詞可不是一個意思？」

「那是什麼意思？」

「兔死狐悲的意思是兔子死了，狐狸覺得自己有相同的命運而感到悲傷。而狡兔死，良狗烹的意思是兔子死了，於是用來捕獵的獵狗便沒有價值，也被殺了。是說一旦沒有利用價值，不能為利益所趨的時候，那些工具便可以丟棄了。狡兔死，良狗烹和過河拆橋倒有些像。」蘇明楓是個好哥哥，耐心的回答弟弟的問題。

卻見蘇明朗搖了搖頭，仍舊一臉困惑的道：「既然都是兔子死了後才會發生的事情，不是應當一模一樣嗎？總歸兔子是死了。」

蘇明楓正要解釋，卻見父親突然神情微微一頓，輕聲重複了一遍，「兔子死了？」

「是呀！總歸都是兔子死了。」蘇明朗攤著手心，圓胖的臉上仍舊是天真而執拗的表情，

「這意思都是只要兔子死了，狐狸和狗都要倒楣了。既然大家都要倒楣，那麼這些詞的意思不是一樣的嘛！」

寓言之所以為寓言，必然有其在生活中所呈現的大道理。

兔子死了，狐狸比狗聰明些，大概能看到自己的結局。可是誰才是那條獵犬呢？幫助主人捕獵到兔子的狗，又是個什麼結局？

蘇煜的神色漸漸沉了下來。

第四章 是妳

十月初的時候發生了一件大事。

平南伯世子蘇明楓突然身染重病，平南伯心疼愛子，告假與夫人一同在家照看，皇帝賞賜了一些東西表示慰問，並讓人接管軍馬處事宜。

定京城中的百姓們紛紛為之扼腕嘆息，蘇世子入仕不久便立下大功，眼看著就要青雲直上了，卻突然生了重病。果真是天妒英才，若是拖個三年五載的，朝中怕是再無他的立足之地了。

百姓們的想法直白而簡單，朝堂官員的看法卻是大不相同。

「這哪是生病，這分明是避禍啊！原先以為這蘇家如同烈火烹油，眼看著就要引火焚身，不想如今還能看清局勢，來個釜底抽薪！」

這些事情傳到沈妙耳中時，她正站在院中修剪海棠花的枝葉。這幾日在學堂上，因著蘇大少爺的事情，大家有了新的談資，反倒不怎麼注意她，讓她也難得清閒幾日。

「姑娘如今倒喜歡這些花花草草了。」穀雨笑著在一旁幫忙，「這些海棠花確實長得很好。」

前世她大多數時候，都活在爭權奪利和後宮爭鬥中，又哪裡有心情如現在這般蒔花弄草。

不過眼前深紅色的海棠花卻令她心生唏噓，想要美麗的花朵綻放，往往是要付出代價的，就像通往權力的道路上，是沾滿淋漓鮮血，堆滿累累白骨的。

蘇家已經懂得了這個道理，他們會怎麼做呢？

此刻的平南伯府上。

蘇家大少爺的院子被人牢牢的看守起來，除了貼身小廝和親人，旁人無法進入，只聞得到濃重的苦澀藥味，就連平南伯蘇煜也閉門謝客，不見外人。

但作為蘇明楓好友的謝景行，自然是要登門探病的。

謝家的馬車停在蘇府外頭，小廝們從上頭往下搬藥材。一箱接一箱的藥材，足見謝小侯爺對好友的用心。

而書房內，蘇明楓一身青衣，除了身形有些消瘦外，神情卻還是一如既往的精神，哪裡有身患重病的痕跡？

他的對面，錦衣少年眉頭緊鎖，提出疑問，「避禍？」

「不錯。」蘇明楓看著好友，嘆了口氣，「在軍馬這一事上，蘇家幾乎可以做到一手遮天的地步，可你也看到了，陛下非但沒有打壓，反而越發的捧著蘇家。」

「這怎麼是捧？明明是你立了大功啊！」

「正因為立了功，父親與我都頗為得意，卻忘了背後隱藏的危機。這功再大下去，就會是禍了。我說的這些你應該都明白，只是原先蘇家身處其中，難免一葉障目，如今豁然開朗，不得不懸崖勒馬，實在險得很。」

「我明白，這樣做也好。」謝景行點頭認同，「只是如此一來，你就必須沉潛幾年了。」

「無妨，我只願蘇家平安無事。」留得青山在，不怕沒柴燒，「謝家與蘇家的情況相似，我蘇家已經決定懸崖勒馬，你謝家呢？」

「我不入仕，他能耐我何？」

謝景行和蘇明楓不同，蘇煜為了蘇家，早早把兒子送入仕途。可謝景行卻沒有入仕，身上只掛了個閒職。皇家就算想打壓，也不會去打壓一個兒子都不接班的家族。

「你倒是深謀遠慮。」蘇明楓忍不住笑了。

「我也不是為了防他。」

謝景行的確不是為了提防皇家，不過是為了和他爹作對罷了。

「不過……」謝景行眉頭一皺，突然轉了話頭，「你怎麼突然就想通了此事？原先我幾次提醒你，你都不曾聽進去。」

蘇明楓慚愧的低下頭，「原先爭一時意氣，又正是得意，哪裡會想那麼多。這一次，還多虧了我二弟。」

「你二弟？」謝景行本是懶洋洋的靠著椅子，聞言坐直了身子，眼中閃過一絲異色，「那個糯米糰子？」

蘇明朗就是個蠢糰子的事大家都知道，怎麼還能給蘇家提醒這事？

蘇明楓便把來龍去脈說了一遍，「這次若不是二弟誤打誤撞，說不定就要釀成大禍了？」

「誤打誤撞？」謝景行輕聲自語。

就在這時，一道稚嫩的聲音傳來，「大哥，娘讓我給你送點心來了。」

蘇明朗端著一碟酥餅，邁著小短腿走了進來，嘴角還沾著糕餅屑，顯然在端過來的途中已經偷吃了。

這些日子因為他的無意間提醒，蘇家改變策略，躲過一劫，連對他最不滿意的平南伯都破天荒的覺得自己這個二兒子是大智若愚，將來必有大用。蘇夫人更是變著花樣的給他做好吃的，不過短短幾日，蘇明朗便又胖了一大圈。

他見謝景行還在，不由得縮了縮脖子，不知道為什麼，他總是有些懼怕哥哥這位俊美的好友。

蘇明朗把點心放在桌上，丟了一句「大哥我走了」，轉身就要跑，不想被人一把揪住衣領。

回頭一看，謝景行蹲下身子溫柔的摸了摸自己的頭，一雙桃花眼帶笑而生動，偏偏眼神卻冷漠無比。

「狡兔死，良狗烹，這句話是誰教你說的？」

✣ ✣ ✣

隨著時間越來越近，廣文堂的學子們也開始為考校做準備。

男子是為了入仕，女子則是為了展示自己的才華，為日後嫁人增加籌碼。

對於這個一年一度的大好機會，便是如馮安寧這樣的嬌嬌女，這些日子也開始刻苦了起來。沈清和沈玥更不必說了，尤其是沈玥，整日在東院練琴吟詩，只盼著這次再度大出風頭才好。

沈玥和沈清都已經十六了，早就該相看人家了。明齊的女兒家，大多十六、七歲出嫁，

十四、五歲便開始相看定親。沈清和沈玥遲遲不定，無非是眼高於頂，不約而同都把目光瞄向了定王。

九位皇子中，唯有排行最小的定王如今尚未定親，已二十出頭，也是過了該娶親的年紀，然而因為種種原因，王妃之位懸而未決，成了一塊香餑餑。這一次考校場上，定王也會親作考官。是以許多女兒家都卯足了勁兒，只盼著在定王面前大放異彩，讓定王對自己一見傾心。

沈妙卻沒這個想法，再來一世，她依舊是個不通風月的女子。吟詩作對她不會，彈琴跳舞亦不通，總不能站在臺上與人說朝堂大事。更何況，她根本就不想再和定王扯上關係了。

上輩子定王利用她，害她兒女，屠她滿門，這筆帳遲早要討。既是血海深仇，又怎能做夫妻？

馮安寧問她，「妳怎麼不看書？今年考校妳若又墊底，豈不是讓人笑掉大牙？」

沈妙落水之後，變得沉靜許多，她還以為沈妙開竅了，如今看來，倒和以前一般無二，依舊是個蠢笨無知的。

沈妙卻理直氣壯回道：「反正看不明白，何必浪費時間？」

一邊聽到此話的易佩蘭噗嗤一笑，譏諷一句，「朽木不可雕也，糞土之牆不可杇也。」

沈玥正在與沈清說話，假裝沒有聽到這邊的對話，並不幫忙解圍。這些日子沈妙不像從前一般討好她們，她們心中也多有不悅，只巴不得看沈妙出醜。

沈妙卻彷彿沒有聽到易佩蘭的話一般，起身道：「我去花園走走。」

待她走後，易佩蘭才撇了撇嘴，「是無話可說才逃了吧，真真膽小如鼠也。」

「妳說夠了沒有？」馮安寧眉頭一擰，「妳又比她好多少了？五十步笑百步！」

馮安寧自來在國二班是有些威嚴的，家中更是寵著。

易佩蘭也不想與她交惡，便不了。

卻說沈妙來到花園，慢慢的走著。

廣文堂也是風雅之地，花園裡茂林修竹，池塘假山，修建的很是雅致。走進去便可聞到鳥語花香，令人心曠神怡。

她只是想安靜的自個兒待一會兒，國二班到底都是些年輕氣盛的孩子，而她上輩子甚至已經為人母，實在很難與她們爭強鬥勝，更沒有把她們放在眼裡。

走著走著，便見前面出現了一顆圓滾滾的糯米糰子。

「蘇明朗！」她開心的輕喚一聲。

糯米糰子聞聲立刻轉過頭來，見是沈妙，眼中閃過驚喜，似乎是想撲上來，但又猶猶豫豫的站住，看著沈妙抿了抿唇，似乎是想說什麼，卻又不敢說。

沈妙便鼓勵他，「在我面前，你想說什麼就說什麼，無妨的。」

沒想到蘇明朗卻是眼圈一紅，小聲道歉，「對不起……」

對不起？沈妙愣了，就看見糯米糰子小嘴一癟，委委屈屈的竟是要哭了！

下一瞬，一個懶洋洋的聲音響了起來。

「原來是妳。」

自一旁竹林裡走出一名俊美少年，也是一身雪白銀絲暗紋的錦衣，比起糯米糰子來，實在是修長優雅好看極了。

他走到沈妙面前停下腳步，居高臨下的俯視她，目光中帶著探究。這少年個頭極高，沈妙堪堪到達他胸前。彷彿在看稚童一般，嘴角習慣性的帶起頑劣的笑，卻因為俊俏的臉蛋絲毫不讓人反感。若是換了普通少女，此刻怕是要心跳加速，面紅耳赤了。

然而沈妙畢竟不是真正的豆蔻少女，她掃了一眼對方，並不言語。那少年卻勾唇一笑，手上不知什麼時候竟是多了把精巧的短刀。他把刀鞘那一端對準自己，用刀柄抬著沈妙的下巴，迫使她抬起頭來。

沈妙不得已把目光投向對方。

少年似笑非笑的模樣十分動人，然而那雙銳利冷沉的眸子卻讓人發寒，這樣的人即便是外表再玩世不恭，只怕內心也如一塊寒冰般難以入侵。

她深深的吸了一口氣，後退一步，讓那短刀的刀柄離開自己下巴，「謝小侯爺。」謝景行笑了，語氣不明，「妳認識我？」

「京城中無人不知謝小侯爺大名。」這話似乎是有些諷刺的意味在裡面的，但由她說出來，竟是正經的出奇，讓人分辨不出語氣。

「我卻不認識妳。」謝景行掃了她一眼，又指了指糯米糰子，「是妳讓蘇明朗傳話給蘇家的。」

「傳話？」沈妙看著他，忽而笑起來，「不過是教他一個不被父親訓斥的法子，轉移注意力罷了，怎麼還用上『傳話』二字了？小侯爺未免想多了。」

「想多了？」謝景行玩味的咀嚼著這三個字，突然欺身上前，幾乎將沈妙逼到了背後的巨大樹幹上，他神情曖昧，語氣卻十分清明，「我若不想多，就被妳瞞過去了。」

沈妙皺了皺眉，明齊雖然對男女大防並不太過嚴峻，但未婚男女青天白日下做這樣的舉動，還是有失禮儀。尤其廣文堂裡多是勛貴子弟，若是被人看到，她倒不介意自己的名聲，只怕沈信會因她而蒙羞。

前世因為自己，沈家大房覆滅，她方看清楚父母的良苦用心，重來一世，沈家大房她來護，怎麼能容得別人說沈家大房一點不好，更何況還是因她而起。

思及此，沈妙便有些不耐煩道：「謝小侯爺究竟想做什麼？」

謝景行注視著面前的少女，他從不會對任何事情掉以輕心，這是在戰場上詭譎多變的局勢中，後宅裡包藏禍心的暗算下，培養出來的習慣。所以他能氣焰囂張的長到這麼大，並非全靠運氣。

明齊那麼多勛貴家的子弟，每年因為種種原因離開人世的從來沒少了去。

蘇明朗的一句話，蘇明楓不會聯想到其他，蘇老爺也覺得是兒子無意間提醒。在他看來卻不然，時機把握的如此剛好，不會是巧合，而是人為的。

他能斷定有人在教唆蘇明朗說這番話，不過目的究竟為何，卻不得而知，因此決定會一會這個人。

然而真正見到這個人時，卻令他意外不已。

謝景行原以為，能說出這番意味深長的話，又是廣文堂的，當是哪個朝堂股肱大臣的兒子，或者是即將步入仕途的才子。

或許是為了拉攏蘇家，或許是為了欲擒故縱。然而當看到這個人時，卻險些以為是蘇明朗故意使壞。直到少女開口喚蘇明朗，他才確定就是她沒錯。

面前的少女個頭不高，長相也算不得動人，頂多是清秀可愛。看上去竟只有十一、二歲的模樣，臉蛋圓圓，眼睛也圓圓，像極了叢林中迷路的小鹿。偏偏站得筆直而端莊，說話字正腔圓，不疾不徐，彷彿是宮中教出來的宗婦。

若不是親眼所見，謝景行根本不敢相信，上看下看，左看右看，不過是一個黃毛丫頭。直到與她說了幾句話後，她面目稚氣，語氣卻沉穩，面上非但沒有流露出一絲驚慌，反倒有些不耐煩。

這對於謝小侯爺來說，還是頭一遭。別的女子見他這樣靠近，早已羞紅了臉，她卻是面色寡淡，實在無趣得很。

大概是年紀太小了，還什麼都不懂，但為何又懂得提點蘇家呢？

他一隻手撐在沈妙身後的樹幹上，從外頭看，幾乎是要將沈妙整個人圈在懷中，謝景行低下頭，朝沈妙靠近，「妳不怕我。」

「小侯爺又不是吃人的妖怪，有什麼好怕的？若沒有別的事，我便先回去了。」說罷就要離開。

「站住！」謝景行伸手想攔，沈妙的頭髮卻恰巧從他掌心劃過，癢癢的好似螞蟻爬過。他難得心慌一瞬，收回手，退後幾步，雙手抱著胸，又恢復到那副玩世不恭的模樣，「提醒蘇家，妳的目的是什麼？」

話語鋒利的像他的眼神，卻又包含著無限的深意。

沈妙心中微微嘆了口氣，謝景行比她想像的還要聰明。蘇明朗一句話，就能找到這裡，還能問出目的。前世只道是胸中有丘壑，如今看來，卻也是個心思通透的人。

和聰明人打交道，如何掩藏自己的真意呢？幸好，她從來都不想掩藏。

「無他，自保而已。」

說完這句話，她朝謝景行微微一福，再也不管其他，轉身離開了。

六個字，謝景行會懂的。

在她身後，謝景行勾起唇角，把玩著手中的短刀。

「蘇明朗，她叫什麼名字？」

⁂

定京城臨安侯府，委實富麗堂皇，故去的侯夫人是先皇最寵愛的玉清公主。本來做了駙馬後，臨安侯的兵權便該被收回去，架不住玉清公主的討好賣乖，先皇竟然也放任自流了，足以可見玉清公主在先皇心中的地位。

玉清公主生得國色天香，性子又是最溫柔小意。嫁入臨安侯府，自也是被臨安侯寵在心尖上。可惜臨安侯到底還是納了一房妾室，便是如今的方氏。

若說玉清公主是天生的大家閨秀，長袖善舞。這方氏便是個活脫脫的小家碧玉，原是方氏父親對臨安侯有恩，後來方家敗落，方父以恩情要脅，終於讓臨安侯娶了方氏做良妾。

良妾和普通的妾室不同，是不能隨意打之殺之。加上方氏確實也伏低做小，並未有爭風吃醋的行為，臨安侯便也沒放在心上。

此外，大概貴族高門子弟都看慣了三妻四妾，如臨安侯這般只納了一名良妾的已算是罕見，臨安侯也未覺得不對。

可惜男子與女子看待問題，尤其是妾室的問題上，實在是南轅北轍。臨安侯覺得納房良妾也無甚大礙，妾室不過是玩物，他心尖上的人還是玉清公主，玉清公主卻不然。

玉清公主自小在先皇寵愛下長大，嫁入侯府後，丈夫又只有她一個正妻，日子過得十分舒坦愜意。實在沒有想到會突然冒出一房妾室，玉清公主那時候剛生下了謝景行，還沒出月子，便被此事打擊到了。

方氏每天過來給玉清公主請安，穿著打扮、言行舉止都極守規矩。只是她不來還好，一來，玉清公主心中便覺得無比煩悶。若玉清公主是個普通公主，隨意找個法子私下給方氏使絆子，也不是沒法將方氏弄走。偏偏玉清公主自來被保護的極好，一直是個天真爛漫的性子，哪裡會使那些陰私手段。

還是公主的陪嫁嬤嬤想了個法子，在沒告訴公主的前提下，暗中尋個理由想將方氏驅趕出去。誰知道不知怎麼的卻沒得手，甚至被臨安侯發現了。

臨安侯這人平日裡雖然行事不羈，可心底卻是個光明磊落的性子，最是看不得女人耍小手段，當即便狠狠斥責了玉清公主。

玉清公主自嫁給臨安侯後，還是第一次與臨安侯爭吵。她又是個受不得委屈的性子，便也未將嬤嬤的事情說出去，只與臨安侯針鋒相對，最後氣得臨安侯拂袖而去。

原本以為過幾日臨安侯便會來看她，誰知道竟是一個月過去了，臨安侯都只在方氏那邊歇著。女人坐月子期間最是不能傷心，玉清公主嘔了氣，便重重病了一場。

臨安侯到底還是深愛著髮妻，便要過來看望玉清公主，偏偏連夜收到了出征的聖旨，甚至都來不及與玉清公主打招呼就離開了。

而臨安侯離開不久，方氏就發現自己有了身孕。身為正房，臨安侯不在，玉清公主萬萬不能給方氏使絆子，甚至還得護著方氏肚子裡的孩子。否則一旦有個三長兩短，怕是定京城中的流言全是她趁著夫君不在謀害妾室。長此以往，心力交瘁下，玉清公主的身子竟漸漸撐不住了。嬤嬤見狀，心中焦慮，偏偏玉清公主不許嬤嬤回稟皇家。爬起身給臨安侯寫了封信，要他回來見自己最後一面。

她等啊等啊，到底沒等來臨安侯。

玉清公主歿了，下葬三日後，臨安侯凱旋，甚至沒能見到愛妻屍首，哀慟不已，可惜佳人已去，只餘黃土一抔。

那時候先皇震怒不已，褫其臨安侯的官位。直到新皇登基，才又重新起復臨安侯。臨安侯沒有續弦，臨安侯府只有方氏一人。方氏也仍舊幾十年如一日的伏低做小，她生的兩個兒子，臨安侯略有關心，卻還是將所有的精力都用在嫡子謝景行身上。

但謝景行並不領情，他從漸漸懂事開始，就一直疏遠著臨安侯——玉清公主和臨安侯的愛恨糾葛，定京幾乎家喻戶曉，若想知道，總也能知道的。

臨安侯對自己兒子有愧，總是盡力滿足他。謝景行卻似乎極喜歡跟他爹對著幹，老是讓他爹氣得頭疼。

但無論如何，他都繼承了玉清公主的美貌與才華，除了性子頑劣，卻是個驚才絕豔的好兒郎，自然也是明齊許多貴女的春閨夢裡人。

今日也是一樣，謝景行大踏步的走進自己的書房。

他的院子是曾經玉清公主養病時居住的院子，與正院隔得遠遠的，勝在幽靜。謝鼎曾數次想讓他搬去靠正院的地方，都被謝景行拒絕了，理由是，實在不想看到某些人。

他對侯府的態度一向這樣涼薄。

身邊的小廝推門走了進來，手裡端著一個雪白撒花的陶瓷碗，「方姨娘給您熬的蓮子粥，說是熬了幾個時辰，讓主子暖暖身子。」

他不喜歡手下人叫他「少爺」或「世子」，只叫「主子」，似乎這樣就能和侯府撇開干係。

謝景行瞟了一眼，粥熬得鮮亮黏稠，當是熬了不少時辰，散發出的清香令人食指大動。

謝景行卻冷冷地下令，「倒了。」

小廝習以為常的稱是，退了出去。

剛退出去，門後便閃現一人，微微垂下頭，低聲道：「主子，查清楚了，那女子是沈信的嫡女沈妙，在家中行五。」

「沈信？」謝景行皺了皺眉。

沈信和謝鼎在政見上不合已有多年，沈府和臨安侯府也是各自看對方不順眼，並且兵權相互制衡，實在是牽扯到不少利益。

而臨安侯府和蘇家是好友，沈家提醒蘇家，或許就是提醒謝家。可本是對立的人，突然來提醒，究竟是個什麼意思呢？

再說，沈妙一個小姑娘，又懂什麼？當是沈家人故意讓她來提醒，沈信如今遠在西北，莫非是二房、三房？沈貴和沈萬也是極有野心之人，如今朝堂風雲再起，只怕是想要再渾水摸魚。

「沈謝兩家涇渭分明，沈家丫頭突然示好，分明不懷好意。」他挑了挑眉，語氣冷漠如寒鐵，「繼續查！」

無論定京城中掀起什麼樣的風浪，抑或是暗流洶湧，外表看著總是歌舞昇平，一團祥和的。一年一度的賞菊宴也快來臨了，因著廣文堂的考校恰好與賞菊宴隔著不久，今年便索性辦在一起。

這樣一來，考校變成了在大庭廣眾之下，勛貴之家的大宴之上了。

一大早，沈老夫人便差身邊的大丫鬟喜兒來到西院，說是請了裁縫過來裁製參加賞菊宴的衣裳，請沈妙過去挑選衣料。

沈妙點頭稱是。

以往考校，沈妙都是隨意穿著便去，因她總是墊底的，穿得太顯眼反而會招人嗤笑。而今考校和賞菊宴一起，不做新衣裳卻也說不過去。

每年賞菊宴，所有勛貴高官都會偕夫人一起出席，主要目的就是相看兒媳婦的。所以但凡有適齡女子的人家，都將女兒打扮得漂漂亮亮的，只盼著能找到一個好歸宿。

沈老夫人雖然看不慣大房，面子上卻還是要做的。何況沈老夫人此人，凡是都只顧著自己的利益，若是能用沈妙換一門有助力的親事，把她賣了也未嘗不可。

白露顯得有些高興，一邊陪著沈妙往榮景堂那邊走，一邊道：「姑娘不是最喜歡賞菊宴嘛，屆時又可以賞花了。」

沈妙喜歡賞菊宴，卻並不是為了賞花。但凡這樣的宴會，她總是被若有若無孤立的那一個，其中固然有沈玥、沈清的推波助瀾，她自己的性子也蠢笨沉悶，每每打扮的又不甚得體，被人背地裡嘲笑還不自知。

她喜愛賞菊宴，不過是因為傅修宜。

一年前的賞菊宴，傅修宜也在場。當日她便又被嘲笑孤立，菊花園子裡姹紫嫣紅，大家都找那最紅最豔的，她自己走到角落，卻遠遠的瞧見一盆白菊。

白菊這樣的東西，大概都是用來做喪事時候用的，天生便不討喜，況且這菊花開的也委實淒慘了些。花瓣有些凋零，也不知是被雨打的還是風吹的，孤零零一枝在角落，沒有一人注意。

大概是起了同病相憐的心思，沈妙只覺得自己和那白菊如出一轍，孤零零的一人，無人看到的小可憐。心中正是感嘆唏噓的時候，就瞧見一華服男子走到那白菊面前，伸手輕撫花瓣。

身邊人問他，「九弟，這花淒淒慘慘，有何好看的？」

華服男子一笑，「我憐惜它嬌弱無依。」

便是這一句「我憐惜它嬌弱無依」，讓沈妙對男子有了好感。待那男子轉過身，更被他丰神俊美的外表所著迷。

後來沈妙便從諸位女眷嘴裡得知，那便是當今聖上的九皇子定王傅修宜。

也許年少時戀慕一個人總是沒有道理的，傅修宜那句話分明是在說菊花，她卻覺得自己感同身受。她想，這樣一個溫柔的人，嫁給他，他也定會如憐惜孤花一般的憐惜她吧？

可惜她終究還是想岔了，傅修宜憐惜嬌花，憐惜天下，憐惜楣夫人，可惜從未憐惜過她。對於她所付出的一切，在他看來都是基於妻子應盡的「責任」。那些相敬如賓的日子，也無非是傅修宜強忍厭惡陪她演的一場場戲罷了。

他也並不憐惜那白菊，不過是隨口一提，便被她當了真。

「姑娘？」不知不覺想得出神，竟沒發現自己已經到了榮景堂門口，白露忙出聲提醒，沈妙這才跟著喜兒抬腳走了進去。

沈老夫人一身青白色錦繡長扣衣，明明已近古稀之年，偏還要穿這樣鮮嫩的顏色，直襯得那張臉如同女鬼一般，偏偏她自己渾然未覺。

沈妙請過安後，任婉雲就看著沈妙笑道：「小五，快來挑塊布料，等會兒讓麗娘給妳量身。」

沈清刻意補了一句，「我與二妹妹已經選好，就等妳了。」

分明是喜兒來得晚，這話卻成了她的不是，晾著一眾人在榮景堂待著。

沈妙懶得與她計較，逕自走到了攤著布料的軟榻前。

麗娘是個三十來歲的中年婦人，沈府上上下下每年的新衣都是交由她家的鋪子負責裁製的。她年輕的時候跟過宮中的女官學過一些刺繡手藝，做的衣裳也十分好看。

面前攤著五匹布，一匹海棠色和一匹煙粉色的已經被擺到一邊，不用說也知道，定是沈清和沈玥二人的。

前世的情景歷歷在目，當日賞菊宴，沈清穿著海棠色撒花如意雲煙裙，顯得熱情大方，更襯得人比花嬌。而沈玥一身煙粉對襟羽紗長裙，更是嬌柔純美。而她穿著一件嫩黃色衣裳，戴著沈老夫人給的赤金項圈和首飾，最後成了一個大笑話自己還不自知。

而那嫩黃色的布料正是在幾位嬸嬸和姐姐的慫恿下挑的。

不出所料，沈玥先笑著出聲，「五妹妹膚白，不如挑那塊嫩黃色的如何？顯得活潑可愛，與五妹妹很相襯呢！」

沈清也連連點頭，「不錯，橫豎看剩下的料子，似乎就嫩黃色的更襯五妹妹一些。」

陳若秋與任婉雲都是嘴角含笑點頭表示贊同，眸中卻都閃過一抹譏諷。

沈大夫人常年不在府上，這沈府其他人又都是各懷鬼胎，哪裡會真心教導沈妙如何挑選衣服，搭配首飾？長此以往，沈妙只會跟在沈清和沈玥身邊，她們倆說什麼，沈妙就挑什麼。

譬如說那嫩黃色的料子，襯她的膚色是不假，卻顯得太過稚氣有些廉價。加之那些金燦燦的首飾，活脫脫像根閃閃發亮的香蕉。

穀雨幾個勸她捨棄那些金首飾，偏她還執拗不依，上趕著去丟臉，真是可笑。

「就這個好了。」這次她選了一塊蓮青色的天絲錦緞。

一般來說，閨閣少女大多不會選這樣的顏色。因著蓮青色很挑人，尋常女兒家穿這個顏色，容易顯得太過老氣。

若是沒有通身的貴氣，穿這個顏色更會顯得壓不住，十分難看。

陳若秋目光微微一閃，勸道：「小五，這顏色會不會太深了？姑娘家都適合穿得鮮嫩一些的，如妳兩個姐姐，這樣的顏色怕是老氣了些。」

「妳三嬸說得對，還是選那塊嫩黃的吧！」任婉雲雖然也喜聞樂見沈妙出醜，可是這蓮青色實在太過出格，穿上身還以為他們沈家的姑娘都老氣橫秋的，清兒還要在菊宴上大展身手，怎能被沈妙拖了後腿？

沈玥和沈清卻是在心中拍手叫好，「我看這蓮青色也挺好的，五妹妹不是不曾穿過這樣的顏色嗎？試一試也好，這顏色也很是貴氣呢！」

「是呀，若不是我已經挑好了，定也是要嘗試一下的。」

麗娘看了看沈家這兩個口蜜腹劍的姐姐，又看了看神色平靜的妹妹，心中嘆了口氣。沈家大房沈信嫡女沈妙愚蠢無知，定京城中無人不知。可是無人知道，兩個外表良善溫柔的堂姐其實都是一副惡毒心腸，變著法子的讓沈妙出醜。

她有些同情沈妙，沈將軍在外保家衛國，可自己的嫡女在府裡被親人算計，實在是有些可憐。思及此，她婉言勸道：「這蓮青色確實有些太過莊重，若是賞菊宴，不妨選些淡雅的色彩，小姐不若選這一匹玉白色的如何？」

沈妙瞥了一眼麗娘，倒是個難得的實誠人。上輩子她也曾這般提醒自己，只是那時候的她一心相信兩位堂姐和嬸嬸，壓根兒就沒聽她的話，聞言卻也是婉言謝道：「不必了，我就喜歡這匹蓮青色的料子。」

她這般回答，倒教剛剛眉心皺起的沈清和沈玥兩人鬆了口氣，「五妹妹眼光果然是好，如此就勞煩麗娘子為我們量身裁衣了。」

麗娘心中惋惜，卻也不好再說什麼了，依言為三人量身。

自始至終，沈老夫人都斜倚在榻上閉著眼睛假寐，對眼前的一切恍若未聞。只要是有關銀子的事情，她從來都樂得裝不知道。今日裁衣和布料的錢都是公中出的，而公中的銀子都是交由任婉雲打理。

待量完身，麗娘走了之後，任婉雲才笑道：「幾個孩子都是大姑娘了，咱們沈府的姑娘出去，也不能被人小瞧了。我便為幾位姑娘選了些首飾，待到賞菊宴那日便可戴上了。」說著，吩咐身後的香蘭把三個匣子端出來，交給三位姑娘。

沈妙的匣子沉甸甸的，任婉雲看著她，語氣分外慈愛，「二嬸瞧妳這些日子忙著廣文堂的考校準備，自己逛首飾鋪子的時候給妳買的，都是最時興的款式，希望妳喜歡。」

高座上，沈老夫人的眉頭皺了皺，似乎想睜眼，然而頓了頓，終究還是繼續假寐。

「多謝二嬸。」

別以為她不知道，那日任婉雲是帶著沈清和沈玥一起出門的，偏偏沒有帶上她，美其名曰不願打擾，最後隨便丟給她一些首飾，即便不合適，現在想換也來不及了。

「那咱們就先回去瞧瞧吧！」沈玥拉著陳若秋朝沈妙眨了眨眼，「五妹妹的首飾可是三個之中最重的那個呢！」

沈妙微微一笑，並不言語。

回到了西院，沈妙將那匣子扔到一邊，並未細看。

驚蟄見狀，奇道：「姑娘不打開瞧瞧嗎？」

每次從二房、三房那邊得來首飾，自家姑娘都會迫不及待的打開瞧了，而且愛不釋手。不過她們都覺得，那些首飾實在是俗不可耐，只是沈妙在二房、三房的調教下，已經分不清東西的好與壞了。

「有什麼可瞧的？橫豎都是一個樣。」說完，沈妙想了想，還是伸手將那匣子打開。

甫一打開，便被金燦燦的光芒閃了眼。裡頭擺放的都是金子和銀子打造的手鐲項圈，甚至還有釵子，上頭鑲著的紅寶石個頭倒是大，只是成色卻劣質得很。

驚蟄忍不住露出一絲憤怒的神情。

沈妙險些失笑，在出嫁之前，她的首飾都是這樣的。每每她穿著顏色豔麗的衣裳，再戴上這些金晃晃的首飾，在溫柔婉約的沈玥和大方明朗的沈清面前，就像個一夜暴富，卻沒見過世面的村姑。

驚蟄觀察著自家姑娘，驚訝的發現她並未如同以前一樣露出興奮的神情，尚未回過神來，便見沈妙將匣子一合，推給她，「拿去當了，順便去買支銀簪回來，也不用太好，刻花的就行。」

「姑娘，就這麼當了，若是被東院的人發現，難免會拿來作筏子。」她雖然也很高興沈妙終於不像以前一樣喜愛這些俗氣首飾了，可是這般行事，還是太過大膽了些。

「這些首飾既然已經不能戴，留著有什麼用，倒不如當了換成銀兩，平日裡做事總歸是方便些。」

凡事都要講究實用，這是她在當皇后時悟出的道理。

沈府每個姑娘的月例銀子是二兩，然而沈玥和沈清實際上拿到多少？沈妙不得而知，但有一點可以肯定，她沒有多餘的補貼。

同樣是將軍府裡的姑娘，她出手卻沒有兩位姐姐大方。她以前覺得那是因為二嬸和三嬸自個兒願意貼補女兒，可如今呢？

那公中的錢財都是由任婉雲掌管的，可是沈貴和沈萬平日裡在朝中辦事上下打點，自己的俸祿尚且不夠，哪裡有多餘的閒錢。

倒是沈信，因為是用自己的生命和血汗在戰場馳騁，陛下賞賜的多，而這些賞賜，沈信從來沒有私吞過，全都給了公中。

拿著他們家的銀子卻如此對待自己，這般無恥的事，也只有老夫人那家人做得出來。她總要想辦法分家的。

第五章 添堵

明齊六十八年的賞菊宴拉開序幕。

廣文堂也與以往不同，考校變成了鬥才。但凡有才之士，便可隨意上臺展示挑戰同窗，既能顯示出少年人的勃勃生機，又能讓人看到廣文堂的學子各有千秋。

而且男學生和女學生可以同臺較勁，也就是說，不像以往分成男子組與女子組。只要自認有本事，女子可以挑戰男子擅長的策論和騎射，男子也可以挑戰女子們擅長的琴棋書畫，不過想看到此種情景應該不容易。

一大早，沈府裡不論東西院都忙碌起來。

西院裡，霜降仔細的為沈妙簪上了銀簪，「姑娘，好了。」

霜降梳頭梳得最好，之前沈玥還想將她要過去，可霜降是沈大夫人親自挑選留給沈妙的丫鬟，霜降不願，沈玥也無可奈何。

「姑娘這身衣裳可真是好看極了！」白露看著就笑，隨即又有些遲疑，「就是頭上看著太素了。」

沈妙的頭髮又黑又多，被霜降梳了個精巧的垂雲髻，看上去典雅又別致。即便九月笄禮後，沈妙都還是如丫頭一般梳著雙平髻，換了個樣式，看起來竟似長成了不少。那圓潤可愛的臉蛋似乎也清秀婉約了起來，終於有些少女的味道。

只是一支銀簪子孤零零的插在頭上，看上去頗為可憐。

穀雨臉上忍不住流露出憤怒，這沈府家大業大，可沈妙今日卻沒有一樣能拿得出手的首飾！

沈府一大家子人都是靠沈信養著，卻做出如此狼心狗肺的事情，偏偏沈妙還無法說什麼。

沈妙只看了穀雨一眼，便猜到了穀雨心中在想什麼，不由得搖頭失笑。事實上，從小到大，沈家二房、三房為了培養自己的「俗豔愛好」可是絞盡腦汁，千方百計的要她相信，那些金光閃閃的才是最好的。這樣便能對外頭說，並不是二房、三房故意給大房的女兒難堪，是因為人家本來就最愛這樣金燦燦的首飾啊！

為什麼呢？因為她們可是「精心」給沈妙備了首飾的。

再看沈妙樂此不疲的戴著那些誇張的首飾，眾人便有了一個認知——沈府大房嫡女貪婪愛財，俗不可耐。

穀雨怕沈妙傷心，連忙換了個話題，「不過那麗娘真是好手藝，姑娘這身衣裳真漂亮。」

也不知是不是心底憐惜沈妙，麗娘送來的這件衣裳，竟是繡工出奇的精緻。似乎是考慮到她容貌偏稚嫩，蓮青色難免老沉，便在裙子下襬處繡了一朵朵粉嫩的海棠花，沉穩中又帶點俏麗。

霜降和白露對視一眼，彼此都看出了對方眼中的驚訝。如今沈妙竟連這樣的重色都能壓住了，也不知是怎麼回事？

「走吧！」沈妙站起身來，「不能讓人等得太久。」

方出院子，便見花園中的海棠開得美麗，她停下腳步，摘了小小一朵，插進髮髻中，一下子便似錦上添花，整個人都靈動起來了。

「姑娘可真好看！」穀雨忍不住讚嘆。

桂嬤嬤剛從小廚房出來，為沈妙準備了些馬車上的零嘴，提著籃子出來的時候見了沈妙也驚了。

她從小看著沈妙長大，可今日卻覺得沈妙陌生得很。氣質沉靜而穩重，配著一身高貴的蓮青色衣裳，完美展現了大家閨秀的風範。她差一點就沒拿緊手中的籃子，只是傻傻的站在原地。

直到白露笑盈盈的開口，「桂嬤嬤這是在瞧什麼呢？」

桂嬤嬤這才回過神來，習慣性的正要說幾句巴結的話，突然想到今日是賞菊宴，沈妙這般出眾，豈不是將沈玥和沈清都壓下去了！她將已經到了嘴邊的讚美之詞嚥回去，露出一副憂心忡忡的模樣，「姑娘，這身衣裳的顏色實在是太重了，姑娘這樣年輕，何必穿這樣的顏色？還是回去換了那件繡花枝喜鵲的桃色夾襖如何？顯得活潑可愛，正好適合您呢！還有這簪子，老奴記得二夫人不是特地給您置辦了首飾，您怎麼沒戴上呢？您這樣出席賞菊宴，沒得讓人笑話堂堂將軍府的姑娘竟如此寒酸！」

穀雨撇了撇嘴，那花枝繡喜鵲的桃色夾襖是任婉雲送的，顏色俗氣，加之戴上滿頭的金銀首飾，活像鄉下土財主家的小姐，若去了賞菊宴，沈妙定又會淪為笑柄。桂嬤嬤分明就是不安好心，她正要替沈妙斥責幾句，便聽見沈妙輕聲開口，「明齊如今國泰民安，百姓安居樂業，可陛下主張節儉。天下之道，鋪張浪費乃下乘，樸素一點又有何不好？被人瞧見了，只會說我們將軍府清正廉明，家風端正，是好事呢！至於衣裳就更不必在意，今日物在賞花，人在鬥才，可跟衣裳沒有一絲一毫的關係。」

她一番話說下來，溫溫柔柔，親親切切，卻又含著不可置疑的威嚴。桂嬤嬤腦子混沌一片，她不怕沈妙發火，可沈妙何時能這樣跟她講出一大堆道理來？沈妙平日裡便不喜愛讀書，是個沒腦子的。如今大段大段的道理，文縐縐的，讓桂嬤嬤這個沒念過書的粗人竟不知如何反駁。

「噗！」白露忍不住笑出聲，忙又噤了聲肅了臉色，只是眉目間的暢快還是掩飾不了。

桂嬤嬤反駁不得，還被幾個丫頭看了笑話，心中懊惱，卻也想不通為何這一次回府，每次和沈妙對話，自己都是落了下風。說牙尖嘴利，沈妙的語氣都溫和得很，說她溫和，字字句句又懟得人啞口無言。

桂嬤嬤有些狼狽的把手中的籃子交給穀雨，「這是給姑娘路上準備的零嘴，到賞菊宴還有些路程，莫要餓著姑娘。」吩咐完，朝沈妙道：「老奴先回院做事了。」

「去吧！」

待桂嬤嬤走後，穀雨和白露俱是開心不已。沈妙越是強勢，就越有主子的樣子，這樣沈府裡那些沒眼色的奴才就不敢再欺負她了。

方走到門口，便見門口停著兩輛馬車。第一輛已經準備出發了，第二輛卻是空空的。沈清的丫頭春桃就立在第一輛馬車前。

春桃見了沈妙，忙湊近馬車對馬車裡的人說了什麼，緊接著，便瞧見馬車的簾子被人掀開了。

裡頭正是沈玥和沈清，還有任婉雲和陳若秋。這四人瞧見沈妙的模樣，都是忍不住一怔。

陳若秋目光閃了閃，任婉雲卻是皺起了眉頭，「小五，妳怎麼穿得這樣素淡？」

「沒錯！」沈清暗自壓抑住心中的妒忌，迫不及待的開口，「看上去實在難看，還是穿些鮮豔的好。我屋裡還有一件豔黃色的新衣，春桃，妳帶著五妹妹去換下那身衣裳。還有首飾，怎麼什麼都未戴？不知道的，還以為將軍府虧待妳呢！」

其實沈清生得也算清秀，加之平日裡在外頭總是一副爽朗大方的樣子，看上去便是一個很有規矩的大家貴女。可有一點卻是她最在意的，便是她膚色不甚白皙，有些偏向麥色。女兒家誰不希望自己膚白勝雪，沈玥膚白，她不敢說什麼，可沈妙膚白，今日又穿了蓮青色的衣裳，更顯得瑩白如玉。這樣一來，沈府三個女兒中，她便是膚色最黯淡的，自然不高興了。

沈玥仔仔細細的打量著沈妙，見她梳著的垂雲髻也煞是小巧精緻，配著那一身的蓮青色衣裳竟然顯得十分端莊。今日她沒有佩戴那些金銀首飾，有一種雖然樸素，氣質卻自然高貴的感覺，她也有了危機意識，「五妹妹，衣裳暫且不說，首飾卻是一定要戴的，畢竟是咱們府上的臉面，祖母見妳如此打扮也會不悅的。再者，妳怎麼梳了這樣一個頭？妳如今年紀還不大，以前的雙平髻就很好。」

穀雨氣得臉色有些發白，可是她身為下人，不能頂撞主子，只恨得咬牙切齒，這二房、三房真是虺蜴為心，豺狼成性！

沈妙心中冷笑，沈玥竟然連沈老夫人都搬出來了，也是知曉自己從前最懼怕的便是老夫人的威嚴。至於梳頭，沈玥也不過只比自己大一歲多，又哪裡有年輕之說。她自己梳的飛仙髻，粉色紗衣輕薄似仙，想做絕色才女，憑什麼就要自己來襯？

她們說完後，卻見沈妙一言不發，只是微笑著看著她們，不知道在想什麼。終於，沈清被那目光看得有些不自在，呵斥站在馬車邊的丫鬟，「春桃，還愣著幹什麼？趕緊帶著五妹去更衣，重新梳頭，把娘之前幫她準備的首飾都……」

「不必了。」沈妙打斷她的話，面上適時的做出一副憂傷的神態，「今日這般打扮，也是有原因的。二嬸替我備的首飾，我也極是喜歡，並非故意不佩戴。」

幾人面面相覷，不知道沈妙是什麼意思。

穀雨和驚蟄也互相對視一眼，有些困惑的看著沈妙。

「父親如今遠在西北，帶領眾將士浴血奮戰。匈奴未退，將士寒光鐵衣，我身在京城，卻錦衣玉食，賞花吟詩，實在慚愧。」沈妙微微低下頭去，聲音也放輕了，「昨夜裡有菩薩入夢，要我虔誠禱告，我便下定決心素衣淡彩。到父親凱旋歸來之前，都不會著豔衣，戴首飾了。」

誰都沒料到沈妙會突然說出這麼一番話來，平日裡怯懦的話都說不清楚，更別說這麼咬文嚼字。

沈玥和沈清都驚得說不出話，陳若秋撫著自己的額角若有所思。

倒是任婉雲，面上有些尷尬，沈妙這番話說出來，她一人為自己的父親虔誠禱告，那他們這些沈家人又算什麼？可要讓她的清兒也穿得這般素淡去賞菊宴，她是絕對不允許的。

任婉雲咬了咬牙，慈愛的勸道：「雖如此，可妳畢竟是年輕姑娘家，何必心思這麼重，賞菊宴上便好好放鬆……」

沈妙卻突然朝任婉雲行了個大禮，「求二嬸成全沈妙一片孝心。」本就站在沈府門口，來來往往的路人不少，沈妙這麼一拜，路過的百姓都忍不住投來好奇的目光。

任婉雲可以要求沈妙穿豔麗的衣裳維持沈府的臉面，可是她敢不成全沈妙的一片孝心嗎？

自家大哥在西北打仗，自己不禱告便罷了，連人家女兒孝心也不成全，那是存了什麼心？

任婉雲的臉色頓時發青，她也沒料到沈妙居然這麼回答，更讓人發堵的是她無法拒絕，只能連忙讓春桃扶起沈妙，「妳這孩子，二嬸怎麼會不成全妳的孝心？難為妳小小年紀就有這般心思，罷了，素淡就素淡吧！」

沈清還有些不服氣，卻不好反駁自家母親的意見。

沈玥母女卻似乎看出了點什麼，再看向沈妙時目光已經有了不同。

「不過我們這輛馬車已經坐不下了，讓管家另備了一輛，妳就坐第二輛馬吧！」每年的賞菊宴，沈妙都是和沈玥母女乘坐一輛馬車，今日這般作態，也不過是故意為之。

任婉雲也有自己的思量，沈清也到了尋人家的年紀，可沈信的官位比沈貴大，所以若是有那門第高的，都會先考慮選擇沈妙。沈妙性子蠢笨，只要無人帶領她，怕是要鬧出許多笑話，只有這樣，才能襯托出沈清的大方得體。

所以她特意準備了兩輛馬車，陳若秋母女打得跟她一個主意，自然不會拒絕。

「好，但憑二嬸吩咐。」

任婉雲還有些詫異，沒想到沈妙這麼容易就答應了。沈妙一直很膽小，之前總是黏著沈玥和沈清，還以為要她自己單獨坐一輛馬車會很難，沒想到沈妙根本就沒有提出拒絕。這樣一來，倒顯得她準備的話多餘了。

「沒什麼事的話，沈妙就先上車了。」她朝四人行了禮，逕自上了馬車。

這馬車也算寬敞，只是不如任婉雲那一輛精緻。

穀雨氣憤道：「單獨讓姑娘一人坐馬車便罷了，竟還讓人跟在後面，這安的是什麼心？」

驚蟄有些擔憂的看了一眼沈妙。

沈妙目光沉沉的看著小几上的蜜餞，手漸漸握緊。

想掃了大房的面子，故意拉開和大房的距離，讓她成為笑話，給沈信招罵名？

她倒要看看，最後誰給誰添堵？

雁北堂，這是當初明齊開國帝后親自命名的皇家林園，此處原是前朝修建的，佔地幾千畝，建築宏偉而精緻，若非離皇城太遠，帝后甚至想要將它納入皇城一隅。

然而此處依山傍水，雖遠，卻是欣賞風景的好去處。尤其是每年十月，各色菊花競相綻放，更是美不勝收。而在此處考校，也算十分風雅。

沈府距離雁北堂大概一個時辰的路程，所以桂嬤嬤才會準備一些零嘴和吃食。

穀雨打開桂嬤嬤給的籃子，「姑娘要吃點東西嗎？」

沈妙看了眼籃子裡中的東西，蒜蓉枝，青蔥餅，辣油腿……乍一看顏色鮮亮，香氣四溢，讓人食指大動。

可惜這些東西味道都太大了，尤其辣油腿這樣的更容易弄花口脂，一個不小心還會弄髒自己的衣裳，桂嬤嬤也真是「精心」準備了這些食物。

後宅女人的爭鬥，大多都是明著暗著使些絆子，可沈妙當初在明齊後宮，面對的卻是妃嬪之間的爭寵，段數只會更高。這些小伎倆，實在上不得檯面。

「不必了，驚蟄這裡有。」沈妙搖了搖頭，讓穀雨將盒子蓋上。

驚蟄小心翼翼的從身後拿出一個小布包，布包裡都是小巧玲瓏的糕點，沈妙信不過沈府的廚房，讓驚蟄買通了負責採買的管事，托她帶了些外頭的糕點。

那管事只以為是驚蟄嘴饞，倒沒做什麼手腳，只是有些詫異驚蟄一個丫鬟，竟也捨得買廣福齋的點心。

廣福齋是定京城中數一數二的點心鋪子，便是宮中的妃嬪們都愛吃。沈妙前世對廣福齋的點心並不感興趣，婉瑜卻很喜歡，一天不吃便覺得不痛快。

一朵朵桃花形狀小糕點，粉紅色的外皮包著酸甜餡料，不僅好看還好吃。

沈妙讓穀雨和驚蟄也吃，兩個丫頭先是不敢，後來見沈妙堅持，推辭不了，便小心翼翼的接過來，吃了一口後便驚喜道：「姑娘，這點心可真好吃！」

沈妙微微一笑，其實點心再美味又能美味到哪裡去，不過是做得小巧可愛，女兒家又總是喜歡好看的東西。當初婉瑜和親之時，她甚至花重金買了廣福齋一名做點心的師傅，只希望到了匈奴那苦寒之地，婉瑜還能吃到自己喜歡的糕點。

誰知道半途中，婉瑜就香消玉殞，而且她連屍身都未見到。

沈妙閉了閉眼，婉瑜和親，是楣夫人鼓動，陳若秋一家勾結，傅修宜下令。今生這些人，一個都別想跑，這些害死婉瑜的人，她要他們，千倍百倍奉還！

穀雨正津津有味的吃著點心，一抬頭卻見身邊的沈妙目光之中，充斥著冷冽的殺意，一瞬間，穀雨似乎看到了沈信的影子。沈信是走過屍山，踏過血海的人，從骨子裡都帶著狠戾，沈妙此刻的眼神，竟和沈信一模一樣！

她差點兒被點心噎住，努力嚥了下去，小心問道：「姑娘可是哪裡不舒服？」

「沒有。」沈妙垂眸，「想些事情而已。」

今日的賞菊宴和考校，不僅傅修宜會到場，還有另外兩位皇子會出席。如今九個皇子，各有千秋，自然各自也分陣營。而傅修宜表現的最是無害，和太子一派交好。

沒人能想得到，最無害的，反而是最可怕的。

她不打算幫太子，明齊皇家的這些人，最是無情，他們看這些替先祖打下江山的簪纓世家，不過是像在看一條狗，明明當初是這些狗替他們打下了兔子，如今兔子收入囊中，卻還要擔心狗會咬死自己，於是榨乾了狗的最後一滴血，然後將他們殺而烹之。

君王不義，憑什麼要求臣子忠心？

不如先看一齣狗咬狗的好戲吧？沈妙的唇角微微一勾。

雁北堂此刻已經來了不少人了。

雖說今日的考校不分男女，宴會卻還是男女分席。男眷席那邊年輕兒郎們與父親忙著互相結識，勛貴之間拉關係相互扶持也是自然，況且這些年輕兒郎終有一日會接替父親扛起整個家族，多結交朋友也是必須的。

女子這邊沒有男子那邊熱絡，通常都是三五個平日裡相熟的聚在一起閒談。而年輕女郎對今日的賞菊宴是既緊張又是期待，偶爾還會抬眼瞧一瞧對面自己心儀的少年郎。

易佩蘭撥弄著小几上的鮮花，「今日的考校，妳們可有把握？」

「我是沒有的。」她身邊的女子很有自知之明，「今日來了這麼多人，我資質平平，實在害怕。只希望等會兒千萬莫要抽到我，也不要有人挑我上臺。我不求出頭，只要不出醜便萬幸了。」

易佩蘭撇了撇嘴，「妳至少要試一試呀！要知道今日可是定王殿下親自考校，況且妳心儀的李家少爺也來了。李家少爺文辭那般出眾，定會上臺，妳不得抓緊這個機會好好表現表現？」

那少女羞怯的推了易佩蘭一把，「盡胡說！」

江采萱聞言笑道：「白薇，妳怕什麼？要說比出醜，不還有沈家老五墊底嘛，怎麼著妳也比她強吧！」

「不錯，每年的考校，沈五不都是負責逗樂的嘛，也難為她每年都有臉子來。一想到今年她又要來表演她的那些猴戲，我便想發笑。不知道她又會穿什麼樣的衣裳，如去年那般恐怖的豔紅色配紫紅金釵？」

幾個少女越說越開心，都咯咯咯的笑起來。

「好笑嗎？」馮安寧突然開了口。

易佩蘭一愣，隨即道：「馮安寧，妳最近很奇怪啊，怎麼，與那傻子交好了？」

馮安寧瞪她一眼，正要說話，便聽得另外一邊有人道：「哎呀，沈家來人了！」

易佩蘭的母親易夫人平日裡和任婉雲交好，易老爺和沈貴在官場上互相照應，偶爾任婉雲也會帶沈清去易府做客，易佩蘭和沈清關係最好，和沈玥也不錯。

在場不論男女，聞聲都朝入口處看去。

沈貴和沈萬最近忙於公務，是來不了的。但眾人看向來處的原因，卻並非為了沈貴和沈萬二人。

無論如何，威武大將軍沈信在朝堂上威望頗高，先皇在世的時候，沈家便有頗多特權，天子近臣四個字名副其實。誰掌握了兵權，誰就有資格說話。所以就算沈信常年不在京城，提起沈家，眾人都還是免不了敬重，而沈貴和沈萬能在朝堂上順風順水，也是借了自己大哥的勢頭。

男眷們看沈家，是看權力，女眷們看沈家，卻是看笑話。

夫人們還好，畢竟年長，即便心裡輕蔑，面子上總是要敷衍幾句，少女們卻不一樣。人人都有嫉妒心，沈妙身為沈信唯一的嫡女，身分自然不同，甚至可以比得上公主了。而這樣貨真價實的高門嫡女，卻是個不折不扣的傻子。蠢笨無知，膽小怯懦，愛慕定王傅修宜鬧出不少笑話，可惜落花有意流水無情，舉朝皆知。

更別說在兩個出類拔萃的堂姐面前，越發襯得像個鄉野村姑。

「不知道今日又是什麼好戲？定王殿下在場，沈妙必定會『精心』打扮一番吧！」易佩蘭捂著嘴笑。

江采萱也跟著笑起來，「妳們應該更期待等會兒的考校才對，以沈妙那樣無腦的性子，怕是會自以為是的主動上臺，那才叫一個精彩吧！」

白薇嘆了口氣，裝腔作勢的搖了搖頭，「也不知道沈將軍上輩子造了什麼孽，怎麼生了一個這樣的女兒！」

正說著，便見雁北堂的婢女領著一行人走了進來。

走在最前面的是任婉雲和陳若秋。

任婉雲一身曇花勾金薄羅長袍，她本就生得豐腴，梳著單螺髻，越發顯得富貴端莊，很有掌家主母的氣派。

陳若秋則不同，雖然沈玥都十六了，她仍如少婦一般，著琵琶襟淺綠煙羅裙，一看便是出自書香門第的溫婉女子。

而她們二人身後，正是沈玥和沈清。

沈玥穿著煙粉對襟羽紗長裙，長髮挽成了飛仙髻，其中綴著粉色的珍珠，那珠子成色極好，散發著淡淡的光澤，直把人的目光都吸引過去。她身邊的沈清，海棠色撒花如意雲煙裙，也是亮眼的顏色，梳著一個百花髻，顯得精神又明朗，腕間帶著的翡翠鐲子顏色透亮，一看便知不是凡品。

她二人正青春，一個柔美，一個大方，穿的戴的都價值不菲，本就生得不錯，竟是有不少兒郎的目光都投了過來。

男眷席上，一位大人也忍不住讚嘆，「沈家的兩位姑娘倒是好相貌，好姿態。」

「還有一個。」蔡霖見到了自己心儀的沈玥，心中正是愉悅，聞言忍不住譏諷道：「沈家還有一位沈將軍的女兒，那才是好相貌，好姿態。」

那位大人似乎並不太理會外頭的傳言，對沈妙的評論一點也不知道，聽到蔡霖這麼說，還以為是真的，「沈將軍的女兒，必然不會差的。」

「呵呵！」蔡霖忍不住笑了，隨手指向沈玥一行，「那可不是……」

他的話沒說完，直接噤了回去。

只見沈清、沈玥的後面，還走著一人，她沒有和沈清、沈玥走在一起，孤零零的落在後面，本該畏怯瑟縮的，卻不知為何，一點也不顯卑微怯懦。

蓮青色鳳尾裙，裙子下襬處繡了一朵朵粉嫩的海棠花，竟像是盛開在她腳下一般。隨著少女的走動，步步生花，綽約多姿。

而這少女大概是覺得冷，外頭罩著一件同色系的披風，又生生多了一股沉穩威嚴出來。

隨著她走得越近，眾人也才看清了她的臉。一個十四、五歲的少女，梳著一個簡單的垂雲髻，只斜斜插了一支銀簪，在銀簪尾部綻放著一朵小巧的海棠花，瞬間在那沉色中多了一抹鮮亮，搭配起來頗為動人。

本就白皙的肌膚，在一身蓮青色衣裳的襯托下，越發膚如凝脂，而一雙眼睛澄澈透亮，鼻子小巧而鼻頭有肉，嘴巴紅潤，唇角含著微微的笑容，然而卻又似乎並不是在笑。

看著頗為可愛，但眾人瞧見她，卻並不會以為這是一位小姑娘。

有的人，天生美貌卻無氣質，有的人，雖不美貌氣質卻動人。這少女模樣算得上清秀可愛，說是絕色倒也至於，可那種威嚴的，端莊的，打從心底呈現出一種高貴的風華，讓人不敢生出什麼造次的想法。

而她走路的姿態，微微抬著下巴，裙裾紋絲不動，雙手交疊的動作恰到好處，不僵硬也不隨意，彷彿這樣的動作已經刻在骨子裡，精準的沒有一絲錯漏。

前面的沈玥、沈清，不知不覺中便成了這少女的陪襯，竟像是隨身帶著的兩個侍女，而走在後面的，分明是她們的主子。

「那是誰？」易佩蘭問了一句，即使身為女子，見了那少女，也忍不住為之失神，怎麼會這般年紀就有這種威儀？

「是沈家的客人嗎？」白薇也是一頭霧水，「似乎是從未見過的人啊！」

男眷席上也是鴉雀無聲，男人看女人，與女人看女人的角度又不一樣。在座的多是混跡官場中的人，自然能一眼看出這少女的不同之處，非是外貌，而是氣勢，那是一種王者睥睨天下的氣勢啊！

「這便是沈將軍的女兒嗎？」之前那位與蔡霖說話的大人有些激動，「果然是青出於藍啊！」

「沈妙？」蔡霖一愣，定睛一看，失聲叫起來，「是沈妙!?」

一石激起千層浪，滿座人靜了一靜，緊接著，瞬間譁然。

沈妙？馮安寧忍不住瞪大眼睛仔細看，她和沈妙在廣文堂平日裡同坐一張桌子，自然比別人更清楚一些，那的確是沈妙沒錯。

這些日子以來，沈妙的性子安靜了不少。雖然她以前也很安靜，但是不再跟在沈玥和沈清後面，說些蠢笨無知的話，安靜起來的模樣倒也不差。

馮安寧以為沈妙不過是開了竅，變得聰明了些，卻不想這樣正經的打扮起來，模樣竟然如此驚人！

彷彿一直蜷縮在窩裡的猛獸幼崽，終於在沉睡了許久後，第一次亮出了爪牙。

裴琅也在男眷席中，雖然如今他只是廣文堂的算數先生，可人們尊敬有才之人，在一眾官老爺中還是頗有地位的。他如今年紀尚輕，若是有朝一日入朝為官，未必就沒有發達的一日。

沈妙的目光掃過男眷席上，在裴琅的身上停留一瞬。

她知道，今日的考校，裴琅雖是算數先生，但鬥才的時候，會有恃才傲物的學子挑戰他。裴琅提出的一篇《行律策》，文采斐然，有理有據，入了傅修宜的眼。後來傅修宜為了收攬他，做了許多禮賢下士的舉動，終於得到了裴琅這員大將。

這輩子，是斷然不能讓此事發生的。

裴琅敏感的察覺到少女的目光似乎是遠遠的落在了自己身上，帶著審視，彷彿在衡量獵物價值的野獸，讓他心中騰起了一股奇異的感覺。他順著目光回望過去，沈妙卻早已轉過了頭。

身邊的大人們都在讚嘆，「沈將軍的嫡女年紀尚小便有這樣的氣勢，日後實在是不可小覷啊！」

「模樣生得也不錯。」一名藍衣少年已經動心了，「原先怎麼沒發現，這沈妙長得也算是個絕色佳人。」少年們看少女，又只是看容貌了。

「可惜是個蠢貨。」蔡霖在短暫的驚訝過後回過神，他不滿眾人都看沈妙反而將沈玥給忽略了。

「你才是蠢貨！」

一個突兀的聲音在他耳邊炸響，蔡霖嚇了一跳，見一個穿著軟緞紅衣的糰子氣鼓鼓的瞪著自己，他個子尚矮，卻氣勢逼人。

「對不住。」聞聲趕來的青衣少年朝蔡霖好脾氣的笑了笑，「舍弟無禮了。」

蔡霖正想罵人，一見對方是平南伯世子蘇明楓，那糰子正是蘇二少爺蘇明朗，便又將到嘴邊的話嚥了回去。

蘇明楓可是謝景行的摯友，誰敢惹？

「大哥……」蘇明朗拉了拉蘇明楓的衣角，「那個姐姐好漂亮，你把她娶回家做嫂子吧！」

蘇明楓嘴角一僵，好在蘇明朗的聲音很小，周圍沒人聽見，他微微俯身，問道：「二弟認識沈姑娘？」

「不認識呀！」蘇明朗無辜的玩手指。

蘇明楓便不說話了。

沈妙跟在任婉雲一行人身後，走到了女眷席上。

一般來說，女眷席夫人們都是跟自己相熟的好友隨意坐的，小姐們也是一樣。可沈妙平日裡除了廣文堂，就是沈府，沈玥、沈清不必說，廣文堂更沒有人願意與她交好，她也不惱不怕，自顧自的尋了個位子坐下來。她並不懼怕這些少女們的孤立，相反她倒很享受這種安靜的感覺。

少女們看著沈妙今日不同的裝扮本就有些嫉妒，想瞧她出醜而故意忽略她，卻見沈妙自己一個人坐著，並不顯得淒慘。桌上有為了讓少女們不無聊而準備的棋盤和葉子牌，她想了想，便從棋罐裡將棋子拈出來，自顧自的開始對弈。

琴棋書畫她樣樣不通，以前是因著二房、三房的刻意教導心中厭棄，後來嫁給傅修宜更是沒時間學。所以上輩子從秦國歸來，面對能歌善舞，八面玲瓏的楣夫人，她心中不是不自卑。後宮那些嬪妃拿她和楣夫人比較，說她是武將世家出來的粗人，不知情趣，粗鄙不堪，難怪傅修宜對她這個皇后視而不見。

然而下棋並不一定要懂棋的人才會，她雖然不會下棋，可為了傅修宜在秦國那幾年，她卻是鑽研了不少兵法。她不會下棋，卻會用兵，這是戰棋。

勛貴家的女兒們遠遠的看著，見沈妙氣定神閒，那種冷漠和高高在上的氣度，將她和眾人明顯的劃分開來，彷彿她在上，而別人在下。

「五小姐如今瞧著變了不少呢！」易夫人與任婉雲說笑，「似乎也變成大姑娘了。」她不好說沈妙看著竟將沈玥和沈清都比了下去，只得婉轉的提醒任婉雲。

任婉雲哪能不知道？她善於察言觀色，剛才一路走來，眾人的目光可不是在瞧她，亦不是在瞧沈玥和沈清，分明是落在最後的沈妙身上。

她心中咬牙切齒，看來沈妙這次也是下了血本，知曉定王也會來考校，便想方設法的吸引定王的注意力，和她的清兒爭個高低！

她舉起茶碗來，笑盈盈的看著對面的男眷席，「可不是嘛，我家老太太也心疼小五，說大伯不在，這次出門前還特意囑咐我，幫忙相看有沒有合適的人呢！」

坐在身邊的陳若秋目光一動，沈玥和沈清都比沈妙的年紀大，卻要先替沈妙相看，自然不會是因為沈老夫人好心。沈老夫人恨死了大房一家人，怎麼可能讓沈妙得了好？

陳若秋的目光落在正和易佩蘭說話的沈清身上，任婉雲似乎要急著在沈信回來之前把沈妙的親事定下來。為什麼呢？因為沈清也愛慕定王，要替沈清掃除這個最大的威脅？

正想著，便聽到男眷席上傳來一陣喧譁。

一旁的江家夫人眼尖，「是豫親王來了。」

正在執子的沈妙動作一頓，白子立刻落盤，她抬起眼看向男眷席，目光平靜。

豫親王，上輩子沈老夫人就是想將她嫁給的這個瘸子鰥夫，性淫而殘。

若非她那時迷戀傅修宜自奔為妾，只怕就成為豫親王府的一具枯骨了

第六章 蠱惑

由遠而近走來一名中年男子，他並未和那些官老爺和少年郎坐在一處，而是遠遠的坐在特置的席位上。男子約莫四十來歲，面目生得黑瘦而猙獰，穿著一件松香色長錦衣，衣飾極為富貴，可惜只有一隻腿。

這便是當今聖上的胞弟，豫親王了。

豫親王與皇帝是一母同胞的親兄弟，十年前曾在刺客手下救過皇帝的命，也因此左腿受傷，最後不得不截肢，從此成了一個瘸子。自此之後，性情大變，殘暴凶狠，性格乖戾，更是收了一屋子姬妾，外頭人尚且不知內情，皇家人卻知道的一清二楚，他有許多噁心骯髒的怪癖，被他玩死的女人數不勝數。

豫親王妃早在七年前就死了，這其中也很是蹊蹺，奈何皇帝和太后都護著豫親王，王妃一家便也只得吞下這個苦水。而近日，豫親王府突然傳出消息，豫親王有意要納妃。

一時間，定京城中眾人都猜測，豫親王雖然年老腿殘，但地位頗高，又有皇帝和太后寵著，納妃也要門當戶對。高門大戶家，真心疼愛女兒的，自然不願意讓女兒嫁進那狼窟，也有只將女兒當作交易籌碼的，願意用一條命換一家族的榮華富貴。

看那之前的豫親王妃一家，雖然損失了一個女兒，卻在皇帝補償般的照蔽下不是越來越繁榮？

沈妙的目光掃過豫親王，又掃到了女眷席任婉雲的身上。

果然見任婉雲的目光一亮，對一邊的易夫人道：「陛下果真待豫親王殿下極好呢！」

都是在後宅裡摸爬滾打的人，易夫人幾乎立刻就想到了任婉雲打的什麼主意，雖然有些鄙夷任婉雲做事太絕了，可是自家老爺和沈貴是一條線的，她自然也要偏幫任婉雲，便笑道：「確實不錯，雖說年紀大了些，但肯定會疼人的。」

陳若秋在一邊低下頭，慢慢的吃著點心，嘴角的笑容卻有些古怪。疼人？任誰都不會想自家女兒嫁給一個瘸子鰥夫，就算再會疼人，再權勢滔天，那也是把女兒往火坑裡推。她思及此，又轉過頭看了看沈妙。

沈妙耐心的執著棋子，一步一步的順著棋局落子，似乎一點心思都沒分在其他人身上。

陳若秋心中突然有些沒底，自落水後沈妙醒來便似變了一個人，難不成這是沈信的骨血終於覺醒了？沈信一家可都是暴烈性子，若是沈妙得知了任婉雲的打算，她會乖乖的接受嗎？

正想著，就見沈妙似乎察覺到了她的目光，抬起頭看了她一眼，那一眼十足冷冽，本就是十月金秋，霎時間讓陳若秋有種墜入冰窖的感覺。

沈妙收回目光低下頭，看著手下的棋局。

上輩子，賞菊宴中她出盡洋相，回府後任婉雲便向沈老太太提起了豫親王府的親事。「小五如今這般行事，無一長處便罷了，還丟了沈家的臉。哪家高門會願意娶小五這樣的姑娘？眼下還有豫親王府這門好親事，小五嫁過去便是王妃，還有陛下和太后娘娘照拂，那可是天大的福氣。豫親王雖是少了一條腿，年歲也大了些，可小五也沒什麼過人之處，不算虧了小五。」

說得冠冕堂皇，實則惡毒無比，是後來她花重金買通了榮景堂的丫鬟才得知了這番話。

沈老夫人心底本就恨大房，沈信乃原配所出，當初沈老太爺在世的時候就獨厚沈信，讓繼室的沈老夫人心中妒忌，好不容易熬死了沈老太爺，沈信卻有軍功在身動不得。動不得沈信，總能動沈妙。對於一個女人而言，沒有什麼比讓她嫁得不好更讓她痛苦的了。

沈老夫人和任婉雲一拍即合，當即便要遣人去豫親王府提出此事。沈妙心中又怒又怕，她那時戀慕傅修宜，心一橫，當晚便攜了包袱去了定王府，請求收留。又不顧自己名聲故意讓人傳出此事，想著既然名聲都壞了，生米煮成熟飯，嫁給定王做妾都比嫁到豫親王府好。

沈老夫人被氣得昏厥過去，傅修宜心中雖惱，表面上待她卻不算太差，或許也是看出了沈家兵權於他的價值。

後來沈信年底回京，迎接他的就是滿定京城女兒自奔為妾的事實。他又驚又怒，沈妙卻不惜以絕食抗議，沈信終究沒辦法，拼了一身軍功，終於為她換來了定王妃的名頭。

可誰也沒想到，那才是真正噩夢的開始。

沈妙閉了閉眼，前世的種種錯誤，似乎都是從今日開始，而今日註定要成為她今生的轉捩點。欠了她的那些人，現在就統統開始準備還債吧！

「喂，一個人有什麼好玩的？」耳邊突然響起一道聲音，馮安寧不知什麼時候走到她面前，面上還帶著些彆扭，在她對面坐下來，「不如和我對弈一局？不過妳會下棋嗎？」

馮安寧低頭看向棋盤，本是無意隨口一說，這一看之下卻來了興趣，仔細瞧了一會兒，終究是沒瞧出什麼端倪，便問，「這是什麼下法？我從未見過。」

「這不是下棋，」沈妙笑了笑，「這是打仗。」

「什麼!?」

「現在看不見，這種棋，只有最後吞子的時候才能看得見。」就像一張網，牢牢實實，嚴絲密縫的罩下，一個都跑不了。

「說什麼呢，怪瘆人的！」馮安寧打了個冷顫，視線無意間瞟向男眷席，突然眼睛一亮，有些促狹的轉回來看了沈妙一眼，「妳看，定王殿下到了。」

定王傅修宜，一身繡金松藍長袍，青靴玉冠，一路走來，引起女眷席上的陣陣驚呼，好不風光。

沈妙低著頭，雙手緊握成拳，指甲已扎入掌心。

十載相伴，傾心扶持，換來的不過是白綾一條，滿門血債。甚至一雙兒女，也因此命喪黃泉。

這個人外表看著有多良善，內心就有多狠毒，表面有多公正，實則有多狠心。

上輩子這個人賜她全屍，今生今世，她就要此人死無全屍！

傅修宜，本宮回來了！

男眷席上，除了定王外，還周王傅修安和靜王傅修泫兩位皇子。太子身子不好，這樣的場合是不會參加的。周王和靜王是徐賢妃所生，二人皆是才能出眾，周王性格外露更自大，靜王內斂卻有城府。這二人亦對皇位虎視眈眈，誰都知道太子的身子孱弱，終有一日皇帝會改立太子，而徐賢妃本就深受皇帝寵愛，相比之下，定王的母親董淑妃就顯得低調得多，若非定王還算出色，只怕連四妃的位子都坐不穩。

上輩子，周王和靜王捲入奪嫡之中，卻對定王放鬆警惕，一來傅修宜和太子交好，時時刻刻替太子著想，甚至親自為太子尋找珍貴的藥材，連皇后都對傅修宜頗為滿意。所以其餘人都覺得定王只是太子的小跟班。二來傅修宜平日清高，不屑參與朝堂之事，加之董淑妃又是個謹小慎微的性子，整日讀經、念經、抄經，又沒有強大的娘家支持，料想定王也翻不起什麼浪來。

但事實上，最後坐上龍椅的，正是他們以為翻不起什麼浪的傅修宜。

沈妙拿起一邊的葉子牌把玩，就像是這葉子牌，傅修宜從出生開始的牌面就爛得很，所有人都以為他一開始就出局了，偏偏不知道，他從來就沒想過要用自己手上的牌。他的牌都在別人手中，而他要做的，就是搶奪。

「妳怎麼毫無反應？」見她沉默不語，目光也未見對傅修宜的愛戀，馮安寧有些奇怪，「妳不是喜歡他的嗎？」

沈妙抬起頭看了她一眼。

馮安寧一驚，那一眼中的凌厲讓她不由得心底發寒，有一種幾乎要忍不住跪下去的衝動。她也不知道自己的感覺從何而來，只是本能的知道自己剛剛說的話讓沈妙不高興了，「其實我也不大喜歡他，世上怎麼會有這般完美的人呢？瞧著不真實。」

沈妙這回倒又難得的認認真真看了馮安寧一眼，她沒有想到，這個驕縱的大小姐竟然能看出這層。迷戀傅修宜皮相的人有多少，怕是只要傅修宜願意，這滿場的少女沒有不為他傾倒的，怎麼竟還有一個特立獨行的？

「看來妳是有心上人了。」

「妳、妳胡說什麼呢!?」馮安寧小臉頓時漲得通紅，「別誣賴好人。」

沈妙便不與她說話了，小姑娘家家的心事，她倒也沒心思打聽。

她還有事情要做呢！

隨傅修宜的到來，一首《賢士曲》響起，寓意皇家求賢若渴，今日的考校便是要為明齊江山選出真正的國之棟梁。

樂曲鼓聲生生入耳，帶著特有的激揚壯麗，讓人不由自主的洶湧澎湃。在場的大半都是少年郎，正是一腔熱血的時候，險些跟著那樂曲入了境，只恨不得將自己一身才華全部展現在眾人面前，博一個好前程，也在明齊青史上留下濃墨重彩的一筆。

即便是女兒家，也忍不住流露出激動的神情。她們雖然不能如同男子一般入朝為官，但自己的父兄可以是國之棟梁，與有榮焉之下，她們便也沐浴在皇家的聖寵之下，心中滿是感激。

在全場都籠罩在皇恩浩蕩的激動虔誠之下，唯有一人眸光冷淡，絲毫未見一絲動容。

沈妙的目光落在最中心彈琴的人身上，明齊皇家最愛的便是這樣，勾起少年郎們的報國之心，利用他們為腐敗的皇室辦事，一旦江山穩固，這些為江山拋頭顱灑熱血的男兒們卻極少得到一個好結局。

狡兔死，良狗烹，每一任新皇上任，都會剷除舊的人。尤其是那些經歷了黑暗奪嫡過程的臣子，見識了皇家骯髒的手段，皇家怎麼會放心的讓他們步步高升？

這激揚的樂曲，日後只會成為催命的喪曲。而這些此刻沉浸在報國之心的少年們，日後只會死在皇室詭譎的傾軋之下，成為無辜的犧牲品。

她救不了天下人，卻救得了自己人。

沈妙輕輕一抬手，右手衣角瞬間劃過桌邊，那一碗清亮的茶湯順勢被拂到地上，「啪」的一聲，清脆的聲音在會場上響起，本該是聽不見的，可和那富有節奏感的樂曲相比之下，便猶如在好端端排列的絲線中硬是拉起了其中一根絲線，把其他的線攪得亂七八糟，一下子就打亂了樂曲的節奏。

猶如大夢初醒，馮安寧一下子回過神來，卻見沈妙施施然撿起地上的茶盞，微微一笑，「對不住，手滑了。」

那正在臺上激烈的打著節奏，彈撥著琴弦的樂手卻是腦子一炸，幾乎要疼暈過去。

這種樂曲彈奏方式，是明齊從一個西洋人手中學來的，具有蠱惑人心的效果。加上此次彈奏的曲子又是戰曲，幾乎把人心中的戰意和效忠的情感大幅度的放大，若是一曲彈完，有些忠心怕就會變成愚忠了。

這種蠱惑人心的方式，是後來沈妙當了皇后才見識到的。明齊皇室用這樣的方式來蠱惑年輕人，讓年輕人們為他們拋頭顱灑熱血。當初匈奴進犯的時候，皇室讓有經驗的將士負責守護都城，卻招募新兵去邊關。當時就是讓樂手在臺上擊鼓彈奏，大批年輕人便頭也不回的參軍去了，有的甚至才十三、四歲。

被沈妙這麼一打岔，琴聲再沒有了剛才的慷慨激昂，只是普通的彈奏了。而在場那些魔怔般的熱血情懷便也漸漸消散，一切又恢復了平靜。

但沈妙剛才的舉動，到底還是引起了有心人的注意。男眷席上，傅修宜和裴琅一同看過來。

傅修宜是皇室中人，對於皇家的手段自然不可能一無所知，茶盞落地的清脆響聲，看似不經意，卻已經打亂了臺上樂手的節奏，讓那些蠱惑人心的音調不能繼續。他自然要瞧瞧始作俑者是誰。傅修宜本就是個謹慎多疑的性子，他不認為對方是無心的。

紫衣少女正托腮與身邊人說著什麼，卻有一種豹子跑到了羊群裡，格格不入的感覺。

「九弟這是在看誰？」周王傅修安順著傅修宜的目光看過去，露出一個了然的笑，「說起來咱們幾個兄弟中，就九弟尚未娶妻，父皇不是多次提起九弟選妃的事情了，那姑娘瞧著是哪家府上的小姐，看上去倒是不錯。不知道在座的各位，有誰認識？」

裴琅站得不遠，聞言便答道：「是威武大將軍府上的五小姐，在下的學生。」

「威武大將軍府上的五小姐？」靜王傅修泫記憶力不錯，或許是沈妙的名頭太大，即便是皇家，都對她的名字並不陌生，「那不是沈信沈將軍的嫡女嗎？似乎叫沈妙？」

「怎麼可能是沈妙。」傅修安毫不在意的一笑，「沈妙追咱們九弟的事情全京城都知道了，前些日子不是還為了看九弟落了水？若九弟真心悅沈妙，哪還用得著這麼麻煩。再說了，沈妙可是個草包，你看對面那姑娘，氣質沉靜高貴，怎麼可能是沈妙嘛！」

「四哥慎言，修宜並無此意。」傅修宜搖頭，目光卻是遠遠的落在女眷席上的紫衣少女身上。

他的心中也不是不震驚的，沈妙是什麼人，在他眼裡，和那些愛慕他的少女們並無不同。那些愛慕他的少女至少表面會故作矜持，也總懂得些禮儀進退，而沈妙……大概除了看著他發傻，什麼也不會。他自然也瞧不上一個被全定京城人認定的笑話草包，若非看在沈信面上，他肯定會明明白白的顯示出自己的厭惡。

而他記憶裡的沈妙，愛穿些大紅大綠的衣裳，酷愛金飾，總是用力的往臉上抹胭脂水粉，活像戲臺子上唱大戲的丑角，還是鄉下的戲臺子。而眼下對面那個紫衣少女，膚如凝脂，眉目婉約，通身的貴氣又把她和周圍的女子明顯的區分開來，怎麼可能是沈妙？

困惑的不止他一人，還有裴琅。

作為教習了沈妙兩年的先生，裴琅無疑比傅修宜瞭解沈妙。若說人的打扮可以改，衣裳可以換，但通身的氣質卻是不能的。裴琅是讀書人，更加看重在意一個人的氣質，沈妙一夜之間就像變了一個人似的，怎麼可能有這樣的事!?

他倒是沒想到方才茶盞的事情，雖然他也覺出了樂曲聲不對，可在他心中，一個小姑娘怎麼可能聽得出這其中的問題，更何況沈妙從來都不是什麼琴技高手。

眾人心中各自思量，臺上的樂手卻已經終了，考校要開始了。

今年的考校與往年並不一樣，不分男女子，只分文武。雖然廣文堂要求學子們文武雙全，文類和武類都要教習，可百年間的規矩歷來如此，極少有女子選擇武類。而文類中，策論、時賦、經義又基本為男子囊括。只因這三門其實都是為朝廷選拔人才的途徑，如同一位大人說過，「進士之科，往往皆為將相，皆極通顯。」

武類則需考騎射、步射、馬槍、負重等。但畢竟不是真正的武舉，練兵操演以及具體的擂臺都不必。

而女子們大多數都考校文類中的詩、詞、歌、賦四項，這都是默認的傳統。即便明齊國風尚且算開放，對女子總要苛刻得多，倒也不光是明齊，所有的國家幾乎都這樣。女子就該在家相夫教子，吟風弄月。

明齊的考校一直都分為三個部分，抽、選、挑。

抽是每人都要抽的，由考校官打亂順序，抽籤的形勢決定每個人抽到考校的題目是什麼。為了避免抽到太難的加大難度，女子都在文類的四項中抽，男子則在武類和文類的策、時、經裡抽。

因為這是避免不了的一項，每年沈妙都會在這項上丟臉，只因詩、詞、歌、賦四項，她一樣也不會。

而選，則是第二階段，可以選擇一類你自己擅長的自行上臺展示，就如沈玥會選擇彈琴，沈清選擇算數。

至於最後，則是挑，這個挑不是挑選，而是挑戰。有人可以上臺任意挑選一名學生上來做對手，對某一項進行比試。這樣的場面往往發生在勢均力敵的情況下，如沈妙這樣的，挑她則是侮辱了自己的實力。不過也有想看沈妙笑話的，會故意挑選沈妙上臺。結局自然不用猜疑，無論是哪一項，沈妙都一敗塗地。

所以對沈妙來說，年年的考校都是一場噩夢，每年都是當作笑話被眾人嗤笑，這樣的日子數不勝數。

而今年亦是一樣，臺上的主考校官煞有介事的如往年一般說了一通話，然後有兩個女夫子各自拿出一個小木桶，木桶裡正是籤紙。這些籤紙上面都寫了考校的項目，由學生自個兒抽。

男子與女子都要抽，一人走向男眷席，一人走向女眷席，讓學生們依序抽籤。

馮安寧眨巴眨巴眼睛，「願老天保佑，我只盼著抽到琴類和書類，畫和棋我可真是不通。」然後看向沈妙，「妳看著倒是一點也不擔心，難不成是胸有成竹？抑或者破罐子破摔？」

不是她說話刻薄，沈妙確實就是這麼一個凡事不通的傻瓜。

沈妙不置可否，抽什麼有意義嗎？琴棋書畫，她本就樣樣不通。

待那木桶傳到沈妙這桌時，馮安寧先抽，抽到籤紙後迫不及待的拆開，頓時鬆了口氣，「是琴！是琴！這下可好了，這些日子的琴總算沒白練。沈妙，妳抽到的是什麼？」

沈妙的手剛從籤桶裡收回來，掌心躺著一枚白色的籤紙，折疊成長長的一條。她打開來看，裡頭寫了一個字——畫。

「畫？」馮安寧瞧見沈妙手裡的籤紙時，微微一愣，「妳會嗎？」

不用多說，沈妙當然不會。圖畫莫說是韻味，便是好好的畫都畫不了。

見沈妙不言，馮安寧也安靜下來。或許人都是這樣的，當初她看沈妙不順眼，如今沈妙對她冷淡，馮安寧反倒更願意和沈妙說話了。她覺得現在的沈妙，有一種特別的氣質，不自覺的吸引著人靠近。

兩人正沉默著，卻見沈玥和沈清施施然走了過來，沈玥笑道：「五妹妹抽到什麼，也給我看一下，說不定我和大姐姐還能想些點子。」

沈清點頭附和，「不錯，我和二妹分別抽到了書和畫，妳是什麼？」

沈妙不言，沈玥乾脆笑著上前抽走了她手裡的籤紙，「五妹妹莫要害怕，橫豎還有我們在，總會照顧妳的。」

馮安寧從鼻子裡哼了一聲，她從前不喜歡沈妙，卻也看沈玥、沈清二人不大順眼。她母親是個厲害的，家裡的姐妹也多，誰包藏禍心？誰打小算盤？一眼就能看出來。沈玥和沈清跟她們府上那些想要爭寵奪愛的庶姐庶妹們有什麼兩樣？無非都是想要借著沈妙的蠢笨襯托自己罷了。

果然，沈玥這番話一出來，那邊的易佩蘭聽到，便嗤笑起來，「沈玥，妳與她說這些做什麼？便是妳出再好的點子，怕是她也應付不來的。」

「就是就是！」江采萱也跟著笑，「還是讓沈妙自己精心準備吧！」

她們這般明目張膽的嘲諷，四周的夫人小姐們聽到也假裝沒聽到，表面上瞧著仍是一本正經，嘴角卻翹了起來。

無他，每年的沈妙都是考校場上的一個笑話，當嘲笑成了習慣，一切便都沒什麼關係，即使這樣嘲諷的行為不該出現在勛貴子女的身上。

「別這麼說五妹妹，五妹妹也是很用心的。」沈玥打開籤紙，「哎呀」一聲，驚喜的看向沈妙，「是畫，五妹妹，妳與我抽到的是同一項呢！」

馮安寧有些不能理解的看著沈玥，不過是抽到同一項，有什麼可驚喜的？

沈妙卻心知肚明，沈玥覺得自己的蠢笨又能襯托出她的優秀了。更何況，今日還有傅修宜在場，想到傅修宜，她的眸光暗了暗。

「五妹妹打算畫什麼呢？」沈清好奇的問，「要不讓二妹妹給妳指點兩句？」這話倒是充滿了善意，將一個愛護妹妹的大姐形象詮釋的淋漓盡致，旁人看了，也只會說沈清對自己的堂妹愛護有加。

「勞煩二位掛心，不過既然是考校，還是遵守規則的好。二姐姐要幫我，豈不是作弊？

作弊的二人，可是要一同逐出考校場的，二姐姐真要為了我做到如此地步？」

沈妙不冷不熱的一番話說出來，沈玥的臉色便變了變。不錯，這樣的行為確實是舞弊，可放在往日，大夥兒只會說她友愛良善，並不會在這上面多費心思。而被沈妙這麼「特意」指點出來，眾人看向沈玥的目光就變了。

考校場上，多一個人就是多一個對手，誰都想要獨佔鰲頭包攬風光。沈玥在廣文堂與眾人交好，不代表就沒有嫉妒她的人。在場的這些少女與她都是對手，每年的考校都被沈玥包攬女子這邊的第一，必然有怨氣。若是能抓到她的把柄讓她下場，不參加考校，豈不是少了個勁敵！頓時，那些本來都與沈玥站在一邊的女學生虎視眈眈的看過來，包括與沈玥交好的易佩蘭一行人。

沈玥打了個冷顫，她自然也知道其中的利害。回過頭，卻見沈妙似笑非笑的看著她，目光中盡是嘲諷。

若是就此退縮，便顯得她方才那一番好意都是假的，若是順勢，難保這些個學子不會抓著把柄讓她不能參加考校。橫豎都是錯的，沈玥強自壓抑住心中的怨毒，看了沈妙一眼，勉強的笑道：「既然五妹妹都這麼說了，我便只有收回好意了。」

馮安寧忍不住嗤笑一聲，故意高聲道：「還以為有多疼愛妹妹呢！原也不過如此，被人這麼一嚇就算了，那又說什麼真心相助？」

一時間，那些少女看著沈玥的目光頗為意味深長。

陳若秋也聽到了這邊的動靜，她有些慌，沈玥畢竟還年輕，不懂得怎麼應付眼前的局面。同時心中又有些發冷，沈妙三言兩語就能挑動別人的情緒，讓人跟著她的話走，好厲害的一張嘴！可她偏偏不能插手，都是小孩子家的事情，她身為母親若是插手，便是落了下乘。

任婉雲和沈清俱是有些幸災樂禍，要知道沈玥太過出色，也會掩飾沈清的光輝。如果沈玥落不了好，沈家就只有沈清能撐場子了。

沈玥看著沈妙，她想，若是這個妹妹如今變聰明了些，此刻就該為她說話解圍。畢竟同是沈府的姐妹，傳出沈府幾房不和對她又有什麼好處？更何況沈妙一直以來都很依賴她，若是得罪了她，沈妙就再也沒有什麼朋友了。

可她等了半晌，也未聽見沈妙的回答，便忍不住開口，「五妹妹……」

「二姐姐不用去思索接下來要畫的東西嗎？」沈妙聲音平淡無波，「至於我這邊，不必了。」

看出了沈妙沒有要給自己解圍的心思，再看看周圍少女們略帶譏嘲的目光，第一次，沈玥幾乎要控制不住自己想狠狠地扇沈妙兩巴掌。

她勉強控制住自己的情緒，咬牙道：「看來五妹妹似乎已經胸有成竹，既如此，等會兒便看五妹妹如何大放異彩，定是精彩萬分！」

「精彩萬分」四個字，沈玥咬得很重。說完這句話，便一拂衣袖，轉身氣沖沖的走了。

沈清連忙跟了上去。

馮安寧看了看沈妙，「雖然極爽快，可妳為何這般不給自己留退路，待妳上場時，她定會抓住機會狠狠嘲笑的。」

「我不喜歡忍。」沈妙看著面前的棋局，拎出一枚棋子放在棋盤上，「不要忍，要殺。」

不要忍，不要回頭，不要心軟。

負責考校的考官已經站到了臺上，方才拿籤筒的女夫子挨個記載好各自的項目，開始分組考校。

首先是女子組，琴棋書畫四項。廣文堂的學子，國一生不用考校，只有國二生和國三生。依序國二生先，國三生後，算起來也不過二十二人。

來廣文堂的女子本就是京城高門家的女兒，庶女自然沒有資格，嫡女中，也不乏請了先生自行到府上教習的。再者，廣文堂的門檻不低，每年光是上繳的銀子都要一千兩。

沈信當初倒是不在意這些身外之物，將沈府的三個嫡女都送進了廣文堂。任婉雲為此有些不滿，可沈信大手一揮，便也不敢再繼續爭辯，畢竟充公的那些銀子，都是皇帝給沈信的賞賜。

二十二個人，總共分成四組，琴類人多些，有七人，女兒家總是喜歡這些能彰顯本身韻味的東西，其餘三項都是五人。

而沈妙所在的畫這組，便有沈玥，左都御史嫡女秦青、奉天府府尹府上的范柳兒和禮部左侍郎家的趙嫣。

范柳兒和趙嫣心中俱是有些失望，范柳兒擅長的是琴，趙嫣擅長的是棋，並非人人都如沈玥那般每一項都精通。沒能抽到自己擅長的。

倒是秦青，表面上一如既往的高傲，因為她是廣文堂中唯一一個能和沈玥分庭抗禮的人，卻不是因為才藝，而是外貌。雖然沈玥生得柔美，可秦青容貌美豔，能不費吹灰之力就將她壓下去。

沈妙目光落在秦青身上，這個如清荷一般的高傲美貌女子，卻隨著先皇開始清理世家大族，左都御史家落敗後，淪為了軍妓，後來聽聞她在軍營中拿刀同某個小將同歸於盡了。

似乎是察覺到了沈妙的目光，秦青看了過來，似是有些意外，隨即又有些厭惡的轉過頭去，彷彿並不願意多看沈妙一眼。

沈妙並不在意，倒是站在她身邊的馮安寧拉了拉她的衣角，「妳就隨意畫一畫，莫要多想。」

馮安寧想的簡單，總歸要出醜，這樣坦坦蕩蕩的出醜，反而會讓那些人覺得無趣。但若是沈妙為了爭一口氣，在臺上做些什麼出格的事情，那才是大事不好。

沈妙頷首，便聽得一聲鼓響，考校正式開始了。

依照琴、棋、書、畫的順利進行。

也算是馮安寧好運，今日抽到「琴」的女學生，俱是技藝平平。而平日彈琴彈得最好的幾個，恰好未抽得這一項，平白讓馮安寧撿了個便宜。

而馮安寧近來苦練琴藝，也算是沒有白費。她端正坐著的時候，還頗有幾分淑女風範，加之生得也好看，在幾個琴技平平的女學生襯托下，倒顯得她的渺渺琴音猶如清風拂面。

男眷席上的藍衣少年又動心了，「繞梁三日啊！」

一邊的蔡霖聞言，不悅的瞪了少年一眼，「這算什麼？若是讓玥兒彈奏一曲，連九天仙女都比不過，真是沒見識！」

蔡霖一向維護自己的心上人，聽見他話的蘇明朗立刻不屑的撇了撇嘴，似乎想說什麼，瞧見自家大哥警告的眼神，還是忍住了。

待「琴」考校完畢後，便換「棋」。

棋藝的過程就要簡單得多，五人兩兩對弈，一局定勝負，以棋路和棋風打分。這一組勝出的是易佩蘭。

「棋」過了是「書」。

沈清和白薇、江采萱恰好都在這一組，這三人平日裡便是好友，但在考校場上，氣氛也頗為緊張。這次的書是以今日菊為題賦詩，提筆寫下來，一來是看書法，二來是看才情。沈清最好的不算賦詩而是棋和算數，可惜算數在男子組，棋她又沒有抽到。

但不到最後，誰都不知道這項究竟是哪個拔得頭籌。

待到了最後，便輪到了沈妙這一組。

沈玥看了沈妙一眼，或許是記恨方才沈妙讓她出醜，便笑著對沈妙道：「等會兒在臺上，五妹妹可千萬要讓著姐姐啊！這般胸有成竹的模樣，我都有些害怕呢！」

這話恰好被站在身邊的范柳兒聽到，忍不住嗤笑一聲，「沈玥，妳在說什麼呢？什麼胸有成竹，莫非沈妙有什麼後手不成？」

「妳這麼一說，我也有些期待了。」趙嫣幸災樂禍，「記得去年沈妙抽了琴，卻把好好的琴弦給撥斷了，大概是繼承了沈將軍的勇武吧！今年畫畫，可莫要筆給折了。」說著就摸上了沈妙的臉頰，「這麼白嫩的臉蛋，該不會等會兒被自己畫成花臉吧？」

沈妙不動，目光冷漠的看著她。

在那種極端冷冽的眼神下，趙嫣的笑容漸漸僵住了。

范柳兒也感覺到了沈妙的威壓，心裡突然莫名其妙的感到一陣後怕，不由自主的便拉回趙嫣的手。

秦青似乎有些不耐煩，看了沈妙一眼，「吵什麼吵？要吵去臺上吵，讓所有人瞧瞧妳們的嘴臉。」

她這麼說，趙嫣幾個雖然不滿，卻也沒再說話了。

男眷席上，蔡霖激動的看著沈玥的身影，蘇明朗卻是拉了拉蘇明楓，「大哥你快看，那個漂亮姐姐也在！」

蘇明楓有些哭笑不得，不知道自己的弟弟為何對沈妙如此執著。他已經國三了，這次謊稱重病後第一次出門，還顯得十分虛弱，所以不能參加考校。他也知道沈妙的大名，畢竟整個定京城都知道，威武大將軍縱橫沙場，卻生了個草包女兒。

「她一定會贏的。」蘇明朗信誓旦旦握拳。

蘇明楓不置可否，覺得今日必定又是沈玥拔得頭籌。

上臺前，沈玥到底還是忍不住，撩撥了沈妙一句，「五妹妹，等會兒千萬別手下留情，姐姐等著妳。」

「一定。」一定不會手下留情的。

第七章 驚人

這次的主考官是內閣大學士鍾子期，他是個滿頭華髮的小老頭，極為嚴肅剛正，拉開手中的卷軸，宣讀今日的試題。

關於「畫」這一面，其實每年都不一樣，不過今年恰好考校和賞菊宴湊在一塊兒，題目便也簡單得多。如「書」是以菊為題，「畫」亦是以菊為題。

同樣隨著一聲鼓響，考校開始，眾人都伸長了脖子往臺上瞧。

這五人也算是極有特色的五人了，沈玥是眾所周知的才女，秦青美貌高傲，范柳兒和趙嫣二人是一雙感情不錯的姐妹花，而沈妙自然就是那個蠢笨無知的草包了。

男眷們大多是看沈玥和秦青二人的，女眷們看的卻多是沈妙。

白薇捂著嘴道：「今日沈妙看上去倒是規矩，不曾有什麼奇怪的動作，瞧著還挺像那麼回事。」

加上這一次，沈妙一共已經度過四次考校了。第一次抽到的是棋，她胡亂下了幾顆子便兵敗如山倒。第二次抽到的是書，將墨盤打翻弄髒了衣裳。第三次抽到的是琴，上好的竹香琴被她撥斷了弦。與其說眾人來看沈妙上臺，倒不如說看她在眾目睽睽之下出醜。

可今日卻有些不同，高臺上，少女端坐桌前，她持筆的動作很端正，像是接受過嚴苛的訓練似的，挑不出一絲一毫的錯處來。十月金秋，颯颯冷風穿堂而過，撩起她額前的頭髮，而她微微低著頭，只看得到鵝蛋型的小臉，垂下的睫毛劃出一個美麗的弧度，竟也有幾分美麗的。

她坐得端正，下筆卻瀟灑自若，那種篤定的氣度，就像她烏髮中的海棠，以一種內斂的方式，張揚的盛開著。

易夫人抿了抿唇，意味不明的對任婉雲道：「五娘果真是長大了啊！」

任婉雲勉強笑了笑，手卻悄悄握緊了。

身後傳來少女們的交談聲。

「沈妙到現在也未曾出什麼醜，莫非真的轉了性子？」

「不可能吧？應當只是做做樣子，妳沒瞧見她下筆都不曾思索過嗎？沈玥尚且還要想個幾刻，她這樣，最大的可能也不過是隨意塗塗畫畫了。」

馮安寧看著臺上的沈妙，那種奇怪的感覺又來了。她突然有一種直覺，今日的賞菊宴或許並不似以往那樣，譬如臺上的沈妙，她真的會出醜嗎？還是以一種銳不可當的姿態，摧毀人們對她的所有錯誤認知。

男眷席上，也有人漸漸發現不同了。

這一組應該是最讓人賞心悅目的一組了，沈玥粉衣淡雅，柔美多姿。秦青青衣廣袖，高傲美豔。范柳兒嬌俏動人，趙嫣古靈精怪，若說最沒有特點的，便是那個蠢笨懦弱又俗氣的沈妙了。

可一眼望去，五人中，沈妙非但沒有被比下去，反而顯得尤為突出。

她就那麼安安靜靜的坐著，卻有一種高不可攀，神聖不可侵犯的感覺，甚至讓人不由自主的生出臣服之心。

裴琅皺著眉，一個人的氣質怎麼可能發生如此翻天覆地的變化？這個人，真的是沈妙嗎？

傅修宜難掩心中的驚異，他倒不是注意到了沈妙如今和以往天翻地覆的差別，而是沈妙坐著的姿勢，挺直的脊背，舉手投足間竟然讓他想到了一個人——當今六宮主人，皇后娘娘。

傅修宜知道自己的這個想法十分荒謬，沈妙愛慕他的事人人都知道，他也厭惡自己被這樣的女人愛慕。但關於沈妙的消息，大多都來自於傳聞。傳聞沈妙不學無術，俗不可耐，動作粗野，蠢笨懦弱。如今看來，他的心中只有一個感覺——那些傳聞不盡然全是真的。

「真奇怪。」之前那個被蔡霖訓斥的藍衣少年奇道：「不是說沈妙是個草包嗎？看上去倒是不像啊！」

蔡霖也是愣住，他的目光一直追隨著沈玥，可沈妙彷彿有一種魔力，能讓人不由自主的注意到她。彷彿天生就是該站在讓人看到的位置，今日尤其顯著。他努力壓抑住自己奇怪的念頭，哼了一聲，「裝模作樣罷了。」

一炷香的時間，鼓手再次敲鼓，示意時間到。

沈玥擱筆，她對自己今日的畫作十分有信心，她的左手邊是秦青，秦青也完成了畫作，正在洗筆。即使是簡單的動作，由她做出來，也彷彿一幅畫般動人。

可再動人，考校場上，從來都不是靠美貌取勝的。

她又轉過頭看向沈妙，暗忖沈妙每每一事無成，今日竟也沒出什麼岔子，大概是身邊真有人提點變聰明了。可人可以裝，才華卻不能裝，此刻應當是手忙腳亂的未完成吧？

然而眼前，沈妙早已擱筆，目光平靜的看著來收畫卷的人過來。

沈玥的笑容一僵。

「好了，下去吧！」待所有人的畫卷都收走後，便是對國二女子的考校評判，這也需要時間。

「五妹妹，妳究竟畫了什麼？」沈玥下了臺後，便迫不及待的試探著問沈妙。

不知道為何，沈妙讓她很不安。

「等會兒妳就知道了。」沈妙意味深長的一笑，然後就轉過身，走到眾人看不見的地方，才對身邊的穀雨道：「想辦法把這個送到京典史府高二公子手上，喏，就是對面席上左起第三人穿湖綠衣裳的人。」

穀雨猶豫了下，還是伸手接過東西，「是，奴婢這就去。」

「去吧！」沈妙拍了拍她的肩，走回原來的座位，遠遠的，看向裴琅。

裴琅一抬頭就撞上一雙眸子，隔得遠遠的，都能看到其中包含的審視。

對不住了，裴琅，就借你的手，來撼動一下明齊皇室牢不可破的根基吧！

畢竟這是你欠我的。

臺上的考校官們在評定結果，臺下的學生們也議論紛紛。

今日沈妙未曾出醜，既是令考校顯得有些乏味，卻也讓平日裡不拿正眼看她的同門有些留意起來。

馮安寧倒是有些緊張，不時地往臺上考校官那邊看去。而臺上也不知道是什麼原因，幾位大人似乎有些爭執起來。

「不過是一些女兒家，何必如此較真，總歸不會入仕。」傅修安一向有些自負，倒不怕身邊這些大人們聽到而不滿，畢竟有些人的女兒就是方才上臺的那些學生。

「既然是考校，自然要認真對待。」

「九弟說的不錯。」傅修泫拿起桌上的茶盞喝了一口，「若是有特別出眾的女子，九弟也可留意一些。」一副無所謂的樣子，其實明裡暗裡都是在試探傅修宜會不會給自己找個強有力背景的妻子。

「五哥說笑了，我的婚事父皇自會做主，何須我自己操心。」

這倒也是，傅修宜平日做事都是皇帝安排的，從未有自己的主張。在外人瞧來，這樣的皇子簡直是溫順過頭，毫無野心，和董淑妃一模一樣，可是看在靜王傅修泫眼中，卻總是有那麼幾分不同。

「人生在世，總要搏一搏，妻子也是一樣不是嗎？」靜王話中有話，「不到最後，誰知道會是什麼結局？」

周王也聽出了自己弟弟對傅修宜的試探，眼珠子轉了轉，倒不說話了。

沒過多久，那臺上的考校官便站出來宣佈結果。

琴組中，不出意料的，由馮安寧拔得頭籌。本來這一組中就沒什麼特別厲害的，馮安寧就顯得十分突出。她自然是高興的，上去領了考校的花束，興高采烈的下臺拿給馮夫人看。馮夫人瞧得開心，這樣的榮耀對於女子來說，雖然入不得仕，卻猶如錦上添花。勛貴家的兒女自然是不缺富貴榮華，可本身的才華和美貌，卻能將他們明確的劃出等級。

馮安寧就用今日的考校，為她的等級上了一層。

棋組中，由白薇拔得頭籌。有專門記錄棋局的考校官將畫好的棋路拿給下面的人看，以示公平。沈妙瞥了一眼那棋局，幾番對弈中，白薇的棋局倒顯得細緻的多，所以也走到了最後。可惜太過重視細枝末節，並未更好的著眼全域，反倒拖沓了進度，有些累贅。

書組，沈清只得了第二，第一是易佩蘭。她一首詠菊的閨怨詩倒也寫得清雅可愛，雖說一個未出閣的少女寫這樣的詩詞有些太過，可廣文堂就勝在衝破禮法束縛，對女子的要求也不太嚴苛。加之小詩也的確寫得意趣橫生，不是從單純的詠菊而言，而是借著詠菊寄託相思，層次便又上了一層。

沈清的臉色不大好，不過她擅長的也不是賦詩，所以十分無奈。

最後便是畫組了。

臺上的考校官們臉色不一，想來方才爭執的最厲害的便是這一組。女眷們紛紛猜測，當是沈玥和秦青各有千秋，所以難以抉擇，畢竟這兩人在廣文堂便經常被拉出來比較。秦青神情倨傲的坐著，似乎一點兒也不在乎結果，只是端著茶杯的手指有些僵硬。

相比較之下，倒是沈玥顯得坦然的多。她坐在陳若秋身邊，目光篤定中帶著幾分嬌羞。陳若秋溫柔的看著她，她這個女兒聰慧靈敏，才華也跟她一樣出眾，每年的考校都是風頭無兩，瞧她的樣子，今日也應當是十拿九穩。

沈玥自然勝券在握，她筆力有，意趣有，就連立意都想到了。彷佛早就摸清了考官們的喜好，她總能拿出最好的作品。秦青長得美又如何，到底也是中看不中用的。想到不中用，她的目光投向坐在另一邊的沈妙，今日沈妙害她吃了那麼大的虧，本以為沈妙會在考校臺上出醜，誰知道竟被她平安躲過了。可接下來要將畫卷展示給眾人瞧，沈妙怎麼也免不了一頓嘲笑。

橫豎都是要鬧笑話的，她心中閃過一絲快慰。

負責宣讀結果的考校官在臺上高聲唱道：「畫組一甲，沈妙。」

一甲沈妙!?

一石激起千層浪，所有人都喧譁起來，連考校官宣讀後頭幾位名字的聲音都被淹沒了。

沈玥的笑容一下子僵在臉上，她難以置信的看向陳若秋，聲音都有些顫抖，「娘，方才的一甲是誰？是我聽錯了吧？」

陳若秋掐了一把沈玥的胳膊，心中雖然驚怒，卻到底比沈玥多吃了幾十年飯，知道這種情況下，定然有許多看熱鬧的要看沈玥的反應。若是沈玥坦坦蕩蕩還好，如剛才這般驚慌失措的話，就落了下乘。

沈清和任婉雲雖然幸災樂禍沈玥第一次被人掃了面子，聽到那人是沈妙時也是一驚，以為考校官將沈玥和沈妙的名字弄錯了。

女眷席中議論紛紛，男眷席中自然也是一片譁然。

「怎麼回事？怎麼不是玥兒？」蔡霖一下子站起身，看向身邊的同窗，「是我聽錯了，還是那老頭子念錯了？」

如他這般想法的自然不止一個，尤其是和沈妙同窗的少年郎，紛紛以一種萬分驚訝的眼神討論著。

「看，哥哥，我就知道她會贏。」蘇明朗拉著蘇明楓，這群人中，大概他是最快樂的，臉上的肥肉都跟著抖動。

蘇明楓也是頭疼，誰能知道竟是沈妙！要知道每次考校前都會有人私下設賭，他買的是沈玥，可買了一千兩銀子啊！

如今一千兩銀子全打水漂了，要是蘇老爺知道了，非拆了他不可。再看看樂得一顛一顛的蘇明朗，蘇明楓欲哭無淚。

裴琅皺眉，卻未看向臺上的考校官，而是看向女眷席中的紫衣少女。

她的臉上異常平靜，漠然的看著所有人的驚訝和懷疑，她早知道了自己會贏？

議論還在繼續，臺上的考校官已經將畫好的畫卷展示給眾人觀看，以示公平。

范柳兒和趙嫣的畫是一個路子，皆是花園秋菊盛開景色，平心而論，倒也美麗，只是意境太過平庸罷了，自然得了後面的名次。

秦青則是畫了一枝「紅仙子」，這大概是她最熟悉的菊花，畫卷中只單單描繪了這一枝菊花，纖毫畢現，栩栩如生。她也算是另闢蹊徑，完全跑開了意境、意趣之說，只大大咧咧的展現了自己的畫工。一枝「紅仙子」躍然紙上，實在是美得很，但考校不單單只是考畫技，還要考畫意的，所以這枝菊花再美，終究也不過是第三。

很快的，便到了沈玥的那一幅。沈玥端坐在陳若秋身邊，面上勉強維持著笑意，只是拳頭卻攥得緊緊的。放在往常，她這時定是笑得雲淡風輕，接受著眾人誠心的讚譽和羡慕。可如今，這個「二乙」，卻像是一個天大的笑話，讓她覺得眾人看她的眼神都是嘲諷和鄙夷。

沈玥畫的是殘菊，風雨瑟瑟，院中菊花花瓣也掉了許多，然而零星的花瓣卻還是牢牢地依附於枝幹之上，挺得筆直，彷彿極有氣節的大人物。而旁邊還提了兩句詩——寧可枝頭抱香死，何曾吹落北風中。

這幅畫卷也算是立意高遠了，一般來說，由畫及人，畫中殘菊品質高潔，作畫之人必然也是正直高遠的品性。主考的考校官最愛的便是這樣有才華又有品格的人，若是沈玥這一幅都不能拿到「一甲」，實在是無法想像沈妙究竟是畫了什麼？

白薇「呀」了一聲，「畫的這般好，怎麼竟然是二乙？我真是弄不明白。」

陳若秋也不得其解，起初她以為是沈玥今日有些緊張，所以走岔了路。誰知道這畫一拿出來，她便知道自己女兒並未做錯，與往年的考校一樣，的確是當之無愧的一甲，可怎麼就是另一個結果？

任婉雲有些幸災樂禍，沈玥才學出眾，考校上處處壓沈清一頭，眼看著這次沈玥吃癟，雖然沈妙奪得第一也讓她不悅，不過既然與她無關，她都是樂於看熱鬧的。

臺上的考校官令兩小童展開畫卷，喧譁聲戛然而止。

畫紙很大，而沈妙的畫卻又留白太多，她畫技並不出眾，所以只洋洋灑灑的畫了大概的遠景，卻意外的有了一種波瀾壯闊的大氣。

而畫卷之上，黃沙漫漫，一輪斜陽血色噴薄，一柄斷劍立在黃土之中，劍下一捧白菊。這裡頭，菊花似乎只是點綴，那麼一小點兒，甚至連花瓣經絡都看不大出來。可在這畫中便如畫龍點睛的一筆，蒼涼淒清之感噴薄欲出。

在場的人都感受到其中的蒼涼和悲慘，無能為力的掙扎，那是戰爭。

陳若秋和沈玥同時顫了一顫，看清楚沈妙的畫卷上畫的究竟是什麼之後，她們便知道，絕無翻盤的可能了。

沈玥的畫確實是意趣高雅，風骨不流於豔俗，能照顧到品性和高潔。可沈妙這一幅畫，根本就跳脫了「人」這個自身，若說沈玥是借菊詠人，沈妙則是借花言志。單獨的人的情感怎麼能與戰爭的殘酷相比呢？

難怪方才那些考校官要爭執不休，遲遲不肯下結論。怕也是沒想到這麼一幅大氣磅薄的畫卷，居然是出自草包沈妙之手吧！

「學生沈妙，妳且上來說說，何以作出這幅畫？」

每個得「一甲」的學生都要講述對於拔得頭籌之事的感悟。然而今日卻讓沈妙來說作畫的原因，自然是因為，眾人皆是不相信她能作出這幅畫，怕是從哪裡聽來的主意。

沈清笑了笑，低聲對一邊的易佩蘭道：「這下可要露餡兒了。」

「可這真的不是她畫的嗎？」易佩蘭有些疑惑，「眾目睽睽之下，她還能偷梁換柱不成？明明是她親手一筆一筆畫出來的呀！」

「瞧那蹩腳的畫技是她畫的沒錯，但畫意嘛，誰知道是不是有人指點？」沈清不屑的看向正往臺上走的沈妙，「與她一起生活了這麼多年，我還不知道她會什麼。鍾學士讓她說作畫原因，想來她也是說不出來的，只怕又要臉面全失了。」

易佩蘭聞言便也笑了，「我就說嘛，哪有這麼快就能從草包變才女，只怕是為了吸引那位——」她目光曖昧的往男眷席中定王那邊一掃，「請了高人指點，沈妙也算是為了他殫精竭慮了。」

沈清面色僵了僵，壓抑住心中的不快，「且看看吧！」

臺上，沈妙安靜的瞧著展開的卷軸，然後慢慢的伸出手，在眾人詫異的目光中，撫過畫卷，「之所以作這幅畫卷，不過是因為聽我父親說過，每年戰場上，多少兒郎馬革裹屍，身隕黃沙。而路途遙遠，只能將他們掩埋在戰場之上，那時候，西北沙漠，北疆草原，皆是沒有菊花的。菊花盛開在溫暖的南方，盛開在繁華的定京，這裡歌舞昇平，吃穿不愁，卻是以邊關將士的生命為代價。」

議論聲漸漸停了下來，眾人的目光聚集在紫衣少女身上。

而她目光平靜，說故事般的娓娓道來，「我父親曾言，因戰爭而殞命的將士們，犧牲後甚至連一捧白菊都不能有。戰場上不會盛開花，將士們連完整的哀悼也不曾體會。而他們的妻子兒女只能在故鄉遙祭，頭戴白花，手獻白菊。我們如今還能安心在此處賞菊，皆因邊關有勇武的兒郎們在固守。可憐我並不能為他們做些什麼，唯有在畫卷上，一抔黃土前，畫上一捧白菊，以慰英魂。」

少女站在風中，眸光清澈，說的話卻擲地有聲，如晨鐘暮鼓，敲打著眾人的心。

沈妙微微垂眸，明齊的天家不是要著手對付世家大族，要對付沈家嗎？可天下之大，人眼都會看，人耳都會聽。防民之口，甚於防川，先下手為強，既然天家想拿將軍府開刀，她便讓天下人都看看。

沈家是用鮮血換得功勛，沈家是用命在守護黎民蒼生，如今你們這些勛貴子弟能在京城裡吃喝玩樂，都是戰場上刀劍下血肉築起了堅壘！

踏著將士們的鮮血與白骨，明齊皇室還敢大張旗鼓的打壓嗎？

你若敢，就不要怕天下人悠悠之口嗎？

最至高無上的是皇權，比皇權更厲害的卻是百姓的嘴。

明齊的皇室就是這樣，明明內裡腐敗做了無數骯髒事，偏偏面上還要擺出一副大義凜然的嘴臉。他們心安理得的享受世家的供奉和保護，最後卻還要倒打一耙。

沈妙的這番話，令在場眾人都感動不已，漸漸沉寂下來。

戰場將士到哪裡都是令人敬佩的，尤其是血氣方剛的少年兒郎們，誰不崇拜保家衛國的英雄。

可也有人不那麼痛快。

在場的三位明齊皇子，俱是不約而同的皺了眉頭。別人尚且不知道，他們卻知道皇家如今對世家大族們是打著什麼主意。沈家樹大招風，遲早有一日會被皇帝找藉口剷除。奈何沈家這麼多年在百姓們心中名聲頗好，想要扳倒也不是一朝一夕的事情。如今沈妙的這番話，看似在哀悼將士，實則卻是歌頌功勛，也將將士放到了一個萬眾矚目的位置，皇室有一絲一毫的不妥，於德行這一方面都是理虧。

她是否是故意的呢？

眾人抬眼看去，少女說完話後，便沉默下來。蓮青色的披風被吹得獵獵作響，更襯得身形纖細嬌弱。

應該是想岔了，不過是閨閣女子，這次能一反常態拔得頭籌，不過是因為她是沈信的女兒，沈信也真的與她說過這些戰場上的事情，讓她討了個巧罷了。

豫親王目光死死追隨著紫衣少女，須臾突然意味深長的一笑，「這個沈家小姐倒是極有意思。」

不知道為何，豫親王這話一出，裴琅和傅修宜同時都是眉頭一皺，心中有一絲不好的預感。

周王聞言，頗有深意的問道：「皇叔是中意那沈家小姐嗎？聽聞沈家小姐草包無知，如今看來也不盡然嘛，伶牙俐齒的，生得也不錯，若是能成為皇嬸……」他笑得十分下流，「也應當很有趣。」

豫親王如今都年過不惑，加之本人殘暴凶狠，被他玩弄死的女人不計其數，若是沈妙落到了他手上，只怕不用多久就會香消玉殞了。周王這番話可謂已經有些出格，不過他本就是這樣狂妄的性子，說出來別人也不覺奇怪。可是好端端的將一個豆蔻少女推入這樣的虎口，也實在是太無德了。

靜王卻比自己同胞哥哥想得遠些，如今皇室雖有心打壓沈家，可沈家兵權在握，任是哪位皇子私下裡得了沈家的助力，都是奪嫡路上的巨大籌碼。若是沈妙嫁給豫親王，豫親王已與皇位無緣，也就相當於將兵權安置在皇家，不被任何皇子覬覦，或許才是最好的做法。

思及此，靜王便點頭道：「沈家小姐確實才思敏捷，皇叔覺得不錯，也無可厚非。」

傅修宜眉頭皺得更緊了些，靜王能考慮到的事情，他自然也考慮到了。知道沈妙嫁給豫親王，對他來說有百利而無一害。一來至少他能擺脫沈妙糾纏，少一個桃花笑話。二來沈家兵權太過燙手，就算他有心利用，也怕引得皇帝懷疑得不償失，倒不如放在豫親王府，伺機而動。但不知為何，他心中莫名感到一絲不悅。

裴琅擔憂的看了一眼正往臺下走的沈妙，她步履從容，神色平靜，並不知道自己的命運已經被掌握在這群皇室子弟中！心中不由一嘆，雖說師生一場，但他到底只是一個小小的教書先生，無法改變什麼，只能在心中為沈妙的命運感到惋惜。

豫親王有些不耐煩的擺了擺手，「皇姪們，本王並非不知道你們在打什麼主意，豫親王府可容不下沈家這尊大佛。」他的目光落在自己的殘腿上，眼中閃過一抹陰狠，「不過嘛，沈家小姐有趣，弄過來玩玩倒也是不錯的。」

蘇明楓離傅修宜幾人有些距離，卻是豎起耳朵，仔細聽著他們的對話，心中頓時有些不忿。沈妙被豫親王盯上，只怕是凶多吉少，若是沈信在定京還好，可惜沈信得年關才回來，沒有父兄護著，一個小姑娘怎麼和這些惡狼抗衡？

彷彿預料到了之後的悲慘結局，蘇明楓嘆息一聲，把蘇明朗帶到蘇老爺面前，自己先悄悄離了席。

男眷席這邊的風雲詭譎，沈妙並不知道。驚蟄很是為沈妙高興了一番，倒是沈玥，終於維持不住面上的好神色，鐵青著一張臉離席了。

女子組考校完後，就輪到男子組了。女眷這邊已經有考校過的姑娘紛紛離席，馮安寧跟在沈妙身邊，這個之前驕傲的姑娘終於對沈妙流露出心悅誠服的神色，「妳方才做的真好，可真是太棒了！」

「妳也不錯。」

「呵呵，皇天不負苦心人嘛！我去馬車上取點東西，妳在這等等我。」

待馮安寧走後，沈妙便領著驚蟄去了雁北堂的梅園，這個季節梅花尚未綻放，一棵棵大樹倒是鬱鬱蔥蔥。

穀雨回來了，四下裡看了看，小聲道：「姑娘，東西已經送到了高二公子手中，是買通外頭小廝換掉的，保准安全。」

「很好。」

轂雨實在不明白沈妙為何要如此做？況且沈妙與高二公子是何時認識的呢？

正打算開口問，卻聽到頭上傳來一聲輕笑。

三人皆抬頭，便見樹梢枝頭上一抹紫影飄然落下，三人面前出現一名紫衣少年。

容貌俊俏，雙手抱胸，懶洋洋的往樹幹上一靠，似笑非笑的勾著唇角，眸色卻深沉如定京的冬夜，帶著料峭冷意。

正是謝景行。

轂雨和驚蟄皆是警惕的將沈妙護在身後。

「轂雨、驚蟄，妳們到園口守著。」

「可是姑娘……」兩人都猶豫了，眼前少年雖錦衣華服，一身貴氣，肯定是某勛貴家的公子，可到底是陌生人。

「去吧！」沈妙微微皺了皺眉。

驚蟄和轂雨便只能退守到園口了。

「妳倒是有趣。」謝景行倚著樹幹玩味看她，分明是金尊玉貴的小少爺，偏偏目光銳利如戰場上的血刃，平淡的語氣也能帶出凜冽寒意，到底是上過戰場，殺過人見過血的人。

「謝小侯爺想說什麼？」

謝景行突然出現，自然不會是來閒話家常的。這人年紀雖輕，行事卻極有主意，老侯爺管不了他，他做事也就更加肆無忌憚，讓人難以捉摸。

「豫親王府如今還缺個王妃，那瘸子似乎是看上妳了，來跟妳說聲恭喜。」他語氣不明。然而將豫親王稱「瘸子」，也算得上是膽大萬分，可由謝景行說出來，卻帶著一絲輕蔑和嘲弄，彷彿豫親王不過是個骯髒不堪的玩意兒罷了。

這人心氣倒是很高。

沈妙心中思索，面上卻不顯，竟忘了這副沉靜模樣落在對方眼中，是否代表了什麼？

謝景行突然上前一步，他個子極高，沈妙整個人都被攏在他的陰影之下，一俯身，湊近她耳畔，「妳果然早就知道了。」

少年身上傳來好聞的寒竹香，聲音刻意壓低，有種曖昧的磁性。這動作也曖昧，沈妙抬眼，那張俊俏的臉蛋就在自己面前，而唇角微微勾起，便給他的笑容增添了幾分洞悉一切的邪氣。

可她畢竟不是真正的豆蔻少女，沒有絲毫的羞怯驚慌，「知道如何，不知道又如何？」

謝景行見她無動於衷，也懶得做花花公子模樣了，直起身，往後退了一步，手上多了一張紙，笑容帶著幾分輕佻，「知道卻不急自己的事，反而為高二公子操心？」

沈妙眉頭一皺，緊緊盯著他，語氣不由自主的帶了幾分狠戾，「謝小侯爺是否太多管閒事了？」

「一張紙，妳倒緊張了。」謝景行又恢復了玩世不恭的模樣，「妳與高延有什麼交情，如此幫他？又或者……沈五，妳在打什麼主意？」

沈妙面沉如水，靜靜盯著謝景行手中的紙，紙頁薄薄，卻是她心中沉甸甸的一塊石頭。

那是她默了許久，才默出來的《行律策》。上輩子裴琅就是憑著這篇策論成為傅修宜的幕僚，替傅修宜的江山出謀劃策。

如今沈妙只能將裴琅尚未展現的才華扼殺在搖籃裡，讓他永遠不要為皇室中人效力。明齊皇室要打壓老世族，自然也要扶持新貴族。京典史高家便是定京城新貴中，最為顯著的。

京典史家大公子高進是真正的天賦過人，才華洋溢，後來傅修宜登基，更是大力提攜。京典史家因此而蒙受恩蔭，越發橫行霸道，而二公子高延甚至覬覦過她的婉瑜。

若非當時她還是六宮之主，而傅修宜還沒開始著手對付沈家，只怕婉瑜已慘遭毒手。這個高延才華不如他哥哥，卻極為貪慕虛榮，上輩子不曾入仕途，卻總喜歡把他大哥的功績說成是自己的。為人心胸狹隘，睚眥必報，總歸就是一根攪屎棍。這輩子京典史家還未達到全盛時期，高進也剛入仕途不久，她倒不如把這根攪屎棍送進官場。

拿裴琅的《行律策》給高延，自然是因為她知道每年考校，高延都會讓小廝花銀子在外頭買篇文章。今日便讓穀雨去找人換掉原先的文章。以傅修宜那「惜才」的性子，定會不顧一切收攬高延。而以高延虛榮的個性，必然不會交代這不是他的手筆。這樣一根攪屎棍進了明齊的官場，她很是期待會攪出怎樣的好戲呢？

剪除傅修宜的有力臂膀，換上一根腦袋空空的攪屎棍，沈妙是打的這樣的好主意，誰知道半途殺出來一個謝景行，平白讓她的計畫落空。

她的目光明明滅滅，彷彿千言萬語都彙聚在清澈的雙眸中。

「妳大可不必露出如此恨我的神情，這張是我的人復刻的，原來那張仍在高家小子手中。」

沈妙微微一愣，萬萬沒想到竟然會是如此結果，沉默了一下才道：「小侯爺寬宏。」

「非是寬宏，只是本侯自來就有一點頗得讚譽，最不喜歡多管閒事。現在妳可以告訴本侯，妳為何寫信給高延了吧？」

沈妙心中嘆息，她雖有心將沈家和謝家綁在一條船上，可如今尚且不是時候。沈謝兩家齟齬由來已久，非是一朝一夕可以解開，本想徐徐圖之，誰知道如今平白無故搭上一個謝景行，好好的計畫全攪亂了。

她不相信任何人，她有自己的路要走。謝景行也好，謝家也罷，不過是她計畫中的一枚棋，沒有任何下棋的人，會向棋子說明原因。

「本侯本以為，妳如此幫他，是妳與他有私情，幫情郎爭風頭。」謝景行笑容促狹，上下打量了沈妙一番，「後來又覺得，高家老二雖不成器，挑女人的眼光卻不差。還有，妳幫高延，就等於是幫高家，但妳卻不選高進，反而選了廢物高延，看上去倒居心不良啊！妳這局棋走得如此迂迴，繞了這麼大一圈，就是想讓高延入仕，莫非是要攪亂明齊官場？」

他笑得不懷好意，卻是一語中的啊！

饒是沈妙活了兩世，心中都忍不住微微一驚。如果說之前謝景行的表現於她來說只是聰明得過分，現在倒覺得這人有些可怕了。

尋常人走一步瞧一步，聰明人走一步瞧十步，謝景行這句看似平常的問話，卻似走一步瞧到了千里之外。如此毫不掩飾的單刀直入，倒讓她有些不知如何回答了？

「這又與小侯爺何干？」如今只能打迷糊仗了。

「本侯不關心明齊官場，但妳若把主意打到臨安侯府，就別怪本侯不客氣。」

謝景行看似對臨安侯府厭惡有加，極愛與他爹對著幹，其實卻不然，否則上一世最後也不會為了保全臨安侯府的名聲而落得萬箭穿心的下場。

而謝景行懷疑她會對謝家下手，也是無可厚非。沈家與謝家本就是互看不順眼，加之如今她做的事情讓人無法理解，於他而言，倒的確要懷疑她有可能給謝家使絆子。

「謝小侯爺大可放心，謝沈兩家向來井水不犯河水，我自然不會多事惹起紛爭，您擔心的事不會發生。況且十年河東，十年河西，謝家如今視沈家為敵，殊不知未來有一日，或許會風雨同舟，同仇敵愾。」

「妳這是在向我示好嗎？」

「是。」

如此斬釘截鐵的回答，倒讓謝景行不由得仔細打量起面前的少女了。

第八章 挑釁

他見識過無數女人，年幼的時候，那些女人是想要親近他爹，後來那些女人便開始親近他。那些女人中，有嬌花解語的，有傾國傾城的，有擅使刀劍的，亦有擅用謀略的。

聰明的人謝景行見過千千萬，卻沒有一個如眼前人這般讓他意外。

或許是經歷過戰場上刀劍拼殺的人的直覺，謝景行能從這少女身上嗅出血的味道。彷彿一潭沉沉死水，卻在水底潛伏著巨大的凶獸。如今表面風平浪靜，也不過是伺機而動，等待有一日破水而出，必是一場腥風血雨。

雖然這麼說實在有些可笑，一個閨閣女子能翻起多大的風浪？可是謝景行從來不會輕視自己的直覺。

「沒想到沈家居然也有聰明人！既如此，妳就放手做吧！今日就當看場好戲，妳可別讓本侯失望。」說完，轉身就要離開。

「謝小侯爺。」沈妙叫住他。

「還有什麼事？」他站定，頭也不回的問。

「謝家兩位庶弟，今日也會上臺考校，謝小侯爺就如此放任？」

謝家的兩位庶子，姨娘方氏所出的謝長武和謝長朝如今都是國二生。事實上謝景行也是廣文堂國三的學生，不過他向來放蕩不羈，廣文堂也約束不了他，便放任自流了，否則的話，謝景行今日應該也要上臺考校的。

上輩子，謝景行當然也沒有參與考校，卻讓自己的兩名庶弟搶了風頭。平心而論，謝長武和謝長朝也算是十分有本事的，在武類中名列前茅。也因此得了皇帝的青眼，後來被傅修宜有心抬舉，跟在傅修宜身邊辦事。

沈妙一直覺得，臨安侯父子皆是聰明人，上輩子如何會落到那樣一個結局。雖然後來皇室追封謝家父子，給了賞賜，但真正得利卻是方氏母子三人。其實細細想來，其中不乏疑點。譬如前世沈家的傾覆，自有二房和三房在其中出一份力。如此看來，謝家會不會也是內部出了問題？

「你不會希望本侯上去與他們一爭高下吧？」謝景行回過頭，有些詫異，「就像妳同妳那姐姐爭搶一樣？」

「謝小侯爺與我的處境難道不是一樣的嗎？」沈妙沒有理會他話裡的嘲笑，「我自然明白謝小侯爺這樣身分高貴的人，不屑與庶子斤斤計較，可是千里之堤潰於蟻穴，看似不起眼的玩意兒，卻如蟄伏在暗處的毒蛇。」她一字一句語氣清楚，分明是警告的語氣，眼神卻清澈如小鹿，「捅刀最深的恰恰是身邊最親近的人，比起讓他們風光無限得貴人扶持，永遠虛與委蛇做兄友弟恭狀，不如讓他們在人前出醜，在府內亦不必裝模作樣，豈不是更加痛快？」

謝景行心中一動。

他的母親是金枝玉葉的玉清公主，他不和庶子計較，是因為不想人們說他氣度不夠，進而提起母親當初被活活氣死的妒婦心懷。他可以不用在意自己的名聲，可是玉清公主的名聲，他永遠都會顧及。

在臨安侯府看著那母子三人老是裝出一副恭順慈愛的模樣，確實令他作嘔。原本他只當自己是個局外人，冷眼瞧著那三人作戲，如今沈妙的一番話卻讓他重新思考了。

如果掐滅了他們的希望，是否更為暢快？當眾撕破臉，讓他們再無臉演兄友弟恭惹人心煩？

「已經太久了，不要忍。」沈妙的聲音似乎帶著蠱惑，明明知道她是帶著目的提議，卻讓人無法拒絕。

他低下頭，看著近在咫尺的人，少女身上傳來淡淡的幽香，如她的人一樣，看似純真無邪，實則冷漠無心。

他唇角一勾，袖風一掃，沈妙頭上的真海棠已換成的玉海棠，「妳倒有趣，這支花簪賞妳，提議不錯，多謝了。」

等沈妙出了梅園後，守著的穀雨和驚蟄皆是鬆了一口氣。

待回了席上，馮安寧便急急忙忙的跑來，埋怨道：「不是說了讓妳等我，回來就不見妳的人影，跑哪兒去了？」

「隨意走走罷了。」沈妙抬眼往臺上看，「已經開始了嗎？」

「男子第一輪的『抽』都已經結束了呢！」馮安寧撇嘴，「如今在進行『選』了。」

對於男子組第一輪「抽」的結果沈妙並不在意，所以也沒多問，目光落在對面席上最左邊，穿湖綠色衣裳的少年身上。

少年生得黑壯，五官本還不錯，卻因為過於壯碩的身軀顯得有些粗蠻。而他偏還要穿綠色的衣裳，便襯得膚色更黑了。不僅如此，他還梳著高高的髮髻，插著一支鑲玉的竹簪，大概是想要仿效古人君子之風，卻又因為捨不得富貴的打扮而顯得有些不倫不類。一言以蔽之，雖極力想要清高脫俗，卻因東施效顰掩飾不了渾身上下的庸俗，這便是京典史家的高延了。

高延如今年紀尚小，不過十六，直到後來傅修宜登基，高延因乘著高進的風而地位直升而上，在定京欺男霸女，甚至連婉瑜都敢覬覦，實在是膽大至極。

只要一想到婉瑜曾在宮中受過高延的調戲，沈妙便怒不可遏，她遠遠的盯著高延，彷彿在看獵物走進自己所設的陷阱中。

高延不知想到了什麼，一臉歡欣的與高進說著話。

他自然是高興的，得了一篇文辭獨特的策論，剛剛在「抽」中他抽到了經義，表現平平。可接下來的「選」，只要拿出這篇策論，必定能驚動全場。

沈妙心中冷笑，去吧，拿著那篇策論，去到傅修宜的身邊吧！在高進升遷之前進入仕途，相信以高延的頑劣，定能將整個京典史府摧毀覆沒。

這便是她送給京典史的大禮。

至於裴琅嘛，她又轉眼瞧了一眼坐在離傅修宜不遠處的青衫男子身上。從現在開始，你就慢慢償還你過去欠下的債吧！

「沈妙，男子組第二輪的『選』結束後，就換女子組了，妳會參加嗎？」

「不會。」

考校中，「抽」是每個學子必須參加的。「選」則是按照自己意願，若是不願意選便可不選。所以與其說「選」是考校中的一環，倒不如說是最容易發揮自己長處的一環。若是有自己最擅長的東西，自然可以在「選」這一環節展示出來。所以比起「抽」，眾人對於「選」所發揮的熱情更大。

因為「選」所表現出來的，都是極有把握的東西。可若是如從前沈妙一般無甚長處的，便乾脆不參加「選」了，因為去了也只是出醜。

「為什麼？」馮安寧有些失望，「妳方才表現得那麼好，為何不乘勝追擊呢？」

「沒有必要。」沈妙又開始擺弄桌上的棋局，「出風頭如何，不出風頭又如何，這兩者於我沒有分別。更何況，我本就琴棋書畫樣樣不通，方才不過是僥倖。」

「哪有人這樣說自己的！」馮安寧氣急。

「五妹妹。」一道聲音打斷了她們的交談，沈玥不知何時站到了她們面前，一臉憂心地道：「五妹妹，下一場的『選』，妳真不會參加嗎？」

「二姐姐難道希望我參加？」沈妙不答反問。

沈玥被她說得一噎，不知為何，沈妙如今似乎是鐵了心的與她撕破臉，沈玥也百思不得其解。難道是因為落水之事，遷怒於二房、三房？她雖疑惑，可對於沈妙接二連三的不識好歹，心中已然積蓄了怒氣。

沈玥咬了咬嘴唇，似乎有幾分委屈，「我自然希望五妹妹參加的，方才那畫畫得極好，既然五妹妹有此大才，何不繼續一展長才，省得大夥兒在背後說道。若是再次畫好了，流言也就不攻自破了。」

沈玥的聲音不低，周圍的夫人小姐們自是一字不漏的聽了個清楚。這話看似沒什麼，卻是將眾人心中的懷疑大剌剌的說了出來。沈妙方才那一幅白菊圖，雖是得了一甲，可她草包了這麼多年，人們心中的印象不會輕易改變，當然不會相信那畫由她所出，肯定是有人在旁指點所做。

沈玥心中也是這般想的，所以她想著，只要在第二輪中，沈妙再畫一幅畫，沒了旁人指點，她又如何畫得出好東西，必然會出醜的。

馮安寧聽出了門道，立刻譏笑回去，「沈二小姐說的真容易，畫畫除了講究技法，還要考慮構圖、意境，甚至是情懷，便是二小姐自個兒，接連畫兩幅也是不可能的事情吧？」沈妙只是個學生，卻不是書畫大家。

「我不是看五妹妹如今大有進益才這般問的嘛，方才那般的好畫都畫得出來，再畫一幅又有什麼不可的呢？」

沈妙自始至終都未抬頭，只拈了一枚棋子放在棋盤中心，「沒興趣，勞心了。」

沈玥沒料到在這麼多人面前，沈妙都敢這麼不冷不熱的回答，一時間臉色有些難堪。這世上大概最令人憤然的，便是埋好了陷阱，對方卻偏偏不肯往下跳。

沈妙即使面對眾人的猜疑都不肯接受她的激將，這讓沈玥更加確定那幅畫的畫意並不是沈妙所想。讓沈妙出醜的念頭在心中更加根深蒂固，「既然五妹妹堅持，那我便也不好再說什麼了。」轉身回到了自己的座位。

男眷席上，蔡霖一直注意著沈玥，卻瞧見沈玥突然遠遠的看過來，似乎是溫柔的對他笑了笑。

蔡霖一怔，隨即有些激動，但接著卻見沈玥又垂下頭去，似乎有些難過，他驀然緊張起來。

臺上，男子組的「選」還在繼續。

經義和時賦都是中規中矩的，選的人自然也多。只要記憶力出色，或者研讀透徹，一般說來，也容易出彩。相比之下，選擇策論的人幾乎是寥寥無幾。

策論是針對如今天下朝事而提出的言論，是非常實用的。這一項也是和朝事最為接近的，在場的都是年輕的學生，大多數人對朝事還是懵懂無知的，更不用說提出什麼好的策略建議了。所以策論是最難的，可若是真的出彩，便也是一隻腳踏入仕途了。

沈妙看著面前的棋局，當初裴琅的《行律策》，是在第三輪「挑」中做出來的。「挑」這一項，男子可以挑女子，女子可以挑男子，學生自然也是可以挑先生的。

而其中一個男學生就挑了裴琅這位先生，裴琅確實也是博學多才，不過一炷香的時間，一篇策論已成，洋洋灑灑，引經據典，每每都說到關鍵處，實在令人驚豔。

那時便令幾位皇子重視起來，不過裴琅也是個妙人，只道自己只想在廣文堂做算數先生，其他的不做多想。他態度堅決，若非後來傅修宜幾次禮賢下士，加之沈妙給他出主意，裴琅說不定就真的不會入仕了。

棋盤上黑白子縱橫交錯，就如同上輩子的人生。沈妙輕拂衣袖，將棋局打亂，如今重新來上一局，就由她開始吧！

高延整了整袖子，又理了理自己的髮髻，問身邊的小廝，「爺看起來如何？」

「少爺風流倜儻，英俊瀟灑……」小廝也是追捧的話張口就來。

高延得意一笑，就要起身往臺上走去。

身邊的高進見狀，一把抓住他，「你這是做什麼？」

「參加『選』啊！」

高進皺了皺眉，自己這個弟弟究竟有幾斤幾兩他是再瞭解不過，本就沒本事，偏還愛出風頭。如今高家正在關鍵時刻，萬萬不可這時候出岔子，「你會什麼？」

這話聽在高延耳中便不是滋味了，他和高進是一母同胞的親生兄弟，可人們提起高家來，首先誇的便是高進。高進生得眉清目秀，他卻粗獷黑壯，高進年紀輕輕就能替父親辦事，而他每每想和父親說點朝事，父親就搖頭不耐煩。同為兄弟，本沒什麼齟齬的，卻因為外人的眼光而生了隔閡。高延本就在自己哥哥的光芒下有些敏感自卑，如今聽聞高進這番話，更是氣不打一處來，本來有些猶豫那篇策論寫得太好，是否太過風光。眼下倒是一點兒猶豫也沒有了。

他語氣不善道：「大哥，小弟我雖然不及你聰明，卻也不是完完全全的草包。你大可不必攔著我，總歸我也搶不走你的風頭。」

高進聽出了高延話裡有話，頓了一下，高延便推開他，施施然的走上臺，大聲道：「我選策論！」

難得有人選策論，眾人目光自然都落在了高延身上。

高延本身是沒本事，但因他每次的功課都是找人代筆，在廣文堂眾多學子中，雖不是名列前茅，卻也算得上優秀。

因此他走上臺，眾人並未感到詫異，不過想要憑策論出彩難度很高，所以本來有些鬧哄哄的場子瞬間安靜下來，皆是看著臺上的綠衫少年。

前頭幾個選策論的學生表現都不算好，高延一上去，高進就皺了眉頭。

「沒想到高延竟選策論。」馮安寧好奇了，「若是換成是高進，我倒覺得會好些。」

沈妙停下手中的棋，看向臺上。

準備好一切，高延就拿出懷中的紙，慢慢的念起來。

「律者，國之匡本也，尤架之於木，正扶沖天也……」他念得抑揚頓挫，而起先眾人看熱鬧的神情也漸漸收了起來，尤其是席上的老爺官員們，頗為嚴肅的瞧著臺上的少年。

「高進的弟弟果然不差。」周王眼中閃過驚嘆，「朝中的大人也不見得有如此精闢的見解。」

「的確不錯。」靜王也點頭，「況且此子年紀頗輕，假以時日，必定非池中物。」

傅修宜靜靜的看著臺上的人，他神情雖未有什麼波動。手指卻不自覺的搓撚起來，每當他有什麼思量或主意的時候，都會下意識的做這個動作。

顯然，高延的舉動，讓他心中有了新的打算。

而裴琅，自從高延念出第一句的時候就身子一僵，不知為何，他總覺得高延這篇策論似曾相識。可他自來記憶力超群，細細想了一番，卻仍是摸不著頭腦，大概是沒看過的。可這種撲面而來的熟悉感，竟然讓一向淡定的他有些焦躁。彷彿高延每念一句，他都能接出下面一句似的。無比的熟悉，就像是他自己的東西一般。

沈妙微微一笑，不再看臺上的少年，而是繼續看著棋盤上的棋子，她隨手拈了一枚，放在了棋盤邊緣。

「妳這是在下什麼棋？哪有把棋子放在這麼遠的地方？」

「遠嗎？」沈妙搖了搖頭。

每一枚棋子都有自己的妙用，這一枚看似無用的廢棋，就算現在瞧著離局中還有十萬八千里，可是在未來決定勝負時，它卻是可以起到關鍵作用。

不遠處的閣樓裡，蘇明楓將臺上的一切盡收眼底，「這次高延不知是從哪裡找來這篇策論，倒是寫得極瀟灑，我倒想認識一下寫這篇策論的人了。」

「認識又如何？」一個紫衣少年斜坐在窗臺上，懶洋洋的開口。

「應當是位博聞強記的人，若能結交，定能獲益匪淺呀！」

謝景行嗤笑一聲，看著手上的海棠花，「那可不一定。」

臺上，高延終於念完了《行律策》。

周圍先是安靜，隨即小聲議論起來。學生們尚且不懂這篇策論其中的含義，只曉得其中引經據典，文采斐然。可席上的大人們卻懂得其中的精妙，這策論看似不經意，卻把如今明齊律法上的漏洞點出來，並且給了如何改善的建議。對於一個學子來說，實在是有些不可思議了。

臺上考校的考官大概也沒料到，高延竟然如此深藏不露。不過規矩還是要遵守的，一旦對學生的表現有所懷疑，就要核實一番，比如之前沈妙的那幅畫，平心而論，這篇《行律策》比沈妙的那幅畫更高明，文采和實用都能雙全。

「誠如方才策論所言，明齊行律多廣闊，你言需細細分之，又是怎麼個細分法？」

高延心中一喜，當初裝著這篇《行律策》的信封中，其實附了另一張紙，上頭所寫，與此時考校官問的一模一樣。他心中好生感激給他寫文稿的人，想著日後一定要多打賞一些銀子。因為早有準備，他不慌不忙的挺胸抬頭，按照紙上所寫答道：「可分三類，商道、官道、民道……」

臺下，京典史高大人早已笑得合不攏嘴。他如今有這樣的地位，依仗的不過是皇帝的扶持和廣為結交的人脈，並非真本事。好在他有個好兒子高進，年紀輕輕就能幫他處理不少事情。如今二兒子高延也展現出如此不同凡響的才學，他得回祠堂給高家列祖列宗燒兩炷高香了。

高進比他爹聰明多了，到底是不相信自己弟弟能有如此智慧。只是面對考校官的提問他也能侃侃而談，總不能連考校官也被收買了，因此倒有些拿不定主意。

裴琅拿起桌上的茶盞喝了一口，手都有些微微顫抖了，不知道為什麼，高延所說的每一句話，彷彿都烙印在他腦中似的。那種熟悉的感覺讓他覺得十分荒謬，內心的焦躁完全無法平復。

蘇明朗剛剛打了個盹兒，瞧見自己身邊的人都看著臺上的高延露出欣賞的神情，乾脆扯了扯蘇老爺的袖子，問道：「爹，他說得很好嗎？」

「少年英才啊！」蘇老爹都有些羨慕京典史有這樣一個好兒子了。

蘇明朗撇撇嘴，完全無法理解，瞧了一圈沒見到蘇明楓的身影，「哥哥怎麼還不回來？」

蘇老爺輕咳一聲，「你大哥如今身子虛弱，今日來本就勉強，就讓他多休息一會兒。」

傅修宜聽見這邊的動靜，瞧了蘇老爺一眼，見蘇老爺提起蘇明楓時眉宇間有著淡淡的悒鬱，這才若有所思的收回目光。

無論如何，高延今日這一仗打得極為漂亮，對於考校官提出的問題應對自如，也就打消了眾人心中的懷疑，自然得了「一甲」。名次倒是其次，今後提起高家，除了高進，眾人還知道有個卓爾不群的二公子高延。

高延得意的下臺，男子組這一輪的「選」就此結束，輪到女子組的「選」了。

馮安寧並未上臺，她本就只擅長琴，第一輪已經僥倖出了風頭，沒必要再上臺了。

沈清選了棋，她算數好，而棋也是需要計算的，也算略有所長。

沈玥則不出意外的選了琴，她自來就喜愛這些能夠顯現她出塵脫俗的東西，加之陳若秋不僅撫得一手好琴，還會自己譜些小曲寫寫詞，耳濡目染下，沈玥的琴技甚至青出於藍了。因此年年都能拿到一甲，眾人也年年期待在考校場上欣賞她的琴技。

有沈玥在，其他人大概都不會自取其辱的選琴，馮安寧也是這麼想的。

沈清不想讓沈玥專美於前，自然是下了功夫的，選擇「棋」這一項，得了個一甲。不過很快，眾人的目光就從她身上，轉移到臺上的沈玥了。

沈玥施施然上臺，焚香浴手，她本就生得美麗婉約，一身粉衣輕輕柔柔的，竟有幾分小仙女的模樣。

她彈的是《詠月》，這是一首極難的曲子，是在遠方的遊子思念故土和親人。前面溫柔悵惘，緊接著顯得激烈愴然，到最後令人唏噓。起承轉合十分考驗琴技，亦是感情動人。

上一世，沈玥也是因這首曲子拿到一甲，一時風頭無兩。而相比之下的她，則更加不堪。如今想來，似乎沈玥的每一次美名，都是踏著沈妙的狼狽往上爬的。

沈妙看向臺上的少女，沈玥已經開始了。她一撥琴弦，琴弦就好似有了靈性，悠揚琴聲從她指間流瀉，落入在場的每一個人耳中。

馮安寧咬了咬嘴唇，即便她不喜歡沈玥，也不得不承認沈玥的琴技確實出眾。相比起來，方才她得「一甲」的那首曲子，就實在顯得十分拙劣了。

這首思念親人和故土的曲子，卻讓沈妙的拳頭漸漸握緊。

就算重來一世，已經死過的人不能復活，她的婉瑜和傅明也不會再出現了。這首曲子落在她耳裡，倒像是一首復仇曲，非但沒有慰藉，全是血仇。

蔡霖跑到了席外，他努力的想離高臺更近一些，好將自己心上人的每一個神情都盡收眼底。只是突如其來的交談聲，打擾了他的沉醉。

「二姑娘可真倒楣，從未得過第二的，偏偏被五姑娘那樣的人用了手段搶了一甲。」

說話的是個身材苗條的丫鬟，蔡霖認出來那是沈玥的貼身丫鬟書香，不由自主的往那邊看去。

「可不是嘛！」另一個丫鬟點頭附和，「而且五姑娘連『選』都不參加，根本就是存心和二姑娘作對。」

「哎，只可惜二姑娘心善，私下裡受了不少五姑娘的氣呢！五姑娘總是仗著自己是大房嫡女的身分欺負二姑娘，二姑娘真是可憐啊！」

「要是有人能替二姑娘出氣就好了，比如『挑』的時候讓五姑娘上臺。」

「說什麼胡話呢！誰都知道五姑娘琴棋書畫樣樣不通，挑戰五姑娘，不是自降身分嘛！我看女子組是不可能有人挑她的，就看男子組有沒有人挑她了？」

交談的聲音漸漸小了，蔡霖眼珠子一轉，看了看臺上的沈玥，心裡有了一個主意。

沈玥一曲彈罷，眾人自是聽得如痴如醉。琴技出眾的女子到哪裡都會惹人喜愛，尤其是這女子姿色還不錯的情況下。至少對面男眷席中，國一的孩子太小暫且不說，國二、國三的少年郎們卻有不少將目光投向這邊的。雖然在廣文堂中，論起外貌來，秦青更上一層，可秦青性子高傲，又哪裡及得上沈玥溫柔可人。

「說起來，沈家二小姐倒是難得的才貌雙全。」愛美之心人皆有之，周王也被沈玥驚豔到了，「只是可惜了。」

可惜什麼，別的人或許不懂，幾位皇子卻不可能不懂。沈玥生得嬌美可人，才氣過人，若有這樣的解語花常伴身側，也是人間一大美事，可惜不是從沈大夫人肚子裡爬出來的，可惜不是沈家大房的女兒，偏偏是三房的。

偏偏手握重兵的沈信，卻生了沈妙那樣一個草包。即便今日有些不同了，可人的印象豈是一朝一夕能夠改變的。他們相信，沈妙今日的得體不過是背後有人指點，本質依舊是那個什麼都不會的蠢貨。

裴琅在高延下臺後，心情也逐漸平復下來。他還是第一次遇到此種情景，雖然不解，卻也竭力令自己寬心。此刻聽到周王的話，便又忍不住看了對面女眷席上的紫衣少女一眼。她持棋子側頭沉思，隔得太遠看不清目光，然而卻能想像得到那目光中帶著的審視和深意，就彷彿沈妙看他的時候一樣，這樣的人怎麼會是草包？

可人的確不會在一夜之間就改變，那麼沈妙之前的蠢笨難道都是在作戲，這又是為什麼？

即便聰慧如他，都想不出來究竟是怎麼回事？

女子組的「選」結束了，沈玥自然拿了一甲，可今日的她非但沒有因為這一甲而欣喜，反而覺得有些難堪。

她看了沈妙一眼，沈妙醉心於棋局，絲毫沒有瞧她。沈玥知道沈妙琴棋書畫不通，那棋局自然是瞧不懂的，如今看得認真，不過是故意不給她面子罷了。

陳若秋注意到她的神情，低聲提醒，「玥娘，妳失態了。」

陳若秋要求她無論在任何情況下都要保持鎮定自若。不管是真的鎮定還是裝的，總歸要讓人瞧見從容的一面。女子一旦從容，姿態就是高雅的，慌張憤怒不是世家大族該有的氣度。平心而論，陳若秋這樣教導子女是對的，她自己也做得很好，可惜沈玥到底年輕，而且從未經歷過失敗，更不懂得隱忍。

聽到陳若秋的提醒，沈玥稍稍收起面上的忿然。

丫鬟書香遞上茶給她，「姑娘喝口茶潤潤嗓子。」

沈玥接過茶，瞧了瞧書香，書香對她笑了笑，沈玥心中了然，面上的笑容真實了些，「等二下的『挑』，我倒極有興趣。」

沈清因著也得了一甲，心情愉悅了些，笑道：「今年不分男女子組，亦不分國一國二國三了，比試起來定是更加激烈。」

本來「挑」就是三項中最令人期待的，因著「抽」不一定會抽到最好的，「選」是選擅長的，而「挑」總是會發生在兩個最優秀的人身上。

女子組的「挑」一般都不甚激烈，因為女兒家表面上總要和和氣氣的，也要展現自己並不看重結果，作淡然之態。可男子卻不同，少年們喜愛用比較的方式來分出勝負，這個年紀是勝負欲最為強烈的時候，所以每年的「挑」都極為激烈。

今年「挑」這項又不分男女，亦不分國二國三，要想挑戰哪個，就能同哪個比試。不過話雖如此，大家都覺得男子與女子互相挑戰的情形大概不會發生。

文類今年果然又無人挑戰，重頭戲自然落在了武類上。

這便幾乎隔絕了女子參與的可能，雖然在場上的也不乏武將家的女兒會功夫的，可女子天生力氣上比不過男子，自然不會上去自曝其短。

男眷席上，蔡霖首先站出來走到臺上。

考校官問他要挑戰什麼，他便高聲答道：「步射。」

眾人了然，蔡霖這個小霸王，文類是一竅不通，可武類卻算得上出色，其中又以步射最為優秀，去年的考校他就奪了步射的一甲。

今日他要挑戰的又是誰？放眼全場，並沒有比他步射更出色的人啊！

蔡霖下巴一抬，突然伸手朝女眷席上遙遙一指。

眾人瞧見他指的居然是女眷席而不是男眷席時都是一驚，待看清楚他指的是誰時，更是詫異的張大嘴巴，連議論都止住了。

他還特意大聲的指名道姓，「我要挑戰她，沈妙！」

沉浸在棋局中的紫衣少女抬起頭來，目光清冷的直視臺上之人。她神情未見波動，動作亦不見慌張，彷彿這石破天驚的一語不過是隨口的問候，而她連答也不屑答。

陳若秋皺起眉，她盡心教導沈玥，可沈妙卻似乎學會了不動聲色的從容。

不遠處的閣樓上，悠然品茗的俊美少年一口茶全噴出來，玩世不恭的神情也顯出一絲意外來，「蔡家小子瘋了不成？」

沈妙站起身，桌上的棋局裡，對面一顆黑子越過楚河漢界，正往她這邊襲來。

第一個小卒出動了。

她拾起白子，下手間，黑子被吞吃，瀟灑的丟進棋罐裡，俐落地道出一個字，「接。」

第九章　賭命

秋風颯爽，金桂飄香，最是安恬舒適，令人放鬆的季節，然而雁北堂此刻卻被一股緊張的氣氛所籠罩。

沈玥捂住嘴，有些吃驚道：「這……五妹妹可是女子啊，怎麼會有人挑戰她？」

陳若秋也一臉擔憂，「五娘，妳莫要逞強，雖然妳父親是武將，可妳自來都不會這些的。」

陳若秋這話說得討巧，說沈信是武將，身為女兒的沈妙卻不會步射。武類不通便罷了，只因女兒家不喜歡舞刀弄槍，這理由也說得過去。

可武類不會，文類亦不通，就實在是有些糟糕了。偏偏所有人都知道沈妙琴棋書畫樣樣不通，如今還要再說一下武類亦不擅長，也就是把沈妙貶得一無是處，連帶著沈信一房都要被看輕了。

「可是……這比試的規矩是不可改變的呀！」沈清面上著急，語氣怎麼聽卻都是幸災樂禍，「一旦被挑中作為對手，無論會不會，都得將比試完成。不過大家都會挑這一類中優秀的人來比試，五妹妹莫非還留了一手，否則蔡霖怎麼會獨獨挑中妳呢？」

她這話說得實在是有些刺耳，偏偏任婉雲還不制止她，只笑道：「清兒胡說些什麼呢！五娘哪裡會舞刀弄槍的。五娘，妳若是不想上臺比試，二嬸親自與考校官說，妳年紀還小，就算看在大伯的面上，他們也不會為難妳的。」

雖然任婉雲的話聽著是慈愛為她解圍，可細細一想，卻又不是那麼回事。畢竟考校臺上，多少年來也從未有人破例過。

如今沈妙一開先河，指不定明日定京百姓要怎麼傳呢！再者，搬出沈信的名頭，未必就不會有人說沈信仗著自己的功勛行使特權。畢竟人云亦云，身分這東西帶來的不是只有好處，壞處也不少。

而她，是萬萬不會容許任何人說沈信一句壞話的。

「多謝二嬸，不必了。」沈妙自女眷席上站起來，慢慢的朝臺上走去。

場上漸漸安靜下來，只聽得到少女的聲音清晰可聞，在場上掀起一陣不小的波瀾。

「此戰，我應。」

蔡霖目光動了動，他這麼做，無非就是想為沈玥出氣。武類中，男子挑女子來比試，本就是頭一遭。不過他混帳慣了，無非就是回去被自家爹娘教訓一通，但想到能為沈玥出氣，蔡霖就打心底的高興。他想好了，若是沈妙不敢接這場比試，他就狠狠地嘲笑沈妙一番。

未曾想，沈妙竟然迎戰了！不僅如此，她還迎得如此坦蕩從容。

眼睜睜看著那一襲紫衣往臺上緩緩走來，蔡霖心中竟然升起了一種古怪的感覺，好似她根本無懼似的。

可這怎麼可能呢？沈妙會不會步射，他比誰都清楚。從來沒有習過武的人，自然是對此一竅不通，沈妙可能連怎麼握弓都不清楚。面對自己不拿手，甚至從未試過的東西，沒有人會不慌的。

她竟然能裝到如此地步了嗎？

蔡霖正想著，陡然間察覺到一道目光，他轉過頭，正對上女眷席上沈玥看來的目光。沈玥瞧他看過來，朝他微微一笑，又羞澀的低下頭去，蔡霖心中頓時一蕩。每個少年郎心中都有一個英雄救美的美夢，如今蔡霖眼中，自己就是那替美人出頭的英雄，至於沈妙，便是那仗勢欺人的惡毒小人。

無論今日她迎不迎戰，他都必定會讓她顏面盡失，讓她再也不敢在沈玥面前橫行霸道！一般來說，「挑」這一項，都是由挑戰的人立規矩，說怎樣挑戰便怎麼挑戰，被挑戰者只有接受的份兒。因著誰都不知道接下來會如何發展，所以每年的這一輪總是最吸引人目光的。

沈妙已經走到臺上。

考校官倒是有些為難，沈妙畢竟是個嬌滴滴的小姑娘，若是挑文類倒還說得過去，偏偏是武類，只怕是蔡霖故意要她出醜。

「今日這齣戲極好。」周王撫掌，很感興趣，「沈家大房的名聲只怕又要一落千丈了。」

靜王搖頭嘆息，「沈將軍浴血奮戰贏得美名，奈何女兒實在不爭氣。」不僅不爭氣，還實在蠢得可以。今日分明她迎不迎戰都是錯的，眼下做這副姿態，接下來就會更令人發笑。

蔡霖得意的下巴一抬，「今年我想了個有趣的規矩，每年老老實實的比步射實在是太無趣了。今年的步射挑戰，我與妳對射。妳將蘋果頂在頭上，我用箭射妳，之後換我頂蘋果，妳用箭射我，如何？」

此話一出，滿場譁然。

考校官也嚇了一跳，這是要出人命啊！沈妙到底是沈信的女兒，要是真的有個什麼三長兩短，年底沈信回來追究責任誰擔得起!?

「蔡霖……」考校官連忙出言阻止。

蔡霖卻把手一揮，「先生，廣文堂從未為任何人破例，以往的規矩就是如此，由挑戰的人說了算。怎麼，堂堂沈大將軍的女兒，竟是個要破壞規矩的膽小鼠輩嗎？」

沈玥低下頭，掩住翹起的嘴角。

馮安寧皺了眉頭，卻又不知道眼下該如何是好？

「說的不錯。」這聲音有些嘶啞，卻是來自一邊一直閉眼的豫親王，他猙獰的臉上露出一絲古怪的笑意，「自然沒有為某人而改規矩的說法，難不成在戰場上，因為敵方強大，沈將軍就臨時遁逃不成？那便可以理解了。」說完後，自己似是覺得好笑，大笑起來。

沈妙目光陡然凌厲，這些人口口聲聲諷刺的都是沈信，還真當她是沈家大房的弱點了！她看著對面蔡霖看好戲的目光，再掃了一眼席上眾人惡意的嘲弄，積攢了許久的怒氣終於外露。

重生回來的沈妙可以忍，可是後宮之主沈皇后卻是睚眥必報的性子。

「家父在外浴血奮戰，保家衛國，才有今日花團錦簇的賞菊宴，才有這場不痛不癢的考校。今日比試贏了算什麼，真正上過戰場殺過人再來提出色。」她的眼中閃過一絲嘲諷，看向蔡霖，「至於你立的規矩，我為什麼不敢？你的箭術精湛，自然會射中蘋果，而我箭術不精，若是射偏了，該擔心性命的也是你。」

眾人頓時一愣，是啊，該擔心的人是蔡霖呀！

沈妙微微一笑，聲音彷彿從很遠的地方傳來，卻像驚雷炸響在眾人耳邊，「立下生死狀，死傷自負，蔡霖，你敢嗎？」

偌大的雁北堂，靜寂無聲。

少女脊背挺得筆直，她身材嬌小，卻彷彿蘊含著無限力量。

蔡霖一時間啞口無言，沈妙說的沒錯，這樣互相以箭射對方，最危險的應該是他才對。沈妙哪裡會什麼箭術，稍稍射偏一分，那箭矢就可能刺進他的腦袋！可他方才根本沒想那樣多，他想的很簡單，只要自己先射箭，以沈妙的性子，定會嚇得腿軟，涕泗橫流的向他求饒。他再好好的將沈妙戲耍一番，如此一來，沈妙的臉面也就丟盡了，自然能為沈玥出口惡氣。

至於那之後的事情，他想都沒想，在他心中，沈妙自然在他射箭過後就嚇得不成樣子，哪裡還會有力氣來以箭射他？再者，一個連弓都沒拉過的女子，說不定連大弓都拉不開，總歸就是個笑話。

蔡霖是如此想的，卻獨獨漏算了沈妙的反應。她就這麼靜靜的看著他，那種超乎年齡的沉穩讓蔡霖驀然惱羞成怒，沈妙的目光，就彷彿在看一個無理取鬧的孩童，可憐又可笑。

都是最容易衝動的年紀，蔡霖二話沒說就道：「我有什麼不敢的？立狀就立狀！」

「蔡霖，不可亂來！」男眷席上的蔡大人急得斥喝，之前以為蔡霖只是頑劣，沒想到他竟挑戰沈妙！他倒不擔心自己兒子的安危，卻怕蔡霖真的讓沈妙下不了臺，或者射偏了傷了沈妙。屆時沈信那樣的大老粗追究起來，他們都能扛不住的！

沈玥焦急的道：「五妹妹怎麼能立下生死狀呢？不過是一場考校，哪裡就能到如此地步？這樣可不行啊！」

「是啊，五娘怎麼能如此不懂事！怎麼能憑一時意氣說這種話，這要是出了問題怎麼辦？」任婉雲提也不提是蔡霖逼著沈妙做出這個選擇的，只是把一切歸於沈妙賭氣的行為。

陳若秋搖了搖頭，輕聲嘆息，「到底是好勝心強了些。」

她們這邊「關心」沈妙，為沈妙「著急」，男眷席上自然也不乏對此感到興趣的。

豫親王死死盯著臺上的紫衣少女，渾濁的眼球中散發出興味，彷彿野獸看到了獵物一般，只是那目光令人作嘔。

三位皇子也各有看法，周王指點道：「這沈家小姐可真是有勇無謀，竟然還要求立生死狀！她不知道這樣的話，一旦出了問題，沈信都不能拿此事說話嗎？」

「大概是為了維護沈家的名聲，畢竟誰都不願聽自家不好的話。」傅修宜倒是一副憐惜的模樣。

「可惜即使這樣也改變不了事實，實在太過衝動，難怪說她無知蠢笨了。」靜王等著看好戲了。

裴琅也覺得沈妙實在是太衝動了，雖然知道方才豫親王的話實在過分了，可若沈妙真的願意為沈家著想，就應該想個法子全身而退。雖然可能會暫時被人說道，可也比等一下落得一個當眾出醜來得好。

「爹，她一定會贏的。」蘇明朗握著小拳頭，向他爹表示自己的立場。

蘇老爺看了一眼小兒子，不知道為什麼，總覺得蘇明朗對沈妙格外關注，大概是剛巧入了蘇明朗的眼吧？自從上次因為蘇明朗的提醒而讓蘇家急流勇退，蘇老爺就對小兒子和顏悅色了許多。如今也不想掃了小兒子的興致，便含糊的順著他的話道：「不錯，定會贏的。」

蘇明朗和蘇老爺的態度蘇明楓不知道，若是知道了，定會嗤之以鼻，因為此刻他正坐在樓閣上，遙望著考校臺忍不住道：「沈家小姐膽子可真大，連生死狀也立上了！莫非是平日裡沈將軍老給她講軍營中的事，她還以為是在軍中比試？這也太缺心眼了。」

蘇明楓對著好友說話從不掩飾，今日卻未聽見自己最挑剔的好友出言附和，忍不住回頭望了對方一眼。

紫衣少年拈著手中的海棠花側頭沉思，日光正好，微風吹得他短刀上的纓子微微拂動，而眉眼俊俏英氣逼人，思索的模樣就更讓人不得不嘆公子無雙。

「謝三，你在想什麼？」

謝景行將那海棠花往懷裡一揣，突然站起身來揚唇一笑，「有趣，我們來打個賭如何？」

「什麼賭？」

「就賭——」謝景行一指臺上，笑容說不出的風流，「誰會贏？」

「自然是蔡霖，莫非你以為有別的人選。」

「我賭沈妙贏。」

臺上已經在開始準備了。

今日的步射，實在是足以提起在場人所有人的心神。這哪裡是考校挑戰，分明是賭命。

廣文堂真讓人寫了生死狀來，血色的字跡在雪白的布帛上分外醒目。

沈妙提筆寫上自己的名字，她寫得極為瀟灑，彷彿根本未將這重逾千斤的東西放在眼中。

那是自然的，她曾無數次的寫過自己的名字。替傅修宜向匈奴寫降書的時候，自願成為秦國的人質時候，婉瑜出嫁的時候，廢太子的時候……沈妙這兩個字，代表的全是血淚，其中的苦難，無人能懂。

相比之下，蔡霖卻沒那麼輕鬆了。

少年雖然勝負心強，可畢竟是第一次簽生死狀這種東西，蔡霖也只是個被家族保護得太好的孩子，甚至不夠成熟。沈妙這般坦然，倒讓他心中更加害怕。

下筆重逾千斤，他寫得艱難，歪歪扭扭，同沈妙的名字形成鮮明對比。

寫完後，他忍不住問，「沈妙，妳不怕我第一場就射偏了嗎？若是我怕第二場妳射中我，我自然可以在第一場就傷了妳的。」

沈妙正要去拿蘋果，聞言轉過身，盯著蔡霖道：「蔡公子是這樣認為的？我卻不以為然。誰都知道蔡公子步射超群，若是射偏，定不會是失手，只能是故意為之。蔡公子是故意想要殺了我，我卻不然，誰都知道我對此一竅不通，若是射不中，也是情理之中。」

蔡霖一怔，隨即目瞪口呆，心中湧上了一股深深的無力。

是啊，他射偏，就是故意，沈妙射偏，卻是自然。他甚至都不能失手，因為那樣所有人都能看出來他是故意的！

他讓沈妙進退維谷，沈妙就立刻原樣奉還，怎樣都是錯。

「蔡公子為了避免第二場被我射中，自然也可以在第一輪一鼓作氣直接殺了我。生死狀都立了，你殺了我，也不過是比試結果，除了遭天下人唾沫之外，不必負一分責任。我就在這裡，你敢殺嗎？」

蔡霖像是頭一次相見般盯著對面的少女，滿眼都是難以置信。

他在廣文堂橫行慣了，自小又是被寵大的，幾乎可以到橫著走的地步。對於沈妙，今日也不過是想教訓教訓她。

誰知道沈妙非但沒有害怕，反而倒與他對著幹了！此刻竟然說出這樣的話，似乎佔了下風的是他！

蔡霖敢嗎？且不說他是否有這個膽量，就算他敢，他能嗎？蔡家少爺可以憑著一時意氣做事，可是蔡家又會如何？若是今日沈妙真的被他殺了，莫說是一命抵一命，沈信砍了蔡家上上下下再親自請罪都有可能。

況且，他不敢的，只會耍耍嘴皮子，並未上過戰場，甚至連血都沒沾過。他的步射固然很好，可是射的都是飛禽走獸，人卻是沒有的。

可眼下焉有退縮的道理，沈妙一介女子都不怕了，他堂堂男兒若是退縮，只怕明日也沒臉出府門了。

思及此，蔡霖便又趾高氣昂地道：「什麼本事都要在射場上見分曉，妳眼下說得高興，焉知等會兒會不會嚇得屁滾尿流？」他話說得極為粗魯，也不知是不是在掩飾自己的心慌。

沈妙越是平靜，他就越是不安，總歸是想見到對方慌張的模樣，似乎只有那樣才能平復自己的心虛，因此只盼著自己這番話能讓沈妙覺得難堪。

若是尋常女兒家，被男兒這般不留情面的說，自然會覺得面上害臊而舉止扭捏，或者哭上一場也是可能的。可沈妙聞言，只是淡淡的瞥了他一眼，心如止水的讓蔡霖覺得一切都是自己在胡鬧。

他懷疑自己今日是不是有些犯糊塗了，怎麼會面對沈妙這草包時還覺得心虛？

沈妙已經去考校官手上拿蘋果了，蘋果大概有成年男子拳頭大小，然後她站在臺上的最東面，將蘋果放在頭頂上。

場上漸漸喧囂起來。

「她此刻定是強作鎮定，實則已經快嚇破膽了。」易佩蘭一臉的期待，「我真是迫不及待的想看看她嚇得涕泗橫流的樣子。」

「自明齊考校以來就從未有女子被男子以武類挑戰的，這沈妙也算是頭一遭了。」江采萱倒是較為心善，「只是在眾目睽睽下出醜，想想都很可怕。」

「哎喲五娘，妳還站在上頭做什麼？若是蔡公子射偏了該如何是好啊？」任婉雲心中有些為難，若是沈妙真的出了什麼意外，沈信就算再如何待沈家人好，也必然饒不了她。

「二嫂擔心什麼？橫豎都是小孩子間的玩鬧罷了。蔡公子又不是什麼都不懂的稚童，只要五娘服個軟，說幾句求饒的話，自然不會為難她，只希望五娘莫要爭一時意氣。」陳若秋只用「小孩子間的玩鬧」來形容這樣的生死大事，畢竟任婉雲才是掌家的人，出了事也有任婉雲擔著。不過她這話倒是說到任婉雲心坎裡去了，全都是沈妙自己要爭一時意氣，若是沈妙好好地求饒，對蔡霖說幾句服軟的話，自然不會落到如今這個地步。

「大家放寬心，蔡霖的步射好得很，無論如何都不會射偏的。」沈清還想著沈妙擋著她當皇子妃的夢，現在巴不得沈妙當眾顏面無存。聽聞有些人驚到深處的時候會屎尿齊飛，倒不知道沈妙會如何？

若是蔡霖真的射偏了，毀了她的臉也不錯！

沈玥倒沒有沈清想得那麼遠，她只是想要看著沈妙跪地求饒的模樣，彷彿那樣就能找回自己的自尊。她遠遠的看了蔡霖一眼，可蔡霖卻並未看她。

蔡霖手裡握著長弓，面對著三丈外的沈妙，額上冷汗涔涔，他想，只要沈妙掉一滴眼淚，說句求饒的話，他就能趁機好好羞辱她一番，就不必做這樣進退兩難的事情。

可惜他的願望終究是落空了，沈妙神情平靜，彷彿一座雕像似的。

沈玥皺起眉，為什麼想像中沈妙痛哭求饒的畫面並未出現？為什麼沈妙看上去竟比蔡霖還要從容？

已經有不少人發現這點了，對於原先那個草包的印象正在悄悄改觀。不是每個姑娘都能站在手持弓箭的人對面波瀾不驚，若說是繼承了沈信大敵當前亦面不改色的鎮定，只能說虎父無犬女了。

蔡霖拉弓的手開始顫抖，射下三丈外的蘋果往日於他而言不過是輕而易舉的事情，今日卻是分外艱難，那距離似乎變得很遙遠。

而沈妙的話縈繞在他耳邊——我就在這裡，你敢殺嗎？

他敢嗎？他敢嗎？他敢嗎？

「嗖」的一聲，箭矢離弦，可彷彿力氣不足似的，只到半途就往下掉，更別說射中蘋果了。

滿場哄笑，甚至有同窗笑著打趣，「蔡霖，你莫不是憐香惜玉了，平時十丈亦可以射中，今日三丈便不行了？」

他擦了擦額上的汗，再次搭弓射箭。

第二支箭矢，射到了沈妙腳下。

第三支倒是擦著沈妙的髮髻飛過，碰到了沈妙頭上的蘋果，沈妙的髮髻被打散，一頭黑髮順勢流瀉滿肩。

然而即便是箭矢險險擦過臉頰的時候，她都未曾有過一絲一毫的害怕或驚慌。黑的髮，紫的衣，少女雪膚花貌，在風中站得筆直。

蔡霖的雙手一軟，長弓和箭矢一起掉在滿地，全場靜寂無聲。

便是傻子都看出來了，怕的人不是沈妙，而是蔡霖。

我就在這裡，你敢殺我嗎？

蔡霖不敢，但她敢。

沈妙微微一笑，那雙幼獸般的明眸中閃現一抹殘忍來，配和著還稍顯稚氣的臉蛋，有種奇異的美麗。

「現在，換我了。」

「換我了」三個字被沈妙說得輕飄飄的，卻帶著莫名的寒意，彷彿聲音是從九天之上傳來，沉悶的砸在蔡霖面前。

蔡霖額上的冷汗順著臉龐滑落下來，他怔怔的看著面前的沈妙。

沈妙上前幾步，彎腰撿起地上的長弓。全場所有人都看著她的一舉一動，眼睛都捨不得眨一下。

這實在是意料之外的畫面，原本以為會看見沈妙嚇得昏厥或者失態，偏偏她一點事也沒有。反而是蔡霖而已冷汗涔涔，三支箭一支也未重。

短暫的沉默過後，臺下眾人開始紛紛議論起來。

「果真是虎父無犬女，這沈家小姐好膽量！」說話的這人與沈信平日裡交情不錯，原先聽聞沈妙草包愚蠢的事時還有些懷疑，今日一見，只道那些話都是流言。有這等膽量和氣魄，哪裡會是草包？分明就是有心之人故意為之，故意抹黑小姑娘的名聲。

「的確不錯，你瞧方才她眼都未眨，那箭頭再偏點可就劃傷臉頰了啊！這姑娘真是有大將之風，便是換了我等，大概也會嚇一跳的。」

「你也不瞧瞧她是出自哪家人？沈將軍的姑娘還能是孬貨不成？看來原先那些話都是傳言，不可信啊！」

「哎，難怪要故意抹黑她了，木秀於林風必摧之，小小年紀這般出色，難怪惹人嫉妒。」

官場上的人對沈信的態度大多都還不錯，畢竟有著許多的利益相連。況且他們整日在朝堂行事，不如後宅婦人心細，看待事物的眼光也不同，以往都認為沈妙年紀小，如今年紀漸長，自然就發揮出優秀的本色了。

周王和靜王對視一眼，靜王搖頭嘆道：「看來你我二人都錯了，她還真是個膽大的。」

「老九現在可是後悔了？」周王笑看傅修宜，「這般不同尋常的女子，原先怎生會拒絕的？」

「人不可能在一夜之間發生這樣的改變，不是這沈五小姐遇著了什麼高人，就是她原先故意裝傻，無論哪一種，老九你可都是虧了啊！」

面對兩位哥哥的調侃，傅修宜卻不以為意，「窈窕淑女，可惜並非我心悅之人。」後悔嗎？傅修宜倒也不覺得，只是沈妙沉靜的模樣落在他眼中，倒顯得有些刺眼。他也不信人一夜之間會變得與從前判若兩人，難不成真是從前都在裝傻？可是為何要裝傻？莫非是故意讓自己嫌棄的？

裴琅端著的茶杯放了下來，不知為何，方才竟為沈妙揪心了一把。而她卻出人意料，不僅穩住了，還將蔡霖嚇得連箭都射不好。

沈妙竟如此厲害!?

「果然是個妙人啊！」豫親王滿意的笑了，盯著沈妙的身段緊緊不放，「不知是何滋味呢？」

裴琅皺了皺眉，豫親王這話大概又是在想什麼骯髒羞恥的事情了。可惜他人微言輕，卻並不能做什麼。

「你輸了。」樓閣上，謝景行斜斜靠窗坐著，顯得氣定神閒。

「竟然是這種結果！」蘇明楓一雙眼珠子都快瞪出來，看了看謝景行，又看了看遠處的臺上，「你是不是早已知道了？」

「願賭服輸。」謝景行站起身，拍了拍身上的塵土。

「行啊！我認輸，要罰什麼？」蘇明楓答得爽快。

「罰你這場比試後，為我慶祝喝酒，埋了二十年的女兒紅如何？」

「你可真是黑心腸。」蘇明楓罵道，隨即又意識到了什麼，疑惑的問道：「不過，為何而慶祝？有什麼值得高興的事嗎？」

「現在沒有，不過馬上就有了。」謝景行挑眉，「非常值得高興的事。」

臺上，沈妙將蘋果遞給蔡霖。

蔡霖接過蘋果的手有些發抖，「沈妙，妳可曾學過步射。」

「不曾。」沈妙微笑著看他，「今日是第一次摸弓，不過既然能步射三支箭，一支不明白，還有下一支，總歸會學會的。」

蔡霖打了個冷顫，難以置信的看著沈妙，「妳莫不是在胡說？」

方才沈妙表現的淡定從容，倒像是經常與人做這種事情一般。他僥倖以為沈妙定是熟手，畢竟沈信是威武大將軍，親自教導自家女兒箭術也是有可能的。可現在沈妙居然說今日是第一次摸弓？她怎麼敢！

「妳什麼都不會，怎麼能步射？這蘋果分明就射不中，我豈不是要白白送死？」

「蔡公子未免也太可笑了！」沈妙平靜開口，她的聲音不高不低，卻正好能被全場人聽見。

所有人都瞧著紫衣少女低眉斂目，偏偏氣勢咄咄逼人。

「方才蔡公子挑我上場的時候，可不曾問過我會不會步射？方才朝我射箭的時候，也不曾問過我會不會送死？怎麼到我步射的時候，就問我會不會？能不能了？」

這話說得蔡霖啞口無言，的確，他只是為了給沈玥出氣，故意選了沈妙不會的步射，可現在卻是搬起石頭砸自己的腳！

「沈姑娘，犬子頑劣，本官替他向妳賠個不是，妳莫要計較。妳不會步射，若真出了意外，對大家都不好，不是嗎？」在自家夫人不斷使眼色的情況下，蔡大人終於開口，只是話一出口他便老臉一紅，但也實在沒辦法，雖然丟人，可也比自家幼子失了性命的好。

他甚至用了「本官」來威脅沈妙，雖然這樣欺負一個小姑娘不好，可他也有些埋怨沈妙的不知變通，語氣裡不由自主的就帶了些威嚴。

可沈妙哪裡就會被一個官員唬了？她和匈奴打過交道，和秦國皇室打過交道，和明齊的帝王打過交道，還真沒將臣子放在眼裡。

於是所有人都眼睜睜的瞧著沈妙下巴微昂，蔡大人本就站在臺下，於是遠遠看去，竟如匍匐在沈妙腳底的臣子一般。而沈妙的話更是讓眾人目瞪口呆。

「蔡大人，方才我堵上了自己的命，現在輪到蔡霖來賭命了。生死狀已立，白紙黑字寫得清楚明白，便是我今日將他射死，也是堂堂正正的，沒有絲毫錯處，願賭服輸。」

不等蔡大人說話，她又繼續道：「人無信不立，這規矩是蔡霖親自提出的，現在出爾反爾，難道蔡大人在官場上也是如此作風，一旦勢頭不對，立刻就能改規矩？」

方才蔡霖義正辭嚴的說過，廣文堂從未為任何人破例，以往的規矩就是如此，由挑戰的人說了算。

他的話還猶在耳邊，如今沈妙如數奉還，直打得蔡大人臉上啪啪作響，直堵得蔡霖啞口無言。

「規矩是你們定的，現在說改就改，紅口白牙一張嘴，想怎樣就怎樣，明齊的大人都如此嗎？」

她話語鋒利，毫不留情的就將事情往大了說，蔡大人的冷汗頓時就下來了。

官場上那麼多同僚，今日在場的有他的親故，自然也有他的勁敵。沈妙這番話落在有心之人耳中，誰知道會拿出來做什麼文章，更何況此處還有皇家人，一個不好引來皇室的猜忌，別說是蔡霖了，就是整個蔡家怕也會跟著遭殃！

「沈家小姐說的不錯。」說話的卻是豫親王，他古怪的朝沈妙笑了笑，「蔡大人，蔡公子自己立的規矩，自然要自己來完成。」

豫親王何時會好心的替人解圍幫腔，此話一出，頓時眾人的目光就朝沈妙投來，其中各種意味，有了然的，亦有輕視的。

周王和靜王對視一眼，靜王嘆道：「沒想到連皇叔都開口了。」

「或許我們會多位年輕的皇嬸呢？」周王說完，自己也覺得好笑，搖搖頭不說話了。

豫親王已經發話，蔡大人就算再有什麼不滿此刻也萬萬不敢反駁了。他心中雖然驚怒，卻也只能硬著頭皮道：「是下官思慮不周。」哀其不幸，怒其不爭的瞪了一眼蔡霖，轉身走了。

蔡霖眼睜睜的瞧著父親離開，心中也不是不急。他本來覺得沈妙不過只是嘴巴上厲害，可對上那雙清澈的眼眸，背脊就不由自主的發寒，明明看著是個小姑娘，卻彷彿被一隻不動聲色的野獸給盯上了。

「妳若傷了我，蔡家必定饒不了妳。」這也算是威脅了，蔡霖現在也是騎虎難下，沈妙那箭術，若是射偏了一分，他的小命就不保了。他與好友狩獵的時候，也曾見過箭射偏的時候，射進獵物的眼睛或者屁股，總歸不是一箭斃命，獵物掙扎的模樣可真是慘烈，難道自己如今就是那待宰羔羊？

他這般威脅，只希望沈妙下手知分寸一點，輕輕拉拉弓，做做樣子便罷了，便再次低聲道：「若妳這次識相，日後……日後我便不在廣文堂尋妳麻煩。」

沈妙輕輕挑眉，抬眼看著他。

蔡霖神色緊張，生怕她不答應似的。可惜這樣的人，她上輩子見得多了。不過是欺軟怕硬，如今是怕了所以鬆口，一旦今日之事過去，蔡霖必然又會如從前一般，甚至還會因為落了面子伺機報復。

就像是叢林中的一隻剛離了窩的狗獾，以為自己在叢林中稱霸了，遇上凶猛的狼便夾起尾巴逃，可等日後有機會，狗獾還是會想法子出來蹦躂。

可惜她從來就不是什麼狼，她是老虎，要怎樣令這隻狗獾永遠不敢再次上前招惹？那就是一口咬斷他的脖子，讓他永遠都不敢起挑釁之心。

「之前我問過你，我就在這裡，你敢殺嗎？你方才的箭術已經替你回答了這個問題。現在這個問題到我面前了，你想聽聽我的回答嗎？」她的小臉尚帶著稚氣，可是說出的話語卻凶殘的令人心悸，「我敢。」說完，毫不猶豫的轉身走到射擊的位置去了。

蔡霖怔怔的立在原地，直到考校的考官叫他的名字，他才回過神來。這才發現全場的眾人都瞧著他，臉上盡是看好戲的神色。

他的目光遠遠的落在女眷席上粉衣少女身上，沈玥正與身邊人說著什麼，並未朝臺上瞧一眼，他忽然有些失落，便覺得自己此刻的舉動更加讓人厭棄了。

本就是他挑起的，現在焉有退縮的道理，若是輸給了一介女子，蔡家怕是也要淪為笑柄，更何況還有沈玥在臺下看著。若是他出醜，日後還怎麼面對沈玥？

一個小小女子，即便說得那般可怕，但她還真敢殺人不成？就算立了生死狀，殺一個人也不是那麼容易就能說清楚的事情。

想通這一點，蔡霖便在心裡為自己鼓勁，故作平靜的走到三丈外，將蘋果放在頭頂上。

閣樓上，謝景行開口道：「你猜，中是不中？」

「當然不中了。」蘇明楓瞪著他，「且不說她有沒有膽子敢射傷蔡霖，就算她敢，她有這能耐嗎？閨閣女子習武本就少，再者沈妙之人，你在定京就該知道，她什麼都不會。」

謝景行低低一笑，「未必。」

「你莫非又要與我賭一局？」

「何必多此一舉，我都已經看到結局了。」

「什麼結局？」蘇明楓習慣了好友凡事說得神秘了。

「你輸。」

而沈玥看著臺上的沈妙，心無端揪緊了，小聲的問陳若秋，「娘，她會射傷蔡公子嗎？」

「自然不會。」陳若秋看著女兒今日也是被沈妙弄得有些魘怔了，不由得心中嘆氣，想著到底是年輕，還沉不住氣，「哪裡就有那麼容易就射中了，我聽妳大伯父說過，那拉弓也是要力氣的，妳五妹妹平日裡在府中何時拉過弓射過箭，怕是連那弓都拉不開。妳便不要胡思亂想了，妳五妹妹只是鬧著玩兒呢！」

沈妙真的是鬧著玩嗎？

自然不是，她提手，搭箭，拉弓，動作一氣呵成，流暢的像是早已練習過千百次。沒有嬌滴滴的拉不動，亦沒有猶猶豫豫不知怎麼做。動作標準得不得了，讓人毫不懷疑她是熟練的弓箭手。

下一刻，離弦之箭帶著殺意朝著蔡霖射去。

全場安靜下來，在極度的寂靜中，掉在地上的箭矢發出清脆的響聲，而箭頭，尚且帶著一點紅。

第十章 教訓

臺上臺下，所有人都凝固成一個靜止的畫面。

打破這畫面的是蔡霖，他伸手摸了摸左臉頰，那一處被剛剛的箭矢劃擦而過，流出一點殷紅的血跡。

所有人都驚呆了，沈妙竟然真的敢射！不是在半途就讓箭矢停下來，也不是故意射得老偏，箭矢離蘋果說近也不近，說遠也不遠，卻偏偏擦著蔡霖的臉頰而過。

蔡霖高聲喝道：「沈妙，妳做什麼!?」話音未落，第二支箭矢已經帶著勁風襲來，不偏不倚的擦著他右臉頰而過，蔡霖頓時感到右臉頰一陣火辣辣的疼，伸手一摸，鮮紅一片。

他快瘋了，難以置信的瞪著沈妙。

蔡大人也很想制止，可是豫親王還坐在前面，他怎麼也不敢動。

「五娘瘋了不成!?」任婉雲一下子站起身來，「她怎麼敢真的傷了蔡公子!?」

「你們府上五姑娘也真夠厲害的！」易夫人故作吃驚，「尋常女子哪有這個膽子啊！傷了蔡家小少爺，兩位老爺日後不是在朝中多幾個交情不好的同僚了？」

這話直接說到任婉雲和陳若秋心裡去了，她們之前想著也就沈妙出出醜的事，誰知道沈妙非但沒出醜，還傷了蔡霖！蔡家走文臣的路子，得罪了蔡家，沈貴和沈萬兩兄弟還怎麼能落著個好？一想到這裡，任婉雲便焦急不已，恨不得立刻壓著沈妙去跟蔡家道歉。她正要大聲呼喊制止沈妙的行為，卻被陳若秋一把按住了手。

「弟妹，妳這是做什麼？難不成要眼睜睜的看五娘闖禍？回頭老爺問起來，誰擔得起這個責任？」

陳若秋簡直要對這個二嫂拜服了，她出身比任婉雲高貴些，又自詡是書香世家，自然瞧不上任婉雲的短視近利，「二嫂以為蔡老爺為何到現在都不阻止，只眼睜睜的瞧著自己兒子受傷？豫親王已經發話，妳就算出面，做得了主嗎？倒不如靜觀其變，若是問起來，只當是小孩子間的玩鬧。」

任婉雲心知陳若秋說的有理，卻還是忍不住擔心，「若是五娘下手沒個輕重，惹出大禍怎麼辦？生死狀是一回事，定京城的流言又是另一回事啊！」

「怕什麼，妳沒瞧見剛才五娘的出手嗎？她分明就是會拉弓的，只是故意給蔡家小子下臉子罷了，這是在故意報復呢！她應當知道分寸利害，否則就不只是擦傷臉頰那麼簡單了。」陳若秋嘆了口氣，「總歸人已經得罪了，既如此，就順其自然吧！五娘若是真下狠手，只怕日後也要擔一個凶殘狠毒的名聲。」

她們妯娌的話一字不落的落在沈清、沈玥兩姐妹耳中，她們年紀尚小，不懂官場上的事情，重點便放在最後一句。

沈玥看著臺上長衣寬袖的沈妙，今日她鎮定自若，大出風頭，實在是惹人厭煩得很。她想著，若是沈妙真的將蔡霖射死就好了，那麼沈妙背上一條人命，這麼狠毒的人，日後誰人敢娶，誰人敢近？

現在這樣的擦傷，是厲害，而非狠毒！前者反而於沈妙有利啊！

越是這樣想，沈玥的眼中越是閃過一些亮晶晶的東西。一心為她去為難沈妙的蔡霖的安危，早已被她抛之腦後，甚至希望蔡霖用自己的一條性命成全沈妙的惡名。

臺下人雖然議論紛紛，卻礙於豫親王的臉面，皆是不敢出聲，就是蔡老爺夫婦，此刻心急如焚，也只能看著兒子站在臺上成為箭靶子。

「沈妙，妳到底要如何？」連著兩支箭矢都擦傷臉頰，整張臉火辣辣的疼，蔡霖對沈妙除了憤怒之外，還有一絲恐懼。他發現沈妙並沒有什麼是不敢的，她分明就是個瘋子，她什麼都敢做！

「教訓你啊！」隔得有些遠，沈妙的聲音有點模糊，傳不到臺下，卻可以傳到蔡霖的耳中，隨即聲音突然揚高，「還有最後一支！」

全場眾人的心都跟著一提，緊緊盯著臺上。

蔡霖雙腿發軟了，他狠狠掐了自己一把才不至於軟倒。因為他瞧見，沈妙的箭矢對準了他的頭。

他很害怕，那是一種對沈家人不要命的恐懼。這種恐懼來勢洶洶，攫住他此刻的全部注意力。他很想逃離考校臺，可是沈妙的箭頭對準著他，彷彿逃到天涯海角都能追來。

「沈家小姐未免太過好強。」男眷席上的大人們雖是欣賞沈妙的從容鎮定，卻也為她此刻的表現扼腕。要知道女子太要強並非一件好事，她現在咬著蔡霖不放，無非就是在報復剛才蔡霖對她的挑釁。可蔡霖並未給她造成什麼傷害，沈妙現在可是劃傷了蔡霖的臉，雖說男孩子不比女孩子嬌貴，留疤也沒什麼，可留在臉上，到底是不好看。

「這才像沈將軍的女兒啊！」也有為沈妙叫好的，「若是只知道被人欺負而不還手的話，沈將軍知道了也要哀其不幸，怒其不爭吧？」

「可你瞧瞧現在她將箭頭對準的可是蔡霖的頭，這是打算要了蔡霖的性命，也未免太過狠毒了。」

蔡霖兩腿一直在發抖，看著遠處的紫衣少女彷彿在看惡鬼。她容貌溫和秀麗，眼神清澈，甚至帶著幾分天真，可那手那動作真是一點遲疑都沒有。

「第三支。」沈妙呢喃一聲，手一鬆，離弦之箭瞬間飛射而出，凌厲的殺意朝著蔡霖額頭衝去，嚇得蔡霖撲通一聲跪下，嘴裡發出一聲慘叫，「救命啊！」

「霖兒！」蔡大人和蔡夫人齊齊發出一聲驚呼。

全場人都站了起來，伸長脖子瞧著臺上的狀況。

蔡霖癱倒在地，而那顆圓溜溜的蘋果，被黑色的一箭射穿了！

寂靜無聲中，蘋果的模樣活像個天大的諷刺。

蔡霖劃花的臉與恐懼的眼淚，和沈妙的昂首而立，姿態淡然形成強烈對比。

沈妙收回弓，彎腰拾起地上的蘋果，瞧了蔡霖一眼，笑盈盈道：「你輸了。」

她本來就長得有些稚氣，今日從頭到尾都顯得過分沉靜，卻讓人忽略了她的年齡。如今盈盈淺笑，眾人忽而就覺得原先的愚鈍並非愚鈍，只是小孩子的天真爛漫。

蔡霖一句話都說不出來，眼淚將血跡暈開，整張臉花一塊紅一塊，狼狽不堪。然而此刻他已顧不上什麼面子了，只是看著沈妙，眼神充滿了恐懼。

沈妙挑眉，知道害怕就好，殺雞儆猴，日後身邊那些蛇蟲鼠蟻總歸會安分許多。

下人們忙把嚇得全身癱軟的蔡霖扶下臺去，而考校官走到沈妙身邊，看著被箭射穿的蘋果，驚訝的問道：「沈姑娘習過步射？」

沈妙最後一箭的表現大家可都看得一清二楚，蔡霖嚇得軟倒下去，而沈妙在蔡霖動彈的情況下還能射中蘋果，那不是不令人驚訝的。

習過嗎？沈妙微微側頭，陷入沉思。

那是她去秦國當人質的第一年，秦國皇室無論是公主還是皇子都喜愛欺辱她，看著她這個皇后受辱似乎是一件極有趣的事，偏偏她還不能發火，免得惹得秦國不高興，不借兵給明齊了。

那些公主皇子發明了一種新玩法，便是如今日考校場上蔡霖立下的這樣規矩，他們讓她頭頂蘋果當箭靶，然後故意射亂她的頭髮，射爛她的衣裳，甚至偶爾「不小心」射傷她的手臂、脖子之類的，而她只能咬牙忍受。

那時候，每夜每夜，她都在自己屋裡，小心翼翼的豎一個靶子，勤奮的練習，她將那些靶子當作傷害過她的人，練得認真，射得努力，終於也能百發百中。

可到了白日，輪到她射箭的時候，她仍舊會故意射偏，或是無力拉開弓。沒辦法，人在屋簷下不得不低頭，她必須活著回到明齊，才能見到婉瑜和傅明。

那樣讓人吃力的活法就這麼持續了整整一年，今日蔡霖再提起，突然就讓她回到了那些屈辱的日子。今生她沒有任何把柄在別人手上，自然是想殺就殺，想射就射，誰惹了她，她就狠狠地還回去。蔡家敢拿沈信說話，就讓他們害怕到自己閉上嘴！這才是她應該做的。

她微微一笑，「曾見過兄長在院中勤練，見得多了，依葫蘆畫瓢，倒沒料到今日歪打正著。」

這話把臺下的蔡家夫婦氣得咬牙切齒，自己兒子曾是步射一甲，今日非但一支沒射中，還當眾出了醜。沈妙卻說不過是依葫蘆畫瓢的第一次拉弓，就射中了蘋果！

啪啪啪！清脆的鼓掌聲響了起來，眾人回頭，就見著豫親王拍手叫好，「果真不錯！」

沈妙瞥了他一眼，卻未做聲。

考校官便朗聲問道：「步射一項，還有人要挑戰嗎？」

這一局自然是沈妙勝了，但其他人也是能上來挑戰沈妙的。若是無人挑戰，沈妙便是當之無愧的一甲。

聽聞這句話，沈玥的臉色一下子難看起來。第一次考校中，她被沈妙完全蓋過了風頭。她遠遠的瞧著與周王、靜王說著什麼的傅修宜，緊握了雙手，在心裡將那沒出息的蔡霖罵了個狗血淋頭。

可是下一瞬，便聽得場上有人喊道：「我想挑戰沈妙！」

男眷席上，一位少年站起了，十六、七歲的模樣，生得也算不錯，可惜一雙眼睛流露出掩飾不了的世故和精明。

只看了一眼，沈妙就知道這人是誰了。她心中有些好笑，這正是臨安侯謝家的庶子，謝景行的庶弟，二少爺謝長武。

此人別的本事沒有，卻是極為圓滑，在官場上最會惺惺作態，拍馬屁拍得爐火純青。後來謝家垮臺，這一雙庶子和方氏憑藉著新皇對謝家的撫恤過得十分滋潤，謝長武和他的弟弟謝長朝甚至入朝為官。她當時十分不喜歡這兩兄弟，因為他們是站在楣夫人那邊的，與傅盛交好，甚至經常幫著傅盛打壓傅明。

沈妙之所以提醒謝景行找個機會剷除自己的庶弟，也是替傅明報仇，這兩人不可留，留著就是仇。

如今她的仇還未報到這裡來，這人倒先主動送上門了，為了什麼呢？

對了，最近謝家兩兄弟不是準備在朝奉郎蔡大人手下謀個差事，所以一直主動與蔡霖交好。可惜蔡霖想結交的一直是謝景行，對兩兄弟並不理睬，可如今不就正是一個好機會！

要知道上輩子今年年底，也就是她逼嫁傅修宜成功的時候，謝長武和謝長朝成了蔡大人的手下。然後兩年之後，蔡家因捲入貪墨案，被抄家滅族了。

有許多事情在改變，但又有許多事情未曾改變，即使過程變了，但結局未變。

沈妙正要回答，刺斜裡卻突然出現一道聲音。

那聲音懶洋洋的，帶著說不出的譏嘲，「平日在家不跟哥哥練，現在反而來與小丫頭爭鋒了？謝長武，你越活越回去了。」

謝景行出現在臺上，他抱著胸似笑非笑的看著臺下驀然呆住的兩位庶弟，「就讓我來挑戰你們，也順便告訴你們，別學孬種和小姑娘比試，即便贏了，也認人看不起。」又看了一眼沈妙，「妳下去吧！」

沈妙一動不動的盯著他，她提醒過謝景行，自然也做好了謝景行上臺的準備，卻沒想到是在這種情景下，心中倒是有些哭笑不得。這彷彿是謝景行特意為她解圍似的，但事實並非如此。

謝長武也沒料到謝景行會突然跑出來，他出面本只是為了討好蔡家人，想著既然沈妙已經得罪了蔡家人，只要自己讓沈妙出醜，替蔡家教訓沈妙，蔡家自然會對自己充滿好感。

沈妙的步射確實不錯，可女子與男子之間力氣本就懸殊，更何況蔡霖之所以失敗，是他輕敵在先。可他卻不會，如果可以，他甚至會在箭矢上動一點微妙的手腳，反正沈妙不是習武之人，肯定是瞧不出來的。

他打得一手好算盤，卻沒想到兄長會半路殺出來。

不僅是謝家兩兄弟呆住，臺下的其他眾人也驚住。若是今日臨安侯在此，怕也是要呆在當場。年年考校，謝景行就沒參加過，不過儘管如此，眾人卻也知道他能文能武，尤其是武項，他幾次隨軍，表現都令人刮目相看。若非太出風頭會引得皇家忌憚，謝景行在戰場上的名聲，甚至不亞於多年老將。

不過他不參與每年的考校，並不是為了打消皇室的忌憚，純粹是因為他這人浪蕩不羈，彷彿生著幾根反骨，又或者是故意與他父親對著幹，總之是瞧不上每年的考校。正因為他不參與，眾人只得把目光投向臨安侯府的兩個庶子，謝長武和謝長朝也是下了苦功，每年考校也總能拿幾個一甲。

可如今，謝家最玩世不恭的小侯爺，要和兩個出類拔萃的庶兄弟比試，究竟誰會贏呢？

雖然謝景行名聲在外，可人們總是更習慣接受自己親眼所見的。謝景行在定京城中不曾展示過自己的才華，婦人們只能從自家老爺的隻言片語中知道這少年的驚才絕豔，可耳聽為虛，終究是存了幾分懷疑。

至於年輕的兒郎們，雖然羨慕謝景行能這般自在無拘，可在羨慕之餘又有些嫉妒。如今眼看著或許能挫挫謝景行的銳氣，俱是有些高興。加之謝家兩兄弟本來就很會做人，平日裡與他們二人交好的人多，少年們都是偏幫謝長武和謝長朝的。

倒是少女們早已在謝景行俊俏的容貌面前紅了臉，再看他氣度不凡，有種與定京城勛貴子弟文弱的氣質截然不同的英武，彷彿帶著血氣的寒冰，可偏偏又總是笑得邪氣，便更讓他魅力非凡，所以女孩子們便一門心思的看好謝景行。

沈妙將場上眾人的表情盡收眼底，大概這些人都覺得，謝景行此刻上來挑戰自己的兩位弟弟不過是心血來潮，貴公子脾氣上來了。不過……沈妙微微一笑，謝景行不是個好對付的人，他既然已經上了這考校臺，就斷沒有讓兩個庶弟全身而退的可能。謝景行和她的不同之處在於，她雖然表面上行事狂妄，卻還是有章法的，知道要徐徐圖之，方能達到自己的目的。

而謝景行大概是仗著身後有臨安侯府，倒是無所畏懼，可他身後僅僅只有一個臨安侯府嗎？

在她思忖間，臺下的謝長武已出聲，「大哥，這……恐怕不好吧？」

「有什麼不好的？」謝景行看了一眼沈妙，又看了一眼謝長武，忽然笑了，「還是你以為，沈妙比起本侯來，更有挑戰性？」然後挑剔的打量沈妙，「沒內力，不會武功，你卻挑戰她！你也是習武之人，挑個手無縛雞之力的小丫頭比試，我實在無法理解啊！不過這小丫頭長得不錯，你若是以容貌來挑，倒也名副其實。」

這一下，那些憋著笑的少年郎再也憋不住了，紛紛笑出聲，有的甚至朝沈妙投去曖昧的眼神。的確，如今沈妙褪去了那層蠢笨的形象，整個人的五官似乎都在發光，她本就生得不錯，嬌憨可愛的模樣，氣質卻嫻靜沉穩，這種對比讓人移不開眼。只是她從前的形象實在太過深植人心，一時間讓人改不過來。可謝景行的一句話卻好似戳破既定的印象，少年們便也毫不猶豫的認同於沈妙是個很特別的小美人。

女孩子們卻不高興了，謝景行這話分明就是在誇讚沈妙嘛！沈玥和沈清齊齊變了臉色，雖然如今她們都心儀傅修宜，可世上英俊絕世男兒那麼多，並不只有一個傅修宜。謝景行這樣的少年，在定京城，甚至整個明齊都是獨一無二的，這樣的少年卻誇讚那個草包，讓本就自視甚高的沈玥和沈清嫉妒不已。

易佩蘭皺了皺眉，嘟囔道：「謝小侯爺瞎了不成，怎麼會覺得沈妙長得好看的？」

「定是被沈妙用什麼法子迷惑住了。」白薇咬著唇死死盯著臺上少年，「沈妙真是不知羞恥，從前死死糾纏定王，如今又來糾纏謝小侯爺了！」

她們這樣的議論沈妙並不知道，但即使知道了，也不過是一笑而過。因為她知道，謝景行說這番話的目的，既不是為了調侃她，亦不是為她解圍，而是在用一種謝家兩兄弟無法拒絕的方式，逼他們上場。

平心而論，謝家兩兄弟自然不願意和謝景行對上，勝負先不說，謝鼎自來就偏疼嫡子，庶子和嫡子在考校臺上比試，謝鼎只會想著是兄弟不和，而偏心的謝鼎肯定會對他們兩兄弟不滿。

所以謝長武和謝長朝肯定會想法子推辭，可謝景行也是妙人，他也不逼，就直接激將。是啊，謝長武不願意挑戰謝景行，卻要挑戰一個手無傅雞之力的沈妙，未免太過奇怪，他的私心幾乎就這麼明明白白的表現在眾人面前。

為了打消眾人這個念頭，為了證明他並不是想要攀上蔡家，謝長武只得上臺和謝景行比試一場。這是無奈之舉，可他答應後，想要利用沈妙攀上蔡家的算盤也落空了，也就是輸了。

「既然哥哥發話，小弟豈有不從的道理。」

「一個人不夠，三弟，一起上吧！」

隨著謝景行的這句話，臺下的謝長朝也愣住了。他之前瞧謝景行突然出現，還以為謝景行是特意為沈妙解圍，反正這位嫡兄做事都不能以平常人的眼光推論。可如今謝景行的這句話，卻讓他愣住了。上臺挑戰的人只有謝長武一人，與他又有何干？

謝長朝只得看向謝長武，以眼神問他，二哥，這怎麼回事？

謝長武比謝長朝精明，聽聞謝景行的話頓時有些動怒，謝景行要挑戰，卻說他一人不夠，還得加上謝長朝，這是什麼意思？無非就是在羞辱他們兄弟二人！謝景行說他們兄弟二人聯手都不是他的對手，未免也太過狂妄了！

被謝景行這番話激怒的謝長武，早已失去了平日的冷靜，神色不善起來，語氣中也帶著些火氣，「大哥這樣說，倒是自信滿滿，全然不將弟弟們放在眼中了！」

臺上，謝景行把玩著從考校官手中拿來的蘋果，漂亮的雙眸一瞇，「不錯，我的確未將你們放在眼裡。你們二人自小練武便不曾與我切磋過，聽人說十分傑出，今日也讓哥哥開開眼界如何？」

臨安侯府的那點事大家都心知肚明，一直以來對於三兄弟的關係眾人也都各有猜測，但謝景行對臨安侯府一直秉持淡漠的態度，甚至不屑與兩個庶弟交談，所以也沒起過什麼波瀾。

今日還是第一次，謝景行在大庭廣眾下，落了自家兩個庶弟的顏面。場下眾人紛紛議論起來，既有看熱鬧的想法，亦有對結果感到期待的好奇。

沈妙瞧著那姿態隨意的俊美少年，謝景行這人實在是有些奇怪。看似任性而放縱，卻好似有一根清明的線一直指引著他。如今那謝家庶兄弟一直都被他牽著鼻子走，自己還渾然不覺。只怕今日這一場比試過後，謝家這兩個庶兄弟無論是面子還是裡子，都要一絲不剩了。

謝長武聞言，突然冷笑一聲，「切磋而已，有何不可？」他看著謝景行，一雙精明的眼睛中翻騰著各種異樣的情緒，「既然哥哥想要如此，三弟一起上便是，只是等會兒哥哥莫要說做弟弟的欺負人。」

這話的意思是，如果謝景行輸給他們兄弟，那也是謝景行先挑事，與他們二人無關，謝景行甚至還會鬧個笑話。

謝長朝還有些猶豫，可是看到謝長武跟他使眼色後，也立刻道：「弟弟們定當奉陪。」

謝景行揚唇一笑，戲謔地道：「要不要也立個生死狀？」

謝長朝和謝長武的身子都是一僵，臉色有些難看起來，謝景行卻又懶洋洋道：「說笑而已，兄弟之間切磋，不必你死我活。」

沈妙嘴角也輕輕揚起，謝景行說話也真是毒辣。既然謝家兩兄弟已經上臺，這裡就沒她什麼事了，便自行下臺了。

回到女眷席上，沈玥和沈清遠遠的並沒有上前搭話，倒是馮安寧很快跑了過來，「妳的步射竟這樣好，莫非要女承父業？」

沈妙心中微微起了波瀾，如今皇室對沈家虎視眈眈，莫說是她了，就算自己大哥的處境也是極為危險的。當初大哥被一個女人毀了一輩子，如今的沈家既然尚未分崩離析，她就要用自己的辦法守護沈家，就像方才在臺上一樣，誰敢不給沈家面子，她就毫不猶豫的百倍奉還！

「可是臺上的三人，妳覺得誰會贏？」馮安寧突然轉了話頭，「謝家小侯爺雖然聲名在外，但是咱們畢竟沒親眼瞧見過，也許傳言並不可信。謝長武和謝長朝去年可都是拿了一甲的，兩人對一人，怎麼都是謝小侯爺吃虧吧？」

謝景行會吃虧？沈妙心中失笑，只是輕輕搖頭。

而臺上的謝長武也道：「我們二人對你一人實在是不好評判，所以我們挑馬槍吧！」

這下子，沈妙是真的笑了出來。

雜役很快尋了三匹駿馬過來，三支長槍也被丟到三人手中。

「那謝長武和謝長朝可是會雙槍的啊！」馮安寧驚呼。

謝長武兩兄弟最擅長的就是馬槍，而且二人默契十足，能兩支長槍並成一支，用這個方法，每年的馬槍他們都是一甲。也因此謝長武挑這個，怕也就是希望能狠狠碾壓謝景行。

但事實上呢？沈妙垂眸，別人不知道，她卻知道。在御書房裡，有一本專門記錄謝家在戰場上所運用的陣法的冊子。謝景行很不簡單，因為他能一人成陣。

一字靈蛇陣，一把長槍，一匹駿馬，一個人，唯三樣而已，就能打得敵人落花流水。謝景行通常會用這陣法對付敵方將領，並且從未輸過。

兩個少年，如何能與身經百戰的一國將領抗衡？只怕今日要貽笑大方了。

鼓聲一響，比試開始。

謝長武和謝長朝對視一眼，兩匹馬並列而奔，他們本就經歷了嚴苛的訓練，馬匹的步子幾乎都是一模一樣，而槍法也是如出一轍，遠遠看去，竟如一人分身成了兩人，實在是有些可怕。

那紫衣少年懶洋洋的抬手，身下的黑色駿馬立刻揚蹄，卻是朝一個相反的方向奔去。眾人譁然，但見他橫槍於身前，衣衫如紫色流雲閃電，如疾風驟雨，殺氣瞬間四溢，襯著那俊美的五官，彷彿玉面修羅。

平日裡，好看和凶狠總是不能相提並論的，正如花拳繡腿，好看的招式一定不會有力，而真正有力的招式，必然是凶狠的。

然而謝景行卻不然，他本就生得俊俏風流，然而當他坐於馬背之上，長槍在前，竟如英武戰神。那種自沙場上歷練而出的鐵血氣質，讓人完全無法將目光從他身上移開。力與美，俊俏和狠戾，他像是一頭美麗的狼，有一種讓人心悸的貴氣和危險。

謝長朝和謝長武緊盯紫衣少年，很快兩人就分開，竟是要一左一右的包抄謝景行。這還真是不要臉面的做法了，分明就是兩個對付一個。

場上眾人驚呼連連，傅修宜眼露欣賞，「謝景行倒是謝家的好苗子。」

周王卻不認同，「頑劣到連謝鼎都收拾不了，只怕也是個混世魔王。」

傅修宜笑而不語，這謝景行雖然瞧著頑劣，卻必然不是省油的燈。在絕對的實力面前，陰謀詭計也無可奈何。謝景行之所以能把玩世不恭的態度擺在明面上，正是因為他沒有什麼可畏懼的。而什麼令他無所畏懼，只怕是自信吧！

和周王的狂妄自大不同，也異於靜王的小心翼翼，傅修宜評價一個人，從來都是很全面的。所以他的幕僚中什麼人都有，有才學廣博的，也有看上去十分不起眼的，有家道中落的高官，也有十惡不赦的罪人。用人唯才，人品、氣度，抑或是處事的態度，對他而言都不重要。

謝景行這樣耀眼的人，真是想把他收為己用啊！可惜了，偏偏是從臨安侯府出來的。而臨安侯府，畢竟不能在明齊的江山中存在太久。

放下心中的惋惜，傅修宜繼續抬眼看著場上的少年。謝景行在兩個庶兄弟的包抄中靈巧的左突右竄，彷彿一尾蛇。無論謝長武和謝長朝的圍堵看上去有多麼密不透風，他總能輕巧的閃過去。那兩兄弟原本配合無間的雙槍，在謝景行的挑動下，破洞百出，顯得滑稽。

有較量就有高低優劣，早在打鬥的過程中，孰高孰低，孰優孰劣，幾乎是一眼就能看出來了。謝家兩兄弟在謝景行面前，實在是不堪一擊。

「天吶！」白薇捂著嘴驚呼，「謝小侯爺看起來分明是在耍著自家兄弟玩呀！」

易佩蘭也驚嘆，「不錯，比較起來那兩個庶兄弟的馬槍似乎只是擺擺樣子罷了。」

女眷們都能瞧出來的事實，男眷席上如何瞧不出來。謝景行明明能夠一擊斃命，卻故意在一點一點的磨著謝長武和謝長朝。彷彿獅子抓到一隻兔子，卻不急著吞吃，反而戲耍折磨。

「謝小侯爺可真是厲害，馬槍可是謝長武和謝長朝最引以為傲的東西，如今一比，實在是雲泥之別，只怕今日會敗得很慘了。」馮安寧已經是滿眼的欣賞了。

沈妙已不再看場上，而是低頭看著面前的棋局。

這怎麼能算敗得很慘，這才剛剛開始呢！

她慢慢的落下白子，兩顆黑子瞬間被吞吃，棋盤上出現一小塊空白。

而謝長武和謝長朝二人終於被激怒了，他們像猴子一樣被謝景行戲耍了半天，心中惱火又恥辱，謝景行今日分明是故意讓他們兩兄弟下不了臺！

知道自己剛剛表現得有多糟糕，謝長武心中陡然生出殺心，惡狠狠的瞪著面前的紫衣少年。

那馬背上的少年俊逸非凡，似笑非笑的模樣十分惹眼。從一出生，臨安侯府的一切便註定都是他的，可他卻對臨安侯府不屑一顧，偏偏還霸道的堵住了他們的生路，讓他們怎麼能不恨！

萬分狼狽下，謝長武向來維持的十分完美的形象終於崩壞，他大吼一聲，抓住長槍直直的朝謝景行衝去，在錯身的一瞬間，惡狠狠地將長槍刺進了謝景行身下的馬兒屁股！

眾人皆驚，在馬槍的比試中，從未有人攻擊對方的馬匹。因為馬匹是坐騎，這樣做極有可能傷到對方。從馬背上跌落下來，輕者休養個把月，重者斷手斷腳，甚至折斷脖子一命嗚呼，都是常有的事。畢竟考校只是考評學生的一種手段，沒必要這般血腥，所以這樣的情況從未有過。

謝長武這做法，實在是小人行徑了。

謝長朝也被謝長武的動作驚了一驚，可是很快他就明白過了。幾乎沒有猶豫，他也策馬朝著謝景行的方向衝過去，竟是要生生的將摔落的謝景行踐踏而死！

第十一章　算計

這兩兄弟莫非是瘋了！全場人只有一個念頭，且不提這事在明齊會不會觸犯律法，可就是在臨安侯府，臨安侯知道了這件事，謝景行若有個三長兩短，謝家兩兄弟還能跑得了？

女眷們一片驚呼，男眷們也是倒吸一口涼氣，膽子小的已經捂住了雙眼。

沈妙的手一停，終於抬頭看向場中。

謝家兩兄弟果然不是什麼高明的對手，這一步棋走得太爛太爛了，而謝景行也註定不會放過這個機會。

但見那黑色駿馬長嘶一聲，兩隻前蹄一下子揚高，幾乎要直立起來，而後瘋狂的掙扎。紫衣少年先是緊抓轡繩，而後一蹬馬蹄，整個人飛身一躍，長槍一橫，駿馬瞬間倒地，再也沒站起來。然後長槍一伸一翻，直接把謝長武挑翻在地，另一手撿了枚石子彈出，打在謝長朝身下馬匹的前腿。

馬匹朝前一跪，謝長朝反應不及，一下子被甩了出去，在地上翻滾數圈。

不過是幾息的工夫，兩兄弟都狼狽的趴在地上，而謝景行一隻腳懶洋洋的踩上謝長朝的肩，手中長槍指著謝長武的腦袋，似笑非笑道：「連哥哥也敢偷襲，可真是……自不量力啊！」

少年風姿瀟灑，高下立見。

若說有囂張的本錢，那謝景行的確有。

臺下的少女們早已看呆了，她們平日裡都在後宅行事，哪裡有機會能看見這樣的場面，即便是往年的考校，全都遠遠不及今年謝景行所表現出來的精彩。女孩子們大抵都是孺慕英雄的，加之謝景行容貌氣度都是卓絕不凡，自然又收攬了一批芳心。

少年們嫉妒者有之，但更多的卻是驚嘆。

蘇明楓在閣樓上瞅著，笑著搖了搖頭，「原來他說的值得慶賀的事是這個呀！這小子，還是一如既往的囂張啊！」可謝景行向來深藏不露，如今這般，可是想要對上頭那位的動作有所表示？他的神色也漸漸凝重起來，對於自己這個好友的決定，倒有些看不清了。

「那謝家小侯爺果然不凡。」馮安寧更加崇拜了，「我看這定京城中，或者說整個明齊，年輕一輩中怕是無人能與他並肩。」

沈妙搖了搖頭，謝景行最擅長的到底不是在這裡比試，而是馳騁沙場，領兵作戰。事實上，若非上一世他最終被明齊的皇室給害了，以謝家的兵力和謝景行在軍中的威望，也是可以從明齊皇室手中分得半壁江山的。

只是謝家的落敗……沈妙心中嘆息，上輩子她一門心思幫助傅修宜，對於謝家的事情，知曉的並不多，如今也是有些不知所措。

謝長朝和謝長武被謝景行的一番話氣得幾欲吐血，可周圍的人卻全然沒有同情他們，只因為方才謝長武和謝長朝可是使用了偷襲的卑鄙手段。在考校場上，最重要的便是公平、公正、公開，兩人的舉動不僅讓場下觀眾看輕，就連考校官也是不齒的。今日過後，他們二人先前積累的好名聲，便要煙消雲散了。

「果然好算計。」沈妙看著場上抱胸而立的紫衣少年做出結論。

謝景行今日可是將兩個庶弟牽著鼻子走了，兩人被他激將得失了平日的分寸，使出下三濫的手段害人，現在就算醒悟過來也為時晚矣。

「勝負已分，還有誰要挑戰？」

謝景行一問，全場寂靜，方才他對付謝長武和謝長朝的手段眾人有目共睹，誰還會不自量力的自找晦氣。

謝景行將手中的長槍隨意一拋，「既然沒有，告辭了。」說罷，衣袖拂動間，人已不見蹤影，自然又是引來驚呼聲一片。

周王撇撇嘴，「這傢伙的武功不弱，不過武藝好也沒用，是個硬骨頭。」

裴琅卻在心中嘆息，這幾位皇子看上去精明，其實眼光卻是短淺。謝景行深藏不露，方才在臺上的行為必然是有意為之。雖然不知道究竟是為了什麼，可若不是為了立威，那必定與皇室有些關聯了。

他輕輕瞥了一眼周王和靜王，皇室若是對上謝景行此人，只怕日後會十分狼狽。因為那是一頭獅子，就像方才的沈妙一樣。

考校官雖然無奈謝景行這般自行離去，卻還是照例宣讀了他的一甲。

謝家兩兄弟的小廝忙把自家主子扶了下去，連招呼也羞於打，灰溜溜的乘馬車先退場了。

之後的幾場挑戰，因著有了謝景行珠玉在前，就變得十分乏味，所以眾人都瞧得直打呵欠。

沈玥和沈清不時地抬眼看一下沈妙，今日沈家這一門，除了沈妙外，沈清和沈玥都算是被掩蓋了。沈清心中因著傅修宜的關係，早已將沈妙恨之入骨，只覺得是沈妙搶了屬於她的東西。至於沈玥，卻是死死計較著沈妙將自己比下去的事實，心中萬分不甘。

沈妙對她們二人的想法渾然不知，即便知道也不屑與之計較了，叫來穀雨輕聲吩咐了幾句話，穀雨很快便悄悄退了出去。

與此同時，男眷席上的豫親王也招了招手，一名侍衛隨之出現在他身邊，躬身傾聽完豫親王的命令，便又影子一般迅速消失在席上。

不遠處的閣樓上，謝景行重新出現在蘇明楓身邊。

蘇明楓「啪啪啪」的鼓掌，斜眼看他，「你今日可是大出風頭了！」

「小事一樁。」謝景行滿不在乎。

「我倒是好奇，你怎麼會突然出手，這可不是你的行事作風。」

「受人指點，有些事情越早做越好，我也等不及了。」

蘇明楓皺了皺眉，他覺得謝景行分明話裡有話。可是他卻明智的沒有多問，即使和這位髮小有著多年的深厚友情，但只要對方不願主動說，他就不會多問，視線突然在考校場上停留一瞬，「不過，你方才救美的那位姑娘，好像有些麻煩了。」

謝景行目光一掠，便見女眷席上，有侍衛將一張帖子模樣的東西交給了沈家二夫人任婉雲，目光卻若有若無的瞥向紫衣少女。

任婉雲拿著帖子，有些激動，「豫親王親邀，實在教臣婦心中惶恐。五娘，還不過來謝謝殿下的邀約？」

沈妙目光一凝，隨即緊緊盯著任婉雲，唇角倏地勾出一抹冷笑。

果真又想故技重施嗎？

迎著沈玥和沈清幸災樂禍的目光，她慵懶的伸了個腰，清澈的眸光中突然帶了一點暗芒，「好啊，我一定會好好『謝謝』他的。」

謝景行眼中閃過一絲興味，「又有好戲看了。」

✣ ✣ ✣

回沈府的馬車上，沈妙依舊是獨自乘坐一輛馬車，身邊的穀雨和驚蟄皆是為她擔憂。豫親王的惡名眾所周知，卻給沈妙下了帖子，莫說是沈妙一個姑娘家前去有多不合適，明眼人都看得出來豫親王打的什麼主意。

若是沈信在的話，定會拼死拒絕。可如今沈信不在，沈家兩妯娌都心懷鬼胎。從前沈妙尚未及笄便罷了，如今沈妙是可以議親了，自然而然的將主意打到了她的頭上。

驚蟄忍了又忍，終於還是忍不住道：「姑娘，那豫親王……這可怎麼辦？要不讓人寫信給老爺，老爺若是知道此事，定會趕回來的。」

「是啊！」穀雨也憂心忡忡，「那人肯定不安好心，如今後院中又……且今日姑娘出了風頭，只怕府裡又會有不少麻煩。」

沈妙原先年紀小看不出什麼，穀雨和驚蟄這兩個被沈大夫人特意挑給沈妙的丫鬟卻看得明白。二房、三房分明就是妒忌大房，這才會明著暗著給沈妙使絆子。以這兩房狹窄的心胸，今日沈妙大出風頭，只怕又要成為眼中釘了。

別的還不怕，可若是扯上豫親王，只怕沈妙也很難應付。畢竟大房這邊的人，可都被其他兩房換得差不多了啊！

「怕什麼，打什麼主意，也要看他有沒有這個本事？」沈妙卻氣定神閒，吐出的話語卻似乎帶著淡淡威嚴，還有一絲不易察覺的狠意。

穀雨和驚蟄對視一眼，不知道為何，方才的慌張竟然消散了一些，跟著漸漸平靜下來。

待回到沈府，沈妙只說今日乏了，先回西院休息。

任婉雲和陳若秋二人囑咐她定要好好休息，也許是知道被豫親王瞧上沈妙必然討不了好，她們二人的笑容都有些掩飾不住的幸災樂禍。

任婉雲甚至還摸著沈妙的頭親切道：「眼看著五娘也到了議親的年紀了，出落得楚楚動人，再過不了多久就該嫁人了。」

「是啊！」陳若秋也意味深長的附和，「想咱們小五這樣的姑娘，只有那身分高貴的人才能匹配得上，尋常人家是怎麼也娶不到咱們小五的。」

沈玥面上閃過一絲喜意，沈清已經迫不及待的開口，「那當然了，五妹妹肯定會嫁得一個十分『尊貴』的郎君。」說罷，捂著嘴嗤嗤笑起來。

可即便在她這樣頗有暗示的話語下，沈妙的神情也沒有絲毫動搖。

沈清的笑容便僵了，沈妙越是雲淡風輕，她的心中就越是氣惱。今日豫親王給她下的帖子，眾人都心知肚明，那就是瞧上沈妙了。可現在沈妙毫無動容，只怕還不知道其中的厲害吧？她眼中閃過一絲譏笑，果真是個蠢貨。

「嬸嬸和姐姐都言過了。」沈妙不鹹不淡的開口，「論起年紀來，大姐姐和二姐姐比我還稍大一些，長幼有序，自然是要先考慮大姐姐和二姐姐的。」

幾人面色一頓，任婉雲笑道：「哎呀，還不是大伯與大嫂常年不在京城，嬸嬸們自然要先為妳操心了。」

「是嗎？」沈妙輕輕反問，「既然嬸嬸們為我這般操心，日後我總也要回報一二的。」她說得輕描淡寫，不知為何，任婉雲和陳若秋心中卻閃過一絲不安。但隨即她們便將這荒謬的念頭拋之腦後，雖說如今沈妙聰明了些，可到底不過是個十五歲的小丫頭，能有多少心機手段？況且……想到豫親王的事，兩人皆是有些得意。

「哎呀，都是一家人，小五就別客氣了，早些回去休息吧！穀雨，驚蟄，照護好五姑娘。」

「是。」穀雨和驚蟄應聲，隨著沈妙離開了。

待她們離開後，任婉雲和陳若秋對視一眼，彼此都看出了對方眼中的算計。半炷香後，榮景堂的沈老夫人皺眉道：「妳們說豫親王看上了五丫頭!?」

沈玥和沈清都被趕去了內堂，這種事小姑娘不便參與。雖說如此，兩人還是偷偷的跑到了屏風後，不顧張媽媽的勸阻，偷聽著外堂的談話。

「不錯。」任婉雲滿臉笑意，「小五今日在考校場上成績斐然，讓豫親王也刮目相看。既然下了帖子，便是有心要小五的意思了，媳婦看，咱們沈府怕是要出位王妃了！」

陳若秋聞言，嘴角扯了一下，豫親王看上沈妙，卻並未說要明媒正娶。況且就算真的娶了，以沈妙那副嬌弱的樣子，不知道能堅持幾天呢？怕是王妃的位子還沒坐熱，就香消玉殞了。畢竟豫親王的惡名，可是定京城人盡皆知的。

沈老夫人的神色卻沉了幾分，在她心中，自然不希望大房好。憑什麼那個死了多年的人生出的兒子就要比她生的優秀？從前老將軍在世的時候就偏愛大房，如今大房要出個王妃，實在讓她不悅極了，當下便道：「五丫頭那氣性，哪裡就能當王妃了？大丫頭或二丫頭還差不多。」

沈老夫人常年待在後宅，只知道享受，對外頭的事情倒是真的一概不知。聽了她的話，陳若秋和任婉雲的面色齊齊一變。躲在屏風後的沈玥和沈清也是嚇了一跳，沈老夫人不知道，她們二人卻知，進了豫親王府，只有被折磨而死的境地，可是煉獄般的火坑。

任婉雲急忙道：「娘，畢竟是一家人，我們自然是希望小五好的。雖說豫親王是個鰥夫，年紀又大了些，名聲也不大好，可是好在家族不錯。日後柏哥兒大了，有豫親王照拂一二，只會更好。若是小五有個什麼閃失，豫親王為了補償，也會對柏哥兒更加照料的。」

竟拿沈妙的性命換沈柏的前程了！陳若秋橫了自家二嫂一眼，果然好算計。

任婉雲都這般說了，沈老夫人倒也不至於蠢到聽不出任婉雲的言外之意。聽任婉雲的語氣，那豫親王卻是個魔鬼般的人物，沈妙落在他手裡，也不過只是名頭好聽些，真正得益的還是沈家。至於沈柏，那也的確是沈老夫人的心肝寶貝，拿沈妙為沈柏鋪路，這主意倒是極合沈老夫人心意。

「既如此，豫親王的確是五丫頭的良人。」

沈老夫人臉皮極厚，這般正襟危坐的說出這樣的話，教陳若秋眼中閃過一絲鄙夷。

任婉雲睜眼說瞎話的本事也不差，立刻就道：「媳婦兒給小五挑婆家，自然不能挑那身分低微的，親王府，那可是真正的攀上高枝了啊！」

沈老夫人聞言點頭，「那親王府可遣人來說親了？」

任婉雲嘴角抽抽，饒是她也不是省油的燈，卻也沒想到這老婦如此心急，竟是迫不及待的就要決定沈妙的親事！當然這親事也是越快越好，否則沈信回來便糟糕了。可即便是已經塵埃落定，沈信也不見得會任由沈妙嫁到親王府，所以必然要用些不同尋常的手段了。

好在親王府的人看樣子也沒打算明媒正娶，自然要不為人知了。

「娘，小五還小，不能太著急，就這樣定下來，難免會被人說道。先讓他們兩人相處一下，待到兩情相悅，小五自己也願意，咱們再提親事，這樣的話，就不會有人說是咱們逼得小五了。」

沈妙就算再是個傻子，都不可能和豫親王兩情相悅的，這樣的話，也無非就是把那些醜陋的手段用漂亮的話掩蓋起來了。

陳若秋靜靜聽著不說話，雖然她心中也很想看沈妙倒楣，可她生性謹慎。這樣出頭的事，還是交給任婉雲來吧！日後若沈信追究起來，橫豎追究不到她頭上。坐山觀虎鬥，是陳若秋最擅長的事。

屏風後，沈玥和沈清心中俱是有些恐懼。她們沒料到，就在這短短幾句話中，便將沈妙的終身大事給定了下來。對於女兒家來說，夫婿意味著下半輩子的幸福，而沈妙，註定要不幸了。不過沈玥和沈清心中倒是沒有對沈妙有一絲同情，官場上，沈信壓著她們的父親；身分上，沈妙壓著她們姐妹。加上沈老夫人的言傳身教，大房在她們心中不過是眼中釘，看見沈妙倒楣，她們只有幸災樂禍的份兒。

沈老夫人雖然在管家一事上一竅不通，後宅女人間的爭鬥卻是精通不已。尤其是陰私的手段，她當初能從小小的歌女最後成為將軍府中的當家主母，憑藉的可不只是一張妖媚的臉，手段，自然也是狠的。因此聽了任婉雲的話，她也明白其中的意味，便笑著道：「那便讓五丫頭多多親近豫親王吧！的確，這種事，要是真是咱們逼了五丫頭，回頭惹了老大生氣，也是不美。」

她如今的容顏本來就刻薄，做出這副慈愛之態，只讓人覺得像是擠著笑臉的黃鼠狼，不懷好意的出奇。沈玥和沈清齊齊打了個冷顫，連忙退到離屏風遠遠的地方。

而西院中，油燈下，沈妙靜靜的坐著。她的面前擺放著一張雪白的羊皮紙，上頭什麼都沒有，而筆墨都已經磨好了，似乎是想寫，片刻後卻是輕輕嘆了口氣，將那羊皮紙收了起來。

有的事情未雨綢繆固然是好，可如今她只是個閨閣女子，能仰仗的無非就是自己掌握的許多情報而已。可這些東西，在現在的她身上，尚且發揮不出最大的效用，路果然還是要一步步走出來。

穀雨和驚蟄見她嘆氣，以為她是想到了豫親王的事情，穀雨上前寬慰道：「姑娘且寬心，若那邊真是有什麼歹意，拼著性命，奴婢們也會保護姑娘的。實在不行，在京中，老爺交好的人家也不是沒有，大不了……」

沈妙搖頭，「親王府位高權重，還有皇家護著，父親與人家的交情再好，也不會拼著與皇家結仇的危險庇佑我。」不僅如此，皇室對沈家虎視眈眈，若是貿然行事，會讓生性多疑的明齊皇室懷疑沈信與人勾結。畢竟自己的臣子們走得太近，對任何一個帝王來說，都不是好事。

「要不，還是給老爺寫封信吧！」驚蟄提出建議，「雖然老爺軍務在身，可大少爺只是隨軍，回定京的話，不會受上頭責罰。大少爺在，總也能護著姑娘的。」

「大哥從西北趕回來，就是快馬加鞭也要一個多月，如何趕得及。妳以為他們會忍耐那麼久？」

沈信的威懾力，會讓他們趕在最短的時間內動手。以為生米煮成熟飯，再說幾句嚇唬的話，就能讓她乖乖聽從擺佈。

沈妙或許會，但在後宮中沐浴血淚的沈皇后，永遠不會！

「那可怎麼辦？」穀雨和驚蟄的面色齊齊大變，雖然她們知道此事不妙，卻也沒想到會嚴重到這個份上。豫親王的手段，定京城中但凡被她看上的姑娘，即便是高官家的，糟蹋了便是糟蹋了，最後皇室出來安撫幾句，卻也無可奈何，最後吃虧的還是那些少女。

「怎麼辦?別人都是靠不住的。」沈妙看著那跳動的火光，「還是靠自己吧！」

「可是姑娘……」穀雨有些焦急，沈妙如何能自保?別人的話，家人或許能抵擋一二，可二房和三房的人，說不定和對方都結成同盟了！

「我自有辦法。」沈妙把玩著手中的鎮紙。

豫親王府，仰仗的不過是對皇帝的恩情，皇室願意庇佑罷了。倘若皇室不願意庇佑他，恰好有仇家尋來又如何?嘖，失去了皇室庇佑的親王府，也不過是一捧爛泥罷了。

親王親王，到底和皇室血脈相連，就先從他下手，順便……她看向外頭，窗外隱隱約約有人影攢動，肥胖的身影，不是桂嬤嬤又是誰?

順便將這西院不乾不淨的渣滓，一併清理乾淨。

今年的賞菊宴後，定京城中大街小巷的熱議人物，終於換了名字。

臨安侯府的謝小侯爺，以一種極端強勢的姿態滅了兩名庶弟的威風，雖然行事狂妄囂張，但在短短的時間裡展露出來的風采，也讓人明白那沙場上玉面修羅的名字不是虛名。

另一人則是草包沈妙了，彷彿脫胎換骨，抑或是終於激起了沈家骨子裡的血性，褪去了蠢笨懦弱的沈妙，步射上對峙蔡霖亦面不改色，咄咄逼人間流露出的凶狠脾性，也讓與她同輩的少年少女們頗為忌憚。

如此一來，廣文堂裡原先那些嘲笑她的都收斂了幾分。

蔡霖再來廣文堂的時候，面對沈妙，面色不善的盯著他，卻破破天荒的沒有任何舉動，想來那一日沈妙到底給他留下了一些陰影。

馮安寧瞧著蔡霖的模樣，笑道：「倒沒想到那霸王如今竟有些怕妳了。」

沈妙瞧了蔡霖一眼，後者連忙轉開眼，有些懼怕的模樣。她心中失笑，蔡霖在她眼中，不過是一個驕縱的頑劣少爺罷了，她不想在這上面多費心神。況且蔡家離那覆沒，也不遠了，日後這金尊玉貴的少爺，少不得要吃許多苦頭。

「不過聽聞謝家兩兄弟受了重傷，臨安侯卻並未追究謝小侯爺的過錯，雖是請了大夫讓兩兄弟養傷，實則算是禁足。看來臨安侯偏愛嫡子，果真是事實。」

「妳從何處得知？」

「偷聽我爹娘的談話。」馮安寧有些得意，「不過若是換了旁人，大概也是寵愛謝小侯爺的，單是本身不說，那可是有著皇家血脈的玉清公主所出。」

沈妙揚眉，老實說，她總覺得玉清公主的死有些蹊蹺。以臨安侯如今待謝家兩兄弟的態度，沒理由當初得知玉清公主的死時，卻讓方氏安然活到現在。

她思忖間，卻瞧見裴琅走了進來。

裴琅臉上掛著溫和的笑意，恰好也往沈妙這邊看來，對上沈妙的目光，裴琅也忍不住微微一愣。

賞菊宴上，沈妙的表現終於讓裴琅收起了輕視之心，從而也開始覺察出沈妙的不同尋常來，而且敏銳的感覺到，沈妙似乎默默注意著他，雖然不知道為何，卻讓這位年輕的先生總有幾分不自在，彷彿被什麼盯上了似的。可一想到沈妙再厲害也不過是個豆蔻少女，便又覺得是自己多心。

「妳老盯著他做什麼？」馮安寧好奇，隨即想到什麼，大驚失色，「妳莫不是又心儀他了？」

沈妙如今絕口不提傅修宜之事，冷冰冰的像是忘記了這個人，這倒讓那些看熱鬧的人覺察出一點門道來。大沈妙概是知道自己配不上皇室，已經漸漸斷了念頭，賞菊宴上沒追著傅修宜跑就能看出來。而裴琅雖說身分低些，卻風度翩翩，才學廣博，招少女們喜歡也是自然。

沈妙有些頭疼，收回目光，「當然不是。」她只是在想，裴琅既然在賞菊宴上不曾說出那《行律策》，也就沒有被傅修宜放在心中。可是此人終究是個心腹大患，日後若為傅修宜所用……沈妙面色一沉，只怕後患無窮。

只是她如今沒有本事將裴琅神不知鬼不覺的抹殺，只能另闢蹊徑了。

而同一時間，在定京城的百香樓，即便是白日，各處安放的夜明珠與鎏金紗簾讓整棟樓流光溢彩。絲竹嫋嫋，外頭偶爾有人駐足，卻只能眼含羨慕的望著，不為其他，尋常富貴人家進百香樓，都有些囊中羞澀，此處便是小小一壺茶都是價值昂貴，是個名副其實的銷金窟。

此刻，靠窗的一處，正坐著一名衣飾華貴的中年男子。這男子衣料皆是上乘，只是生得猙獰而黑瘦。袍子下面，左腿處空蕩蕩的，正是豫親王。

「和那沈家說清楚了？」他一開口，語氣陰沉沉的。

「回殿下，已經與沈家二夫人安排好了，三日後沈家女眷要去臥龍寺上香，屆時……」

「三日。」豫親王皺了皺眉，眼中閃過一絲不悅，隨即揮了揮手，「該準備的東西，都準備去吧！本王也許久不曾遇到這般有興趣的人兒了。」

這麼多年，他脾性淫邪又殘暴，死在手中的女子不計其數。不過那些女子，即便再如何反抗，都激不起一些風浪。在整個明齊中，他早就知道沈信的凶名，那等威風大將軍的女兒，不知是何等滋味？而那一日在賞菊宴上，沈妙所展現出來的狠戾，讓他興味十足。一隻懂得反抗的野貓，或許比那些木頭美人要有味道得多。

他舔了舔嘴唇，眼中閃過一絲淫邪。

離他最近的這間房對面，琉璃桌前正坐著一名白衣男子，大概二十來歲，生得英俊，更有一種十分溫和的氣質，側耳傾聽了一會兒，才看好戲一般的對面前人說，「看來你救美的那位姑娘，大概又有麻煩了。」

在他對面的紫衣少年懶洋洋的坐著，漫不經心道：「沈家樹大招風，這也是沈信惹的禍。如今只是試探，終有一日，沈家誰也保不住。」

白衣男子頓了頓，突然正色看向少年，「謝三，你先前為何那樣做？在考校上打傷庶弟，莫非你的計畫要提前開始？」

坐在他對面的不是別人，正是謝景行，他揚唇一笑，「提前如何，不提前又如何？」

白衣男子遲疑的問道：「若你提前出手，他們可曾知道？」

「高陽，如今這裡，我說了算。拖得越久，反而對我不利。山不來就我，我便去就山。」說到最後一句話時，他的眸色更沉，竟不像是十七、八歲的少年郎了。

高陽愣了愣，隨即苦笑一聲，「罷了，我不過是過來看著你。可事實上，還真沒自信攔得住你。」隨即話鋒一轉，「不過三日後，你不也要去臥龍寺調查些東西，或許還能讓你再救美一次。」

「高陽，你的眼光一如既往的差。沈家那丫頭，可不是好招惹的。」

第十二章 腌臢

下學後，沈玥走到沈妙面前，「今日易小姐邀我與大姐姐去府上，便不與五妹妹一同回去了。」

易佩蘭與沈玥二人走得近，下帖子直接忽略沈妙是家常便飯的事。聞言，沈妙也無太大反應，只應了一聲便罷。

這幾日沈家人待沈妙的態度極其熱絡，想也知道必然又在打什麼壞主意。沈妙也懶得與她們計較，如今當務之急，自然不是這些瑣事。

回去的路上，會經過定京城最繁華的一條街道，穀雨有些嘴饞了，便道：「前面就是桂記了，姑娘不是最喜歡他家的酥餅，奴婢去買些回來吧？」

「去吧！」沈妙微笑點頭，穀雨就是個不折不扣的小吃貨。

穀雨下車後，驚蟄掀開馬車簾往外瞧，目光在掠過一處時，突然「咦」了一聲。

沈妙順著她的目光看過去，只見馬車停靠處的斜前方是家當鋪，此刻圍著不少人，似乎是在爭論什麼。

而當鋪的夥計似乎有些不耐煩，聲音高得連沈妙都聽得清，「說了十兩銀子，愛當不當！一把劍而已，公子莫要為難我們這些人了。」

「好像是與掌櫃的沒能做成生意。」

沈妙也瞧出來了，當鋪做生意，自然會將價格壓得低一些，而顯然這對那來典當東西的人來說，是無法接受的價格，卻又不願意離去，所以才這般僵持著。

「倒沒什麼可瞧的。」見沈妙移開目光，驚蟄便又將馬車簾放下。

片刻後，穀雨抱著兩個大紙包回來，驚蟄拉開簾子讓她進來，簾子拉開的瞬間，沈妙的目光落在馬車外，只見方才那與當鋪夥計爭論的人轉身走出人群，手裡還抱著一把劍，大概是沒能成功將東西典當，神情顯得有些頹然。

穀雨上車後，就要把馬車簾放下，卻被沈妙制止，她仔細盯著那抱劍的人，是一名年輕人，穿著普通，長相更是平平無奇。見自家姑娘緊緊盯著陌生男子，穀雨和驚蟄皆是有些莫名其妙。

沈妙皺眉，這人看著有些熟悉啊！

那年輕人嘆息一聲，深深的看了一眼懷中的劍，牙一咬，轉頭又朝當鋪走去，似乎下定決定要接受那不太滿意的價格。

在他轉身的剎那，沈妙突然出聲，「穀雨，下去攔住他，就說他的那把劍我要了！」

「姑娘!?」驚蟄和穀雨驚訝的看著她，實在不知道沈妙這般作為是為何？

「快！」沈妙冷聲強調。

見她神情嚴肅，穀雨也不敢多問，立刻跳下車去，朝著那年輕人走去。

年輕人方跨出一步，便聽得身後有人說話，「公子請留步。」

他轉過身，便見一名婢女模樣打扮的女子朝著他盈盈一笑，「公子可是要去當鋪典當手中之劍？」

年輕人一怔，隨即大方承認，「不錯。」

「恰好，我家姑娘想買一把劍，公子可願意割愛？」

年輕人瞧了穀雨一眼，見穀雨神情不似作假，卻還是搖頭道：「我這把劍樣式不算精美，論起實用倒好些。若是貴府小姐要的話，還是去兵器鋪子打造一把吧！」他心中也是驚異，尋常女兒家哪裡會對兵器感興趣，無非就是瞧著好看好玩罷了。可惜他的劍太過鋒利，一不小心若是傷到便不妙了。

穀雨心中讚嘆一聲，眼前這人分明是急需銀子，可竟還為對方著想，看來也是個心性磊落之人。之前沈妙莫名其妙的要買這人的劍，她還有些擔憂，此刻看來，至少對方不是壞人。

思及此，穀雨的面色柔和了些，「我家姑娘是誠心想與公子做成這筆生意的，公子不妨借一步說話。」

對方大概也沒料到穀雨這般執拗，看了一眼當鋪，便也無奈的點頭，「好吧！」

待到了鄰處一條無人的小巷，只見巷中停著一輛馬車，穀雨到了馬車前，輕聲道：「姑娘，他來了。」

年輕人走到馬車前，猶豫了一下，終究還是抱了抱拳，「這位小姐，在下的劍的確不適合女子使用，太沉也太過鋒利，容易傷及己身，所以……」

「你叫什麼名字？」年輕人的話尚未說完，便聽得馬車裡傳來女子的聲音。

這聲音聽上去似乎年紀不大，可卻有一種說不出的味道，彷彿經歷了沉浮的上位者，一時之間倒讓人摸不清其中人的年齡了。

猶豫了一瞬，年輕人還是坦承相告，「在下莫擎。」

這句話後，半晌再無反應。正當那叫莫擎的年輕人和穀雨都有些不解的時候，裡頭便又傳來了女子的聲音，「你這把劍，我並不感興趣。破鐵於我，也沒有任何意義。」

聞言，莫擎面上浮現出一抹怒色，「小姐莫非在戲耍在下不成，這劍雖說品相一般，卻也是有名鑄劍師鍛造，亦陪伴我多年。若是小姐叫在下過來只為了侮辱，恕在下不奉陪了。」

說完，他轉身就要走，可剛抬腳，便聽得馬車裡傳來一聲嘆息，那嘆息輕飄飄的，卻似乎含著莫名的情緒，讓人的心無端一揪。

「莫擎，你很缺銀子吧？」

莫擎一愣，不知道為什麼，對方叫他名字的時候，他心中突然升起了一種異樣的感覺。那種感覺十分熟悉，卻又有些莫名其妙。

但聽到對方說話的一剎那，他的腳步卻不由自主的停了下來，彷彿對方說的每一句話，他都無法拒絕。

「你的劍，對我來說確實不值一提，但你的劍術，於我而言卻價值千金。」

莫擎一怔，搖頭道：「小姐過獎，在下只是尋常人。」他心中卻是詫異，這人怎麼會知道他劍術超群的。

「一文錢難倒英雄漢，連陪伴多年的寶劍也要賣掉。這樣的日子，實在辜負了你的劍術。」馬車簾子突然被掀開，從裡頭走出一名紫衣少女來，她容貌稚嫩清秀，然而眉宇間卻有一種難得的貴氣和威嚴。

「莫擎，你可願將滿身武藝，賣於我將門沈家？」她含笑問道，目光中卻有遇見故人般的淡淡欣喜。

前世的侍衛統領莫擎，真是別來無恙。

「這位姑娘……」莫擎微微一怔，皺眉看向眼前少女。

他知道有些富貴人家，將人命不當人命，買個奴才便如買頭牲畜一般。此刻這少女的意思，大概也是將他看做那些下人了，他心中自然生出了不悅。可在看向對方的眼眸時，那不悅又好似霧般瞬間消散了。

對方看他的目光，並非是趾高氣昂的不屑，而是含著一種淡淡的欣慰和尊重，讓他心中不覺泛出猜疑，下意識脫口問道：「姑娘與在下，是否在哪裡見過？」

沈妙輕輕嘆息一聲，「不曾。」

「那為何……」

「閣下眉目端正，氣度不凡，當是有大際遇之人。而眼下卻將相伴多年寶劍賣掉，顯然是窮途末路。你落魄而急需銀子，可即便今日給了你銀子，卻仍舊解決不了問題。我乃威武大將軍嫡女，待我父親年底回京，我可將你引薦於他，閣下一身好武藝，平白埋沒了，實在可惜。」

「沈將軍!?」莫擎一驚，他倒是沒想到面前的少女竟然是沈信的女兒！

沈信的威名在明齊無人不知，無人不曉，那是戰場上的定海神針。男兒當建功立業，若是跟著這樣的將領……莫擎感覺到自己身上的血液在這一瞬間變得滾燙了。

「若小姐真願意為在下引薦，在下自然不會推辭，日後若有機會，定結草銜環相報。」

莫擎也是個坦蕩爽快的性子，得此機會，倒也不推脫。

見此情景，沈妙微微一笑，自袖中摸出一錠銀子拋給莫擎，「我不必你結草銜環相報，只當你將滿身武藝賣於我。父親年關才回，這些日子，你需得隨我回沈府，我要假意令你做沈府護衛，你卻得暗中保我周全。」

莫擎也聽過世家大族表面一團和氣，私下裡腌臢手段卻層出不窮。見沈妙都提起自身周全，便也知道面前少女在沈府過得怕也不是表面那般自在。莫擎心中有些驚訝，沈妙既然是沈信的女兒，為何處境還是如此艱難？只是他性子沉穩，便也未曾問出口，只道：「但憑小姐吩咐。」

「你先拿著這銀子去救急吧！但後日之前你必須要來沈府，我自然會安排你的去處。」

「是。」莫擎抱拳領命，隨即轉身離開了。

他身上江湖氣息頗重，看得穀雨和驚蟄二人都有些皺眉，「姑娘，這人來歷不明，若是懷了歹意，進了府恐怕……」

沈妙往馬車走去，「怕什麼，這樣的人，倒比如今院裡的那些人乾淨得多。」眼下西院裡安插的盡是沈老夫人、二房、三房的眼線，自己人實在少得可憐，況且這莫擎自然不是陌生人。

沈妙坐回馬車上，心中微嘆，重生一世，倒沒想到和莫擎在這裡遇上了。

這莫擎前世乃是皇家侍衛統領，當初是由沈信舉薦，武藝超群。沈妙去秦國做人質那幾年，莫擎就是她的侍衛，若沒有莫擎的幫襯，她可能無法活著離開秦國了。

莫擎忠心沈信，自然也效忠沈妙，可惜在沈妙回到明齊後，楣夫人就算計莫擎，給他安上一個輕薄宮中女眷的罪名，傅修宜早就想清除沈信的人，沈妙千方百計阻攔，卻無濟於事，只能眼睜睜的看著莫擎死在莫須有的罪名之下。

如今再見莫擎，她倒不知現在的莫擎竟還有如此窘迫的狀況。不過也正因為莫擎的拮据，才會如此輕易收服。

沈妙瞭解莫擎的性子，最是忠心正直，三日後的臥龍寺之行，她本來還想用其他法子，有了莫擎，倒是方便得多。

待回到沈府，因著沈玥和沈清去易府做客了，府中只有沈妙一人。剛到西院，桂嬤嬤就迎上前來，諂媚的笑道：「姑娘回來了，老奴讓廚房煮了銀耳蓮子湯，姑娘要不要用一些？」

「好啊！」

見到這些日子對她都冷眼相待的沈妙突然和顏悅色起來，桂嬤嬤心中一喜，忙道：「老奴這就去端來。」

等桂嬤嬤端來銀耳蓮子湯，沈妙已經換上家居常服靠躺在榻上。

桂嬤嬤將銀耳蓮子湯小心翼翼的放在桌上，笑著道：「姑娘，三日後去臥龍寺要帶上的東西，老奴都已準備妥當了，您請放心。」

沈老夫人之前便交代，三日後由任婉雲帶著三個姑娘一同去臥龍寺上香，祈求沈家家宅安寧，桂嬤嬤這幾日都在忙碌此事。

沈妙掃了她一眼，不輕不重道：「嬤嬤倒是對此事熱衷得很。」

「姑娘難得出趟遠門，老奴自然要盡力準備周全。」

「有嬤嬤幫忙準備跟隨，自然是周全的。」沈妙突然一笑。

那笑容落在桂嬤嬤眼中，卻讓她心中有些不安，「二夫人安排得妥帖，自然不會出差錯。」

「那就勞煩桂嬤嬤替我多謝二嬸了。」沈妙點點頭，「妳下去吧！」

聞言，桂嬤嬤才鬆了口氣，忙退了出去，不知為何，如今的沈妙變得很奇怪，好似和她待在一起，便有一種無形的威壓，讓她自來囂張的氣焰都滅了幾分。不過待出了門，她的腰桿子便挺直了，不屑的回視一眼，用只有自己能聽見的聲音低聲道：「三日後，看妳還如何在老身面前張狂？」

屋中，沈妙將那碗銀耳蓮子湯端在手中，走到窗邊，手一揚，銀耳蓮子湯盡數落在窗前的花土下。

「姑娘，您真要去臥龍寺？」白露遲疑問道。

「要去。」

前世就是在這個時候，她無意間聽到榮景堂丫鬟們的談話，得知沈老夫人有意要將她嫁給豫親王，在去臥龍寺的前一晚，便逃往定王府自奔為妾了。雖然那決定也是錯誤的，卻陰差陽錯的避免了另一場災禍。

如今，她不逃也不躲，就跟著去臥龍寺。誰想看她的好戲，她就讓誰變成戲中主角。

比沈妙預料的更早，第二日，莫擎便來到了沈府做護衛。沈妙之前便讓霜降給門房塞了銀子，只道莫擎是霜降的遠房表親。沈府護衛依照負責區域不同，自然有所區別，莫擎做的是外院守大門的護衛，所以沒引起任何人注意，很快就留下來了。

時間很快便到了三日後，一大早，任婉雲就打點好了一切，讓身邊的香蘭來囑咐沈妙一些事宜。啟程之前，眾人還去了榮景堂。

沈老夫人神情嚴肅的叮囑眾人出門在外一定要小心謹慎，循規蹈矩，不可壞了沈府的名聲。

面對老夫人的嘮叨，沈清倒顯得極為開懷，一迭聲的表示定會虔誠祈求佛祖保佑沈家，將沈老夫人的心意也一併帶到。

沈老夫人自是受用，對沈清的態度也柔和許多。

此次出行自然是安排了一些隨身的護衛，一路保護沈府姑娘的安全。

臨行前，沈妙卻站在馬車前遲遲不動，任婉雲見狀便皺眉問道：「五姐兒為何不上車？」

「我覺得護衛單薄了些，為防意外，二嬸不妨多派一些護衛跟隨。」

任婉雲眉頭一皺，她沒想到沈妙竟會在這個時候提出這個問題，但箭已在弦上，不容許出任何岔子，只能極力安撫，「五姐兒，這次帶的護衛已經不少了，總不能將沈府的所有護衛全都帶走，況且人數太多，反而更加不方便，還是就這般吧！」

沈妙卻執意的搖頭不動。

沈玥和沈清見狀，沈玥沒說什麼，沈清心中不悅，跟著道：「咱們沈府又不是什麼皇親國戚，五妹妹究竟想要多大的排場？大伯父出門也沒見如此挑剔。」

她又將沈信拿出來說道了，話音剛落，沈妙便看了她一眼。那一眼輕飄飄的，卻叫沈清突然遍體生寒。

「再多加兩個吧！」沈妙遙遙一指，指向大門前的兩個護衛，「就他們好了。」

見沈妙只要求增加兩人，任婉雲心中鬆了口氣，她不願在這事上耽誤太多時間，況且兩個人影響不了大局，便答應了，吩咐香蘭道：「去將那兩個護衛叫過來，隨我們一起出城。」

「多謝二嬸。」沈妙唇邊勾起一抹笑。

見任婉雲最後還是依了沈妙，沈玥只是有些奇異的看著沈妙，沈清卻是狠狠地一跺腳，瞪了一眼沈妙才轉身上車。

早晨出發，一直到快傍晚了，才終於抵達目的地，陽涇峰。

臥龍寺位於陽涇峰的半山腰，山高谷深，若是春日踏青此處，倒是處處鳥語花香，景色怡人。不過如今已經深秋，草木凋零，倒是平白添了幾分淒涼。

因著陽涇峰離定京城太遠，臥龍寺的路也不太好走，所以平日裡除了那些十分虔誠的夫人太太，一般是不往這裡來的。沈妙幾人下了馬車，走到了臥龍寺門口時，便見偌大的寺廟外頭，只有一位小沙彌在外頭掃地，顯得十分冷清。

「這裡倒是清淨。」沈玥輕笑出聲。

沈清張了張嘴，似乎想要抱怨幾句，忽而想到什麼，便又生生按捺住了。

「妳們莫要看此處清淨，聽聞這裡的菩薩十分靈驗，上香的時候，可千萬要心誠。」

那小沙彌見來人，便立刻放下掃帚前來相迎，婆子們負責從馬車上搬東西，任婉雲幾人領著丫鬟們先隨著小沙彌往寺廟裡走去。

越往寺廟裡走，越發覺得這臥龍寺果真是人煙稀少。莫說是香客，和尚都不算太多。偏偏寺廟又寬敞，這麼一來，便覺得空蕩蕩的。夜裡住在這裡，倒是令人有些害怕。

一行人先見了住持，然後由知客僧安排今晚的住宿。

任婉雲三人均被安排在南邊的禪房，到了沈妙這裡的時候，知客僧一臉為難地道：「實在對不住，南閣的禪房已經住滿了，要請姑娘住在北閣的禪房了。」

眾人都瞧著她，沈妙一笑，「對不住，我不要。」

任婉雲眉頭一皺，小聲斥責，「五姐兒，這是佛門淨地，哪容得妳任性。」

沈妙不為所動，「貴寺看起來香火並不旺盛，怎麼偏偏到了我這裡，南閣的禪房就住滿了呢？」

知客僧也皺了眉，第一次見到如此任性自大的小姐，不由分說就批評寺院。可沈妙卻也不同那些刁蠻小姐般大吵大鬧，這樣講道理的姿態，竟讓人有些不知所措。

這時老住持微微一笑，為沈妙解惑，「小施主有所不知，雖然本寺香客不多，在寺中修行的僧人卻多。」

「可我一人住，實在有些害怕，怎麼辦呢？」

「五姐兒，這佛門淨地安全得很，有什麼好害怕的？妳就將就這一晚，佛祖看到妳的誠心，明日妳上香祈求，必然會讓妳心想事成的。」

若是從前，沈妙聽到這話，便也被哄過去了。畢竟她這人吃軟不吃硬，更何況心中還有一個傅修宜，怕是為了讓佛祖實現她和傅修宜在一起的心願，也會答應的。

可是如今，卻有些不同了。

任婉雲也有些頭疼，從前她說什麼沈妙就信什麼，好哄得很，如今的沈妙卻越來越難應付。若是不早將沈妙給解決了，日後恐怕是個大麻煩。

「不如這樣，二嬸嬸與我一道去北閣住好不好?有人陪著，我總歸安心些。」

「這……」任婉雲有些猶豫，若是和沈妙住在一起，沈妙一旦出了事，她倒有些難以脫身了。

不等她想出更好的法子，沈妙就又道：「若是二嬸嬸不肯，大姐姐和二姐姐誰願意與我擠一擠也是成的。」

沈玥目光閃了閃，卻是沒發話。

沈清雖然不清楚母親的安排，卻也猜到此次是針對沈妙的一次出行，加之如今她對沈妙厭惡得連表面上的友愛都不願裝了，很自然的拒絕，「我習慣一人住。」

「如此……」沈妙微微沉吟。

「那我便和五姐兒住北閣吧!」沈妙的話還沒說完，任婉雲便主動開口。她生怕這時候又出什麼變故，想著即便住在一起，沈信天高皇帝遠，屆時還不是她說什麼，真相就是什麼。

「那便多謝二嬸嬸的相伴了。」

解決住宿的問題，接下來便是收拾東西了。因著沈清和沈玥都稱乏了，齋飯便不在一起吃，屆時由下人各自端到房裡去。

到了北閣，不等任婉雲說話，沈妙也道：「我也覺得身子乏得很，便不與二嬸嬸一道用齋飯，先回屋休息了。」

任婉雲一愣，隨即笑道：「那便依妳吧!若是累了，就早些歇息。」

沈妙點頭應是。

待引路的小沙彌帶沈妙主僕三人來到下榻的禪房時，沈妙也忍不住喟嘆。臥龍寺本就依山就勢，這處禪房更是臨崖而建，環境清幽，視野絕佳，房內陳設雖簡單，卻處處彰顯著雅致，讓人一見便心生歡喜。

「這裡的風景可真美啊！」穀雨有些意外。

小沙彌低頭解釋，「此間房向來是留給貴客居住的，府上夫人特意吩咐，將此房留給施主。」

「那我明日一定要好好謝謝二嬸嬸了。」沈妙一邊說，一邊打量著周圍，這間位於北閣最裡面的禪房確實清幽啊，若真發生什麼事，她喊破喉嚨也是無用，難為他們想得如此周全。

至於房內的佈置，怕也只是為了方便「那人」享用吧！

「這是什麼香？」驚蟄拿起小几上的幾根線香，放在鼻下聞了聞，「有些像蘭花，卻比蘭花更香。」然後目光落在蘭花造型的香爐上，「這香爐也很別致。」

穀雨跟著瞧了一眼，「剛好姑娘有點熏香睡覺的習慣，等會兒奴婢便將它點上，夜裡姑娘也能睡得安穩些。」

「現在倒覺得這臥龍寺真不錯！」驚蟄滿意點頭，「難怪雖然在深山之中，二夫人還非得過來祈福。」

沈妙卻是眉頭輕蹙，走到小几前，接過驚蟄手中的線香，放到鼻下聞了聞。待聞過後，眉頭皺得更緊了。

兩個丫鬟見狀，遲疑問道：「姑娘，這香可是有什麼不妥？」

事出反常必有妖，在沈妙心中，從踏進臥龍寺開始，便提高了警覺。這地方越是妥帖，她便越能看出其中的凶險。她的確有點香睡覺的習慣，況且女兒家總是喜愛精巧的東西，蘭花香爐十分討喜，尋常女兒家見了，即使沒有熏香的習慣，也會點上來附和這裡的清幽風雅。

不過對於她來說卻不然，後宮中的女人們會用盡各種手段往上爬，沈妙前世作為六宮之主，各式各樣的陰私東西見過不少，在熏香中加入催情藥更是被嬪妃們玩爛的手法。若她只是一個普通的閨閣女子，自然對這東西聞所未聞的。

「不是什麼好東西。」她手一鬆，那線香落在小几上。

穀雨和驚蟄一驚，異口同聲道：「那我將這東西扔出去？」

「不必。」任婉雲和那個人為她精心準備了禮物，若就這麼丟了豈不是浪費了，「留著吧，總歸用得上的。」

而在北閣的另一間禪房裡，任婉雲坐在桌前，她的面前站著一個老婦，不是別人，正是桂嬤嬤。

「今夜的事情妳也知道，成了之後，自然少不了妳的好處，若是敗了……」任婉雲輕哼一聲，「是個什麼結果，不用我說妳也知道。」

桂嬤嬤諂媚的笑道：「夫人放心，一切都包在老奴身上，今夜定會一切順利的。」

「我自然信得過妳，妳畢竟是五姐兒身邊最親近的人，咱們這麼做，也是為了沈府。待事成之後，妳好好分析給五姐兒聽，她定能曉得其中利害，知道妳是為她好，不會虧待妳的。」

桂嬤嬤點頭稱是，心中卻鄙夷，沈妙事後知道了，只會恨死她，哪裡會覺得是為她好。想到今夜要發生的事，桂嬤嬤也忍不住有些心驚肉跳，她也沒料到面前這個總是一臉和氣的沈家二夫人竟然會想出如此惡毒的法子，畢竟這事落在任何一個未出閣的女子身上，都是一輩子生不如死的事情。

下一刻，她便瞧見任婉雲對身邊另一個貼身丫鬟彩菊使了個眼色。

彩菊便笑咪咪的拿了個香囊過來，將香囊塞到桂嬤嬤手中，「這次也就勞煩桂嬤嬤照看了。」

桂嬤嬤下手捏了捏，確定香囊分量不輕，面上立刻笑開了花，「保准讓夫人滿意的。」又說了幾句話，桂嬤嬤才起身離開。

「夫人今夜真要歇在這裡？」香蘭倒是有些擔憂，「這裡和五小姐的禪房畢竟在一處。」

「無妨。」任婉雲不甚在意的揮了揮手，「明日一早，便是我說什麼就是什麼了，說不準等大伯與大嫂回來，沈妙已不在人世了呢！他們要怪，只能怪沈妙擋了我清兒的路。」

天色漸暗時，陽淫峰淅淅瀝瀝的下起了小雨。

雨水攜捲著寒氣撲面而來，穀雨把窗戶關上。

驚蟄則替沈妙披上披風，有些憂心忡忡，「山路本就不好走，這雨一下，肯定更加泥濘難走，明日上過香後，不知能不能啟程回去？說不準還得在這裡多歇一天。」

「多歇一天便歇一天，此處風景好，環境也清幽，總好過……」穀雨將剩下的話嚥回肚裡，她是想說，總好過回去與沈府那些人虛與委蛇的好。

沈妙坐在桌前擺弄棋局，如今她越發愛下棋，可惜身邊的幾個丫鬟都不會，所以她總是一個人對弈。

偶爾穀雨和驚蟄也會覺得奇怪，自家姑娘在一個人對弈的時候，會流露出一些奇怪的神情，讓人看了心中發寒。

門被推開了，桂嬤嬤笑容滿面的走了進來，手上端著一些吃食，「姑娘，這是寺裡的齋飯。雖說是素齋，可臥龍寺的素齋口碑一向不錯。這道水晶桂花羹，大姑娘和二姑娘都已經用過了，都說好吃呢！」

「哦，先放那兒吧！」

「姑娘最好趁熱吃，涼了可就不好吃了。」桂嬤嬤熱絡的端起碗來，就要遞給沈妙。

「嬤嬤急什麼？」驚蟄不著痕跡的將桂嬤嬤手中瓷碗接過，「坐了一天的車，姑娘說有些頭暈，等會兒再用吧！」

桂嬤嬤心中惱火，從前沈妙都是以她的話為重，若是她和幾個丫頭起了爭執，必然是先責罰丫頭的，不知什麼時候起，驚蟄這四個丫頭都敢欺到她頭上了！

正在沉思，沈妙驀然開口，「嬤嬤陪著我，也已經十四、五年了吧！」

桂嬤嬤心中一跳，看向沈妙。沈妙恰好也看過來，一雙清澈的眸子一如既往，彷彿稚童般純真，桂嬤嬤也一陣恍惚。

不知不覺中，那個嗷嗷待哺的小嬰孩，長成了現在面前這般亭亭如玉的少女了。桂嬤嬤心中有些感嘆，當初沈信夫婦常年征戰沙場，囑咐她好好照顧沈妙，居然一晃十五年就過去了。

「自來嬤嬤就跟我親近，記得有一次夜裡我發熱，外頭也像現在這樣下著雨，府裡拿著帖子去請大夫遲遲不來，嬤嬤擔憂，自己跑出去尋，結果路上滑了一跤，摔破了頭，卻還堅持著去尋了另一個大夫過來。」

桂嬤嬤一愣，神情不由得柔和下來，「沒想到姑娘還記得這些！」

「自然記得，嬤嬤伴了我十餘載，爹娘都不曾有嬤嬤伴我的時日多，我將嬤嬤視作親人。」

「姑娘折煞老奴了。」桂嬤嬤心中感嘆，倒沒料到這陣子一直對她冷淡的沈妙今日會突然這般親近。感嘆之餘心中倒是升起了一股不忍，她並非一開始就是這樣的，最初沈信夫婦讓她當沈妙的貼身嬤嬤時，她的兒子還未娶妻，也未曾有孫子，自是將沈妙當作是自己的孫女，也有過真情相待的時候。

不過……人不為己天誅地滅，沈妙畢竟不是她的親孫女，而二房也許諾，若是事成，她的兒子一家都能受益。

富貴險中求，況且沈妙的確不能為她帶來什麼。桂嬤嬤思慮再三，終究還是笑著道：「姑娘，天涼夜重，還是早些用過飯歇息的好。睡前點一根熏香，美美睡一覺，明兒早上才有精神為老爺夫人祈福呢！」

「多謝嬤嬤掛懷了。」沈妙也笑了，只是笑容似乎含著某種意味不明的東西，「嬤嬤先去休息吧，我自會用飯的。」

桂嬤嬤還想多留一會兒，可見沈妙一副不由分說逐客的模樣，便只得訕訕然退下。她退出房後，卻沒走遠，而是躲到一旁仔細聽著裡頭的動靜。

屋中片刻後，響起穀雨的聲音，「姑娘，飯菜要涼了。」

「那就擺飯吧！」

緊接著，便是一陣碗筷叮咚的聲音，是有人坐到了桌前吃飯了。

「姑娘覺得這道桂花羹如何？」

「不錯，香甜可口。」

「那便多吃點。」

聽了好一陣子，沈妙似乎是吃完了，屋裡響起一陣收拾碗筷的聲音，穀雨端著食籃走了出去，屋裡驚蟄問道：「姑娘還要看會兒書嗎？」

「不看了，妳去將熏香點上吧！」沈妙的聲音明顯有些懨懨的。

桂嬤嬤鬆了口氣，走出了院子，忍不住停下腳步回頭看了一眼禪房，喃喃低語，「姑娘，莫怪老奴心狠，二夫人要對付妳，誰也攔不住。」

桂嬤嬤抬腳邁步，沒看見身後出現了一個男子的身影，他瞧著桂嬤嬤匆匆離去的背影，面上泛起憤怒的神色。

屋中，驚蟄憂心忡忡的看著沈妙，「姑娘，穀雨已經出去了，奴婢還是不明白，姑娘究竟想做什麼？」

不知為何，驚蟄的心中總有些不安，彷彿在這靜謐的深山之中，將要發生點什麼，尤其沈妙對桂嬤嬤那一番和顏悅色的話，讓驚蟄緊張不已，生怕沈妙又如從前一般對桂嬤嬤言聽計從。

沈妙卻看著燃燒跳動的燭火，一言不發。

假裝吃東西，假裝點熏香，不過是權宜之計。至於為什麼要和桂嬤嬤說那段話，倒不是因為她心軟。復仇的這條路，誰也不能回頭。不是從前有過恩，日後犯錯就可以相抵。惡人永遠不值得憐憫，那些就如同後宮中，贏家對輸家說的話一般，斷頭前的上路言。

「姑娘，那我們現在要做什麼？」見沈妙不回答她的話，驚蟄只好換了個問題。

「等。」

「等什麼？」

「等月黑風高夜，殺人越貨時。」

第十三章 夜遇

夜色濃重的如潑墨，淅淅瀝瀝的雨聲似乎沒有要停歇的意思。

沈玥坐在桌前，放下手中的書，揉了揉眼，覺得有些困倦。

書香注意到了，問道：「姑娘可要歇了？」

沈玥不言，打開窗戶，隔壁住的是沈清，此刻屋裡還亮著燈。

「姑娘是想和大姑娘一起睡嗎？」

「不是。」沈玥遲疑了一會兒，才將窗戶關上，「熄燈吧！」

就在沈玥屋中的燈熄滅不久，沈清屋中燈火也滅了。

一切歸於寂靜，深山中的古寺到了深夜，除了鳥鳴和蟲囈，就只有雨水擊打在瓦片上，順著屋簷滴在石板上發出的清脆響聲。

北閣最裡間的那間屋子，燈火也悄無聲息的熄滅了。

而若是此刻有人進來，便可見桌邊坐著一名紫衣少女，她面無表情，唯有一雙眼睛在黑夜中閃著寒芒，彷彿在等待獵物到來的猛獸。

頭上的瓦片發出窸窸窣窣的聲響，站在沈妙身後的穀雨和驚蟄二人同時抬起頭來，一臉緊張的護著桌前的人。

片刻後，窗外傳來一聲「喵」的貓叫。

二人同時鬆了口氣。

可沒等她們這口氣落下，便又聽得一陣急促的腳步聲，那聲音雖然輕，落在毫無睡意的三人耳中卻分外明顯。緊接著窗戶被人打開，一道人影躍了進來。

「小姐，是我，莫擎。」

穀雨和驚蟄這才真正的鬆了口氣，驚蟄點了一根細蠟燭，生怕那光透到外頭去，還用手遮了遮。即使如此，她還是看清，莫擎的肩上竟還扛著一個人，那人不是別人，正是沈清。

此刻沈清雙眼緊閉，一副昏睡不醒的模樣。驚蟄和穀雨心中俱是驚懼不已，沈妙卻是掃了沈清一眼，淡淡道：「你做得很好。」

莫擎神色有些尷尬，他是第一次做這種事情，他並不知道沈妙究竟打算做什麼，心中只想著大概是沈妙小姐脾氣，對自己住的屋子不滿，所以才用這種法子半夜偷偷的換了屋子。不過這方式實在太粗暴了些，若是一個不小心，被人發現將他當作採花賊，但憑他滿身是嘴也說不清了。

不過好在沈清和沈玥的屋外竟然總共只有兩名護衛，雖然覺得這樣的人數未免有些少了，但這也方便他行動。扛個小姑娘對他來說是輕而易舉的事，而且在此之前，他也依照沈妙的吩咐，將穀雨交給他的一根迷香點了，丟進沈清屋裡。

「把她放到床上吧！」

莫擎依言照做，還扯過床上的被子給沈清蓋上。即使到了這個時候，他依舊弄不明白沈妙究竟想做什麼？

「姑娘，咱們接下來要怎麼做？」穀雨試探的問道。

這屋裡，除了沈妙自己，沒人知道她究竟想做什麼。莫擎以為沈妙是賭氣的玩鬧，驚蟄和穀雨卻能隱隱約約覺察出不是。沈妙如今早已不是因為不滿屋子就和人賭氣的性子，更何況若真的不滿，沈妙也不會隱忍到現在，更別提大費周章的將人扛出來了。

「走吧！」沈妙掃了一眼床上的人。

「走？」穀雨一愣，「咱們去哪兒？」

「自然是去我這位姐姐的禪房了。」

莫擎心中一嘆，果真是小孩子家的玩鬧，倒是有幾分對沈妙的不滿，沒想到沈妙看上去文靜冷淡，私下裡卻是這麼個爭強好勝的性子，為了一點兒小事連自己堂姐的清白都不顧了，正想著，忽然面色一變，低喝一聲，「誰？」

這下子，穀雨和驚蟄頓時著慌起來。

「你方才來的時候可被人瞧見了？」沈妙面色一沉，若是那邊的人，斷沒有這樣快的道理。以任婉雲萬事周全的性子，也必然會讓那邊等久一些。何以莫擎剛將人送來就有人找上門來？若是……她神色變了幾變，實在不行，便也只能用最下等的辦法了。

「我先出去看一看。」莫擎緊張的抽出腰間的佩劍，便見窗前掠過一道人影，二話不說便朝對方襲去。

那黑衣人卻是輕鬆躲過莫擎的劍，也不知是用了什麼身法，一隻腳踏在窗臺，如燕子一般飛了進來。而且一進房，便猛的回身，莫擎還來不及反應，那人卻側身一閃，輕巧的就奪過莫擎手中的劍，下一刻，那把劍橫在了莫擎脖頸之上。

突如其來的變故讓所有人都驚呆了，沈妙心中也有些驚異，莫擎的武功，既然能做到侍衛統領的位置，自然是不低的。當初憑藉著他的功夫，護送著沈妙在秦國安然無恙了多年，如今竟在這黑衣人手下過了不滿五招，甚至被人奪了劍！

莫擎大概也沒想到對方竟然比自己高明許多，似是慚愧，卻更擔心沈妙的安危，「在下與兄臺無冤無仇，兄臺為何下此毒手？」

他這話也沒說錯，今夜這寺廟裡，除了和尚外，就是沈府的護衛。可沈府的護衛裡沒有這等武功高強的，莫擎心中驚異，這臥龍寺難道還有其他人不成？

對方卻沒有要鬆手的意思，只聽得微微一聲響，是沈妙尋了個火摺子，將那根已經熄滅的細蠟燭重新點上了。

對方沒料到會有人突然吹亮火摺子，沒來得及掩飾，眼中滿是殺意，顯然是打算殺人的。

然而昏黃的光亮起，屋中一切都無所遁形。沈妙清冷的目光中，對面之人俊美無儔的面上閃過一絲愕然，隨即皺了皺眉，「沈家丫頭？」

「可否放了我的護衛。」沈妙聲音比外頭的秋雨還涼，「謝小侯爺。」

站在對面的人不是別人，正是謝景行。

驚蟄與穀雨已經見過謝景行幾次，自然知道此人是誰，心中驚異之下，不由自主的護在沈妙面前。

莫擎卻是第一次見謝景行，他不知謝景行是什麼人，卻從沈妙的話中知道這兩人是認識的。

謝景行盯著沈妙，思忖片刻後倒是一笑，一鬆手，眨眼間便將劍拋還給莫擎，「沈家丫頭，在這裡遇見，該說妳我是有緣嗎？」

沈妙不曾搭理他，只吩咐莫擎和兩個丫頭，「趕緊離開。」

驚蟄和穀雨看了謝景行一眼，點頭稱是，正要離開，卻見沈妙對她們道：「你們先走，我隨後就來。」

「姑娘……」穀雨遲疑了。

「走！」沈妙的命令短促而篤定，穀雨微微一顫。

莫擎搖了搖頭，一手拽一個丫頭，從窗戶一躍而，朝外頭掠去。

謝景行仍是頗有興致的瞧著她的動作，沈妙摸索到桌前，就著火摺子終於找到了香爐，將線香點燃插上，這才要退出房去。

正要動作時，卻見謝景行眉頭一皺，突然屈指一彈，火摺子的火苗應聲熄滅，一片漆黑中，一個身影突然掠到沈妙面前，輕巧的攬住她的腰。沈妙未曾反應過來，便覺得落到一個溫暖厚實的懷抱中，那人抱著她就地一滾，堪堪滾到了床下。

「你……」沈妙驚怒不已。

「噓」的一聲，謝景行的聲音在耳邊響起，「有人進來了。」

屋裡響起了人的腳步聲，沈妙的身子一僵，她也萬萬沒想到，那些人的動作居然這樣快！

而令人慶幸的是，屋裡的人並未點上燈火，不過這也是她預料之中的事，以那人喜愛刺激的性情說來，必然不會點上燈的。

外頭有人道：「王爺，都安排好了。」

「你們都退下，在外頭守著，別打擾了本王的興致。」

沈妙的目光微微一動，果然是豫親王。

「沈信啊沈信……」豫親王的聲音飽含得意，似乎還有些變態的興奮，「本王倒要嘗嘗，你的女兒和那些女人的滋味，又有什麼不同？」

腳步聲往床前走近，沈妙的拳頭漸漸握緊了。

謝景行微微低頭，因為姿勢的原因，他的下巴就抵在沈妙的頭上，可以聞到少女髮絲好聞的清香，黑暗中看不到沈妙的神情，但緊繃的身子也可以感覺到，她並非對此毫無所動。

床上已經響起了衣服撕裂的聲音，豫親王的聲音是猥瑣的，穢語層出不窮，沈清似乎恢復了一些神智，發出了輕微的抗拒。然而那聲音軟綿綿的，倒不像是抗拒，彷彿是迎接。

空氣中瀰漫著一股令人心跳的味道，那味道逐漸的蔓延開來，帶著些蘭花的清香，毫無防備的被人吸入。

沈妙也逐漸感覺到了一絲不對，心中咯噔一下，方才她離開前點上了那含著催情藥的熏香，如今倒是自作自受了。她從未遇著過這樣的情況，不由得遷怒不速之客謝景行，若非謝景行突然出現生了變故，只怕她現在早已離開，哪裡還會落入這樣的窘狀。思及此，倒是惡狠狠的瞪了一眼罪魁禍首。

可惜沒有光，什麼也瞧不見，沈妙猶豫了一下，因著不敢動作怕驚動了床上的人，只得就著謝景行的衣裳，將口鼻掩住了。

她想到了那香不是什麼好物，也想到了自己千萬莫要吸進去，甚至想到了用謝景行的衣襟來捂住口鼻，卻忘記了謝景行是個男人。

謝景行反應過來熏香有問題的時候，已經吸了不少，偏偏懷裡還抱著個小丫頭。如今沈妙乳臭未乾，雖說是平平身材，到底也是溫香軟玉，他的身子便有些繃緊，這種緊要關頭，沈妙還往他身上蹭了蹭，半個腦袋死死埋在他懷中。

謝景行深深吸了口氣，出生至今，他還是第一次這般狼狽。頭頂上的大床「吱呀吱呀」的搖個不停，女人和男人的聲音交織在一起，聽得人分外臉紅心跳。那動靜讓人不禁懷疑，這床會不會經不住直接垮了。

又咬牙聽了小半個時辰，床上的動靜漸漸小了。就在這個時候，謝景行抱著沈妙就地一滾，而後便趁著那未關的窗，平平飛掠出去，黑燈瞎火的，也不知道他如何看得那般準，好險沒有驚動豫親王。

待出去不遠，便瞧見了滿臉焦急之色的穀雨三人，見他們出來，驚蟄差點兒激動的跳起來，又怕被人聽見，便小聲道：「姑娘，奴婢擔心得要命，方才有人進去了，沒被人發現……」她的話語戛然而止，因為此時方才看清沈妙的姿勢。

沈妙還被謝景行抱著，謝景行個頭極高，抱她也毫不費力，驚蟄怒道：「你快放下我家姑娘！」

謝景行挑眉，鬆手，「碰」的一聲，沈妙直接摔倒在地。

「你！」穀雨又急又怒，沒料到謝景行放手的方式如此粗暴，忙心疼的扶起沈妙，「姑娘沒事吧？」

莫擎盯著謝景行，心中也是驚疑不已。這個看起來出身不凡的高門少爺武功了得，自己竟在他的手中毫無反抗之力。如此身手，不禁讓他佩服，可深更半夜的出現在這裡，卻又著實令人懷疑。方才他帶著穀雨和驚蟄出去後，便見有人進去了沈妙的屋，身後還跟著一群身手不凡的侍衛，若不是他躲得快，只怕就麻煩了。莫擎忍不住又看了沈妙一眼，莫非沈妙早已知道今夜會有這麼一群人前來，那她之前的將沈清換過來究竟有何意義？

沈妙站起身來，平靜的看向謝景行，「更深露重，就不打擾小侯爺辦事了，我們先行一步。」態度疏離得很。

就著外頭燈籠的光，謝景行目光銳利的掃過她的臉，突然看好戲一般的笑了，「從此處出去，需經過外院，有大批護衛守著，本侯從來不攔人送死，請吧！」

他這話說得著實令人討厭，沈妙看了一眼莫擎，莫擎搖頭，有些汗顏，「屬下一人並無把握。」

豫親王雖然本人無能，手下卻不是吃素的。

「小侯爺似乎成竹在胸。」

謝景行揚唇一笑，邁步就要離開，竟是不打算搭理他們這群人的意思。

「可否出手相助？」

謝景行回頭，「不是不可以，不過……妳求我，我就帶你們出去。」

穀雨和驚蟄面色一變，沒想到謝小侯爺的性子如此頑劣，語氣又如此輕佻，偏對著那張俊臉，換做任何一個女子都要臉紅心跳的。若非護主心切，驚蟄和穀雨今日只怕也發不出火來。

莫擎皺了皺眉，沈妙是沈信的女兒，想來平日也是嬌生慣養的，看上去也是個倔強的性子，謝景行這般挑釁，只怕沈妙要勃然大怒。

可出乎莫擎的意料，沈妙居然很快道：「好，我求你，帶我們出去。」

她這話說得太快，讓謝景行也忍不住噎了一下。仔細打量面前的少女，雖說是求人，可姿態從容，絲毫沒有矮上一絲的意思。那種感覺十分微妙，彷彿不是求人，而是高高在上的人在命令什麼。

不等謝景行說話，沈妙又立刻道：「小侯爺想出爾反爾？」

「妳可真是小人之心。」謝景行一笑，對著身後輕聲道：「出來吧！」

不過眨眼間，便從一側林間掠來一眾黑衣人，粗略算下來，竟也有十幾人之多，和豫親王帶來的人不相上下了。

驚蟄和穀雨嚇了一跳，莫擎也是一驚，他武功不弱，可是竟不知道這裡何時藏了這麼多人，顯然對方的身手在他之上。而面前的少年能輕易調動這麼多高手，實在令人好奇他的身分。

「動作俐落點兒，別打草驚蛇。」

黑衣人們低頭應是，眨眼間便又消失在夜色中。

他們的動作出奇的一致，明顯是經過嚴格訓練的，明齊皇家精心培養的護衛都不及他們，沈妙心中沉思，就聽得謝景行道：「走吧！」

他轉身便往相反的方向行去，看樣子對這寺廟的環境十分熟悉。

不知謝景行的手下們是如何安排的，一路竟也未曾遇到什麼人，甚至到了沈清和沈玥住的南閣，外頭一個護衛也沒有。

確定安全後，沈妙便對莫擎道：「你回去吧！」

護衛有護衛住的地方，若是被人發現，只怕莫擎會有麻煩。

穀雨和驚蟄陪著沈妙進了屋，謝景行卻未離開，驚蟄上前一步攔住謝景行想要進內室的步伐，警惕的看著他，「小侯爺請留步。」

謝景行果真留了步，看著沈妙的背影笑道：「沈妙，浪費了本侯一夜的時間，妳連解釋也省了？」

沈妙腳步一頓，心中微微嘆息。謝景行這人有顆七竅玲瓏心，耳聰目明的令人妒忌，許多事瞧一眼便能看清楚，也懶得瞞他了，吩咐驚蟄和穀雨，「妳們先去睡吧！小侯爺請隨我進來。」

「姑娘，這於理不合啊！」穀雨出言阻止，和陌生男子夜裡共處一室，傳出去都是驚世駭俗。若是被人抓住，沈妙可就完了。和傅修宜的那點事還可以說是少女思春，畢竟沒有發生什麼，可這種事一個不好就是自毀聲譽，那是跳進黃河也洗不清的啊！

「沒人知道，有什麼不合的？」沈妙不打算聽兩個丫頭的話，看著謝景行道：「進來吧！」

謝景行聳了聳肩，跟著沈妙進了內室，又在兩個丫鬟不安的目光中，沈妙平靜的關上門。

點上油燈，將窗戶掩上，隔絕了外頭淅淅瀝瀝的雨聲，沈妙在桌前坐下。

謝景行饒有興致的靠牆站著，看著她從容自若地倒茶，「妳為何不怕我？」

「我為何要怕你？」沈妙反問。

「一個閨閣女子和陌生男子共處一室，就不怕我對妳做點什麼？」

「方才都和你一同聽過別人的閨房情事了，現在再來說怕，小侯爺不覺得太遲了？」

謝景行一愣，俊臉上閃過一抹不可思議。這些年他經歷過不少事情，別人在他這個年紀該見識的東西他都見識過，別人在他這個年紀不該見識的東西他也見識過。至少在定京城，甚至明齊，他也算見多識廣的。可這是第一次，有女子面不改色的跟他提起「閨房情事」四個字。

方才在黑暗中他瞧不見沈妙的神色，現在想想，從頭至尾沈妙的聲音都很平靜，態度都很從容，彷彿那個跟他一起聽了閨房情事的是別人，他簡直要懷疑這丫頭是不是怪物了？

「妳到底是不是女人？」

尋常女兒家，不該是羞窘的無地自容，再也不提起此事，而她之前不曾反應，之後也坦蕩提起，不知一點兒羞，就算是威武大將軍的女兒，也實在太特別了。

沈妙不言。

謝景行點頭，「差點兒忘了，妳自然不是女人，妳只是個小丫頭。」

沈妙雖然做派老成，可模樣卻生得討巧，尤其是臉蛋白白，尚未褪去稚氣，不說話的時候，看起來要比實際年齡小得多。大概是年紀太小了，怕是還不懂得什麼叫閨房情事，所以態度才這般坦然。

越想越覺得是這個原因，謝景行走過來，居高臨下的看著沈妙，「剛才那支熏香的帳還沒跟妳算，差點兒連我也栽了跟頭。」他一把揪住沈妙的臉蛋，用力捏了兩下，「妳說，該怎麼辦？」

沈妙呆了一瞬，沒料到謝景行會突然這般動作，而對方似乎覺得這樣很好玩，又捏了兩下，還不是輕輕捏，而是毫不憐香惜玉的蹂躪，彷彿真的是將她當作不諳世事的小姑娘。

下意識的，她低聲喝道：「放肆！」

話一出口，兩人都怔住。

燈火中，少年英俊的臉僵了僵，一雙銳利的黑眸瞬間劃過複雜神色，他收回手，輕笑一聲，「還是頭一遭，有人跟我說放肆。」

沈妙心中有些惱怒自己的失態，謝景行這人向來不按牌理出牌，方才她情急之下，竟拿出從前後宮中當皇后的做派來了。這人聰明得很，莫要被發現了才好。可不知道說什麼，她只好沉默。

謝景行打破了沉默，他在沈妙對面坐下，也給自己倒了杯茶，突然想到了什麼，從懷中掏出個紙包打開，竟是一水兒做工精緻的糕點，比起廣福齋的更加好看。

「來得匆忙，晚飯也不曾用，嘖，這茶真難喝。」謝景行吃著糕點喝著茶，儼然一名挑剔的公子哥兒模樣。

「謝侯爺是來喝茶吃點心的？」

「自然不是。」謝景行忽然撚起一枚點心塞到沈妙嘴裡。

他動作太快，沈妙反應過來時，嘴裡已經盈滿甜香滋味了。

謝景行托腮，看了她一眼，「吃了我的東西，現在回答我的問題。」

糕點的清香在嘴裡化開，帶著淡淡的甜和適度的果味，便是沈妙這種不愛吃甜的人，都忍不住覺得美味。

「豫親王和妳，什麼關係？」

「你倒不如問我，今夜為何要這樣做。」

「妳願意說，我便洗耳恭聽。」

「辱人者人必辱之，以牙還牙，以眼還眼。」

謝景行眸中神色變幻幾許，「妳倒心狠，將妳姐姐和豫親王那隻老狗湊成堆。」將豫親王說成「老狗」，也只有謝景行這般無法無天的人才膽敢說出來。

「他們將我送出去的時候，也未曾想過我是妹妹。」她言辭冰冷，不加掩飾對那些人的厭惡和鄙夷。

「真是不知天高地厚的丫頭，豫親王事後不會饒妳的。」

「那也要看他有沒有這個本事？」沈妙不為所動。

「妳與我說這麼多……」謝景行沉吟，身子突然往前一傾，幾乎要碰到沈妙的鼻尖了。他湊得這般近，饒是沈妙也忍不住微微一驚，然而氣勢上並不希望被壓倒，便動也不動的穩坐著。

少年一張臉俊美絕倫，嘴角的笑容帶著邪氣，聲音卻含著刻意的輕佻，「不怕我告訴別人？」

「小侯爺愛做什麼便做什麼，我也很好奇，臨安侯府是否有什麼動作？大半夜的讓嫡長子來臥龍寺散心。」

謝景行今夜出現在這裡，絕非偶然，而且還帶著一眾身手不凡的黑衣人。這世上沒有無緣無故的巧合，謝景行並不是來看她的，大概是自己在籌謀什麼，兩人恰好撞上了。

謝景行一雙極美的桃花眼，笑的時候能把人的心神都吸引了，然而冷靜下來的時候，卻散發著冰冷的危險光芒。

有一瞬間，沈妙都被謝景行的氣勢震懾了，比起秦國皇室、明齊皇室，甚至囂張無比的匈奴，面前這人似乎更加危險。

「妳膽子不小。」

「彼此彼此。」

「老狗的事，本侯一點興趣也沒有。」謝景行站起身來，目光狠戾地掃了她一眼，「今夜之事妳敢透露半句，沈家丫頭，殺人滅口這四個字，我可不是說說而已。」

話音未落，他便打開窗掠了出去，消失在雨幕中。

沈妙鬆了口氣，和謝景行打交道，彷彿走在鋼絲上似的。他年紀雖輕卻深不可測，每一句話看似無意，卻是拐著彎兒在試探。那種危險的感覺讓她不安，雖然她並未將臨安侯府當作是沈家的仇敵，可如今兩府的關係涇渭分明，謝景行自然不會全無芥蒂。

今晚謝景行應當是來做什麼事情的，和在京城中放蕩不羈的謝小侯爺不同，雨夜中的他彷彿變了一個人。當初她只知道謝景行是有幾分真本事的，如今想來，臨安侯府的祕密也不簡單。

目光落在謝景行未吃完的點心上，若非這些，一切彷彿是一場了無痕跡的夢。不過眼下並非思索這些的時候，謝景行目前於她也不甚重要，明日……一切且待明日。

後山上，淅淅瀝瀝的雨水打濕整座山巒，樹下站著一行人。

為首的少年身材修長，雨絲打濕了他的衣裳，也打濕了他的頭髮，然而他如雕像般，一動也不動，只是看著山下出神。

片刻後，山下某處，驀地綻放出一小朵煙花，說是煙花，倒不如說是一小叢亮光，且消失的極快，只是一瞬間的工夫便散了。

少年轉過身，語氣平平聽不出起伏，「事成。」

「少爺受傷了。」身邊的中年大漢皺眉。

他低下頭，瞧著手臂上的新鮮刀痕。方才那屋中的熏香本就是針對男子所用，一旦吸入，被慾望所導，人也會理智漸失，一味陷入瘋狂。對於女子的效用倒不那麼強，那丫頭躲過一劫，他雖然自制力驚人，到底不是聖人，怕出意外，只能用這樣的法子保持清醒。

「回去再說。」

中年漢子卻有些遲疑，「少爺，那沈家小姐今日見過……」

「鐵衣，一個小丫頭，我還犯不著出手。」少年漂亮的桃花眼一閃，語氣冰冷。

大漢懼怕他，卻還是鼓起勇氣道：「可沈家也許知道……」

「沈家不知道，沈家人都蠢，好不容易出了個聰明的，」少年似乎想到了什麼，微微一笑，「可惜了。」

中年大漢還想再說什麼，但最終還是放棄了。

「走吧！」

而在北閣，任婉雲坐在桌前，她只點了一小盞油燈，燈火明明滅滅的跳動，如同她此刻的心情。

「夫人，已經三更了，先歇著吧！」

「睡不著。」任婉雲搖頭，面上顯出一絲煩躁來，不知道為什麼，她心中總覺得不安，明明桂嬤嬤說了，一切都進行得很順利。

而且她也出院子確認過，最裡間的禪房傳來的動靜，那女子哭喊掙扎的聲音，即使在雨聲中變得有些模糊不真切，但其中隱含的淒厲和悲慘卻是清清楚楚的。

任婉雲聽得臉紅心跳，卻也忍不住心驚膽顫。京城傳言豫親王玩弄女子的手段頗多，如今看來是真的，想來沈妙定是要受一番折磨。雖然心中有些害怕，但在害怕之餘卻又生出了一股快慰。

在沈家三個嫡女中，沈妙因是沈信之女，身分註定高人一等。沈玥是名動京城的才女，相較之下唯有沈清稍顯平庸。可如今沈妙不還是任人玩弄，她那個眼高於頂的大嫂，得知女兒出了這等醜事，是會護著沈妙，還是會給沈妙一條白綾呢？

這麼一想，任婉雲心中的忐忑倒是少了幾分，她瞧了瞧天色，「我歇一會兒吧！」香蘭和彩菊見她終於肯歇息了，不禁面露喜色，忙扶著任婉雲到床上躺下，「夫人安心歇著，明日還得打起精神應付呢！」

是啊，明日還有一場精彩好戲，等著她去親自收尾呢！

這場雨下了整整一夜方歇，秋雨過後蕭瑟的寒意更為明顯了。

沉悶的鐘聲驚醒了熟睡中的人，任婉雲睜開眼，迫不及待的起身梳洗，「今天挑件亮色的衣裳吧！」

為了讓自己更顯威嚴，有當家主母的沉穩氣勢，她早已習慣穿暗色的衣裳，今日難得指定要穿亮眼的衣裳，彩菊立刻高興的取來一件粉藍提花緞夾襖，搭配寶藍銀絲彩蝶馬面裙，「看來夫人心情不錯，穿上這般亮色，人也精神了不少。」

任婉雲看著鏡中的自己，滿意的笑了。想到即將看到的好戲，她自然心情不錯，甚至可以說是高興雀躍呢！

「走吧，該去叫我那『疲乏』的姪女用飯了。」

北閣最裡的禪房靜悄悄的，院子裡連一個丫鬟也沒有。任婉雲瞧見，頗為滿意，想來豫親王辦事也是極為妥帖，連丫鬟也打發了。

若非怕惹來事端，還要顧及沈家的名聲，她恨不得將沈妙失身之事立刻昭告天下。

「敲門吧！」任婉雲眼中閃過一絲嫌惡，身子髒了的女人她瞧不起，卻忘了，讓沈妙變成如今這樣的始作俑者究竟是誰。

香蘭走到門前叩門，「五小姐，二夫人來了。」

門裡頭一點兒動靜也沒有，彷彿根本沒有人一般。

「五小姐，二夫人來了。」香蘭繼續叩門，可都未曾聽到有人回答。

任婉雲嘆了口氣，笑道：「這五姐兒真是孩子心性，天都大亮了還憊懶，耽誤了祈福上香的時辰可不行，還是我來吧！」

她走到門前，敲了敲門，柔聲道：「五姐兒，該起床用飯了，用過飯咱們還得去上香呢，可莫要任性了。」

屋內依舊無人回應。

任婉雲有些無奈，「算了，直接進門吧！五姐兒那兩個丫鬟也不知事，這般擅離，回去定要好好懲治一番。」說著就要推門進去。

「二嬸。」輕飄飄的聲音在靜謐中響起。

任婉雲先是一愣，以為那聲音是從屋內傳出來的，卻聽得香蘭和彩菊齊齊喊道：「五小姐、二小姐。」

她詫異的回頭，便瞧見沈玥和沈妙站在一處。

今日沈妙穿了一身雪白的素絹裙衫，外頭罩著月白繡牡丹的披風，乍一看彷彿在守孝。要想俏一身孝，見慣了沈妙大紅大綠，有些土氣的裝扮，這一身簡直飄逸出塵，配著她略顯清冷的神色，竟然有種動人的感覺。

沈玥眼中閃過一絲妒忌，不知何時起，這個草包堂妹竟然在容貌上也不遑多讓了。卻沒有想到，原先沈妙長得便不差，不過是因為被刻意打扮成了庸俗的模樣，如今氣質首先奪人，加之容貌漸漸長開，自然不可同日而語。

任婉雲也被沈妙這般打扮驚艷了，卻故意挑剔道：「五姐兒怎麼穿得這般不吉利？不知道還以為咱們家辦喪事呢！」

「二嬸今日倒是穿得鮮亮。」

任婉雲瞧著自己的衣裳，忽而想起了什麼，仔細打量著沈妙。她不知沈妙怎麼會從外頭回來，看上去還一副坦然的模樣。不過昨夜的事情騙得了別人卻騙不了她。她有心想要確認，便走到沈妙面前，笑盈盈的拉著沈妙的胳膊，「五姐兒昨日睡得可好？」

「謝謝二嬸關心，睡得還不錯。」

任婉雲仔細觀察著沈妙的表情，瞧見她神情不似作假，心中有些驚疑。沈妙什麼時候練就這般不動聲色的本事了？尋常女兒家遇到那種事，不都該呼天搶地？何以她這麼平靜？

莫非都是裝出來的，昨夜那叫得淒慘的女聲，她可是聽得真真切切啊！

瞧著沈妙那雙清澈的眸子，任婉雲心中陡然升起一股不安，這股不安讓她有些慌亂，乾笑湊近沈妙，「五姐兒睡得好，我便安心了。」

仔細觀察了，沈妙的脖頸潔白如玉，她本就膚色白皙，此刻更是如玉一般，別說淤青傷痕了，連一點瑕疵都沒有。

不可能啊，豫親王玩弄女子的手段歷來殘暴，沈妙身上怎麼可能不留下痕跡呢？

第十四章 惡果

沈玥瞧著沈妙，又瞧了瞧任婉雲，她知道一定發生了什麼事情，可到底是什麼事卻不知道。

任婉雲的不安越來越大，她攥住沈妙的手，笑著拉家常般道：「這天氣可真冷，五姐兒穿這麼薄不冷嗎？」說著，猛的一拉沈妙的衣袖，露出一截皓腕，彷彿上好的羊脂玉，一點痕跡也沒有。

任婉雲呆立當場，沈妙抽回手，微微一笑，「二嬸倒像是在檢查什麼。」

「沒有。」任婉雲勉強一笑，「我方才是……手滑。」她已不知該做何表情，沈妙身上怎麼會一點痕跡都沒有？她是過來人，莫說是豫親王那樣的人，便是尋常男子，多多少少也會在女子身上留下痕跡的。莫非豫親王其實並非表面上那般殘暴？可是沈妙此刻的神情，也不像是遭受玷汙凌辱的樣子啊！

可是沈妙維持著這樣若無其事的模樣，有些事情該怎麼說開？

她眼珠子轉了轉，問道：「五姐兒怎麼會一大早就去南閣找二姐兒呢？」

「我昨夜宿在南閣，自然是與二姐姐一起過來呀！」

「說什麼胡話呢？妳昨夜不是宿在北閣嗎？」

話音未落，她就瞧見對面的沈妙綻出了一個笑容。她自從落水醒來後，神情就冷清得很，大多數時候也不過是微笑，如今這笑容卻似乎發自肺腑，十分燦爛，不知為何，卻讓人心口發寒。

任婉雲的心墜了鉛般的沉了下去。

「夫人，不好了，小姐不見了！」隨著女子慌亂的喊聲，映入眼簾的便是兩個丫鬟焦急的神情，不是別人，正是沈清身邊的豔梅和水碧。

「妳說什麼!?」任婉雲陡然驚聲尖叫。

沈玥微微一愣，沈清竟然不見了？她偷偷看了沈妙一眼，沈妙神色平靜坦蕩，彷彿只是聽到一句平淡無奇的問候之語。

「清兒怎麼會不見的？」任婉雲緊抓豔梅的手腕，目光凶狠。

「哦，這個我知道。」沈妙突然開口。

眾人的目光都落在她身上。

一片寂靜中，沈妙輕聲一笑，「昨日夜裡我實在睡不著，便來尋了大姐姐，希望能同她換屋，大姐姐應了。想來是覺得二嬸就住隔壁，能安心許多。今兒一早出門遇見了二姐姐，就和二姐姐一道過來了，本想著過來同大姐姐道個謝，感謝她那般體貼同我換屋。」

她每說一句話，任婉雲的心就往下沉一分，到了最後，絕望鋪天蓋地而來，眼眶發紅，臉頰上的肉都恨得微微抖動，像即將瘋狂的野獸。

看見任婉雲這樣，沈玥有些害怕，她知道肯定出大事了，不過看到一向暗中欺壓自家娘親的任婉雲倒楣，自然是樂得落井下石，便順著沈妙的話道：「是呀，今兒一早，我瞧見五妹妹從隔壁的禪房走出來，便與她一起過來尋大姐姐一同用早齋的。」

彷彿怕任婉雲不信，沈妙再次強調，「昨天晚上歇在這裡的，真的不是我，是大姐姐啊！」

沈妙的聲音輕得像羽毛，卻重重錘擊在任婉雲心上，痛得她幾欲昏厥過去。

昨夜宿在這裡的不是沈妙，而是沈清！

那麼豫親王昨夜玩弄的女子，是她的清兒！

那些淒厲的慘叫聲，都是她的清兒發出來的！

她甚至還跑去偷聽，冷眼旁觀的任由女兒被凌辱！

這讓她怎麼能接受！這一定是假的！這不可能！

任婉雲的心都要碎了，她看向那緊閉的房門，一時間竟然沒有勇氣去打開它。打開後裡頭是個什麼樣的慘狀，她不敢想，也不敢看。

天旋地轉中，她還記得萬萬不能讓沈玥和沈妙瞧見裡頭的模樣，若是被傳了出去，若是被傳了出去……她勉強擠出一個比哭還難看的笑容，「我方才問過了，清兒還在睡，咱們別等她了，先去用早齋吧！」

「二嬸真會說笑，方才都不知道大姐姐歇在裡頭，怎麼這會兒又說與大姐姐說過話了？莫不是大姐姐藏了什麼私？」

「沒有！」任婉雲矢口否認。

這般動作落在沈玥眼中，越發覺得奇怪。

沈妙目光一動，朝另一個走來的人影喊道：「桂嬤嬤，勞煩妳幫二嬸打開門。」

桂嬤嬤彎著腰走來，今兒她也是被吩咐著要早些過來的，此刻尚未瞧清楚眼前是個什麼場景，聽得沈妙這般說，還以為沈妙已經同任婉雲說好了，也是心虛加上有些愧疚，桂嬤嬤竟沒有瞧任婉雲的臉色，否則便能看清楚任婉雲此刻面如土色。

因著桂嬤嬤離那扇門近，任婉雲想要阻攔也來不及了，便聽見「吱呀」一聲，門被緩緩推開，從門裡迅速傳出一股耐人尋味的味道。

沈妙率先走進去，沈玥緊隨其後。

臥龍寺禪房的陳設本就簡單樸實，加之這還是被特意挑選過的屋子，一張大床就橫在屋中，連個遮掩的屏風都沒有，正因如此，屋中是個什麼情形，眾人一覽無餘。

沈玥首先驚叫起來。

但見地上散亂著衣裳碎片，是真的撕扯成碎片了，被子隨意的拋在一邊，茶壺、杯子，甚至是書本全都被掃落，碎了一地，彷彿經歷了一場浩劫似的。

然而最令人驚訝的不是這個。

床榻上的女子，寸縷未著，玉體橫陳，就那麼半趴在床邊，而脊背之上竟是滿布一條條滲著血的紅痕，手上、腿上還有咬痕及勒痕，實在是觸目驚心。

床下有一根沾了血的皮鞭，已經裂成了兩半。再看那女子身上的痕跡，可見那皮鞭是被生生打斷的。

「天哪！」沈玥捂著嘴步步後退，「那、那是誰？不會是大姐姐吧？」她驀地轉頭看向任婉雲。

沈妙既然說了和沈清換了屋子，此刻屋中之人就應當是沈清才是。而且眼前的一切都清晰地昭示著，沈清出事了！便是她一個未出閣的女子，都知道眼前這副畫面，分明就是女子被人凌辱後的痕跡！

桂嬤嬤也沒料到屋中還有人，瞧見眼前這一幕也是驚訝不已，難不成昨夜還有別的女子也一併被豫親王玩弄了。

若是那樣的話，她的差事可就辦砸了，可沈玥的一句話幾乎要讓她魂飛魄散，沈清？半趴在床邊，不知是生是死的女人竟是沈清!?

豔梅和水碧見沈清這樣，一顆心幾乎都涼了。自家小姐出了這事，她們定然沒有活路，兩人對視一眼，彼此都從對方眼中看到了絕望，齊齊跪下給任婉雲磕頭求饒。

任婉雲還呆立在門口。

「二嬸不上前看看嗎？」沈妙輕聲提醒，語氣平靜，好似並未瞧見面前這一幕慘狀。

任婉雲這才抬頭，就見沈妙靜靜的看著她，她胸中泛起驚濤駭浪，然而卻極快的按捺下去，臉色慘白的快步走進屋裡，走到那半趴在床邊的女子身邊。

女子的頭髮蓬亂，地上也有不少落髮，顯然是被人扯掉的。任婉雲顫抖的伸出手，將那女子擁入懷中。

「轟隆隆」的一聲巨響，彷彿在映證她的心情似的，那原本已經停了的雨突然再次降臨，堆積的烏雲中，炸雷驚起在眾人耳邊。

任婉雲痛苦的閉上眼，懷中的女子正是沈清！

越是近看，越是覺得觸目驚心。沈清的臉腫得老高，身上幾乎沒有一處是完好的，一隻手更是軟綿綿的呈現奇怪的角度，竟是被折斷了！

豫親王真的是太狠了！

然而她最恨的是沈妙，這一切本該加諸在沈妙的身上，現在卻是她的清兒替她受罪了。

被凌虐成這副模樣，沈清的下半輩子幾乎是完了，她恨不得咬斷沈妙的脖子，喝她的血，吃她的肉！

任婉雲到底在沈府當家多年，即便是這個時候，她都能按捺住沒有發瘋，只是抖著嗓子吩咐身邊的香蘭，「立刻收拾，下山回府。」

「可是……」香蘭害怕的看了她一眼，「夫人，外頭下著大雨，恐怕無法啟程啊！」山路本就崎嶇難行，被雨水這麼一沖刷，更是泥濘濕滑，若是強行下山，只怕會因為路滑出什麼意外。

「那清兒怎麼辦？」任婉雲終於抑制不住的尖叫出聲，「啪」的甩了一巴掌給香蘭，惡狠狠地道：「那我的清兒怎麼辦？」

沈妙在一旁靜靜的看著，原本該受這樣侮辱的，是她。如今讓沈清受這樣侮辱的，也是她。

置身事外的親耳聽著自己女兒被人凌虐慘叫一夜，任婉雲會不會覺得椎心刺骨的疼呢？會不會有她知道婉瑜病逝的消息後的痛呢？

如今想要帶沈清回城醫治，卻因為大雨而不得不滯留此地，進不能，退不得，春風得意的任婉雲，會不會感到絕望無助呢？

「去尋大夫！不管用什麼辦法，去尋大夫！若是尋不到大夫，妳便死在這裡吧！」任婉雲瘋了般朝香蘭大吼。

香蘭跟了任婉雲多年，第一次見她如此失態，既委屈又害怕，急忙應聲，離去前卻忍不住看了沈妙一眼。

明明一切都計畫好的，昨夜歇在這裡的本該是沈妙，怎麼會那麼巧？沈清從來不是一個好說話的人，如今對沈妙心存芥蒂，更不會答應與她換房間，此事必有蹊蹺。她瞧見素衣少女亭亭玉立，分明是清秀討喜的眉眼，卻不知為何，一股涼意從脊背升起。

「所有人都出去。」任婉雲咬牙切齒下令，「彩菊，把門關上，妳在外面守著。」

門被關上了，門裡門外彷彿兩個世界。

沈玥還未從其中回過神來，她看向沈妙，難以置信道：「五妹妹，大姐姐是被歹人凌辱了嗎？」

沈妙不置可否，豫親王果真只是打算玩弄，而非娶妃，所以天亮前便走了。他也明白對於高門女子來說，被不知名的人毀了名節才是最可怕的。

不過豫親王也不是傻子，不久後就能發現端倪。畢竟這齣掉包計，實在簡單的有些粗暴。

她兀自沉思，卻不知自己此刻的模樣落在沈玥眼中，竟讓沈玥心中抖了抖，「五妹妹，該不會是妳害大姐姐的？」

昨夜明明是沈清宿在南閣，沈妙宿在北閣，可最後卻偏偏換了房間，之後就出了這事。若不是換了房間，此刻躺在那裡的便應當是沈妙才對。而以沈玥對沈清的瞭解，沈清絕對不會將房間讓給沈妙的。

難道這一切都是沈妙弄出來的？沈玥看向沈妙的目光彷彿在看什麼極為可怕的東西。

卻聽見沈妙輕輕一笑，「二姐姐，飯可以亂吃，話卻不可亂說，我哪有那樣大的本事來害大姐姐，妳也太過高看我了。」

「可是……」沈玥心中還是有些狐疑，覺得這事必然和沈妙脫不了干係。

「與其操心大姐姐的事，倒不如擔心擔心妳自己吧！」

「我？」沈玥緊張起來，「我怎麼了？」

「妳以為看見了大姐姐這等私事，妳身邊這兩個丫鬟還能活命嗎？」

「什麼!?」

「看來二姐姐果真是不知世道險惡，這知道了主子祕密的下人，尤其是這等醜事的下人，妳以為還能活多久？」

沈玥身邊的書香和琴渺頓時面色慘白，她們自然是知道的，高門大戶最是不乏陰私腌臢事，一旦被下人撞見，下人只有死路一條，只有死人才能保守祕密。沈清被歹人凌辱，她們兩個都見著了，自然是沒有活路。

沈玥大驚失色，她方才只顧著驚訝，竟然將此事給忘了。倒不是她這人有多麼長情，而是培養一個貼身丫鬟，其中付出的精力也是不少的。若是因為此事就白白犧牲了，還是用得最稱手的兩個，怎麼甘心？

「不僅是她們兩個。」沈妙微微一笑，目光掃過在場的豔梅、水碧、桂嬤嬤，目光意味深長，「一個都逃不掉的。」

桂嬤嬤和豔梅、水碧頓時絕望的癱軟在地。

一人得道，雞犬升天，相對的主子不好，下人也一個都逃不掉。前世這些人為虎作倀，助紂為虐，如今也該付出代價了。否則一出手只傷一個人，豈不是太不划算了？

她轉身要走，沈玥見狀，忙喊住她，「妳去哪兒？」

「來臥龍寺不是為了上香嗎？我也有許多困惑，自然要去問一問佛祖，上炷香，才不算白來一遭。」

沈妙就這麼走了，冷漠的背影沒有絲毫停留，彷彿什麼事都沒有發生，一切都和計畫中的一樣，睡一夜，然後去上香，祈求平安。

「不對！」沈玥突然開口，「她的兩個丫鬟怎麼不在？」

今日沈妙一早遇到沈玥的時候，便說讓驚蟄和穀雨去廚房取吃食了，一直到現在都未出現，也正好避開沈清的事情。如今想想，哪裡有這麼巧的事，沈清和沈玥的丫鬟都目睹了醜事難逃一劫，偏偏沈妙的丫鬟一個都不在，分明就是她故意支開的。

她早就知道沈清會出事，沈清現在的下場，就是她一手安排的！

大雨到了晌午的時候，終於停了。

香蘭無法下山找大夫，只能去找僧人要了些定心神的藥材和外敷的傷藥給沈清用。

床上的女子雙目緊閉，任婉雲坐在床邊，不過短短幾個時辰，她彷彿衰老了十歲。

屋中的丫鬟們大氣都不敢喘一下，出了這麼大的事情，難保主子不會遷怒。

忽然，床上的沈清動了動，她忙低下頭，喚道：「清兒？」

沈清睜開眼睛，乍一看到任婉雲，便目露驚恐之色，「走開！不要，不要，放開我，放開我，救命啊！」

「清兒，我是娘啊！我是娘！不怕了，娘在這裡！」任婉雲心如刀割，沈清卻恍若不知，只是一個勁兒的奮力掙扎，嘴裡瘋狂地叫著。

香蘭和彩菊連忙上前幫忙按住她，沈清就像是發了瘋一般神智全無，連任婉雲都不認得了。

任婉雲面上頓生痛苦之色，不知所措的慘叫出聲，「啊！」

「夫人。」香蘭和彩菊心中又驚又怕，任婉雲一向是個有主意的，但凡發生什麼大事都能坦然處置，這麼些年見過的大風大浪也不少，如今卻是被逼到了這種地步！

過了許久，任婉雲才冷靜下來，「沈妙在何處？」

「五小姐在……在大殿。」彩菊小心翼翼回答。

「照顧好清兒，若是她再有什麼閃失，妳們兩個也就不用活了。」任婉雲轉身出了門。

✣ ✣ ✣

大殿裡，巨大的金身佛像巍峨矗立，慈眉善目的俯視著眾生信徒。

沈妙雙手合十，跪坐在蒲團上，卻不知在想什麼。

從早上到現在，她足足在這裡跪了三個時辰了。

「姑娘，還是起來歇一歇吧！」驚蟄勸慰，「佛祖一定瞧見您的誠心了，所求必然能實現。」

所求必然能實現？沈妙聞言，嘴角扯出一抹苦笑，她所求的，早已實現不了了。前世的錯誤，今生雖有機會重來，可在已經錯誤的人生中，那些逝去的人都回不來了。她的婉瑜，她的傅明，有機會重來嗎？怕是早已化作一縷輕煙，消失不見了。

況且，她並不是信徒。

沈妙抬頭看著那巨大的金身佛像，不過是一尊冰冷的雕像，並不可能真的拯救眾生。蒼天若是有眼，又怎麼會讓好人落得淒慘下場，壞人反倒逍遙自在？

她跪在這裡，拜的不是佛，而是前世死去的人，那些因她而死的人。

重生以來，她沒有任何機會和理由祭拜這些人，包括她的兒女，如今到了這裡，便也就著佛前的香火，祭奠死去的人。

「沈妙！」一個氣勢洶洶的聲音突然闖了進來。

真正的強者，不在於聲音的大小，而在於心中那份不為人知的隱忍。但世上的人，總是忍不住啊！

沈妙揉了揉發酸的膝蓋，站起身來，轉過頭，看著面前的任婉雲笑盈盈道：「二嬸。」

瞧見沈妙的笑容，任婉雲更是忍不了，疾步上前，揚起巴掌就要打在沈妙臉上。

預料之中的清脆響聲卻並未出現，沈妙用力抓住任婉雲的手腕，手掌堪堪停在她的面前。

「二嬸這般衝動，不知所為何來？雖說妳能替爹娘管教我，可不由分說的打人，只怕尋常人家也沒有這個規矩。」

任婉雲萬萬沒料到沈妙竟然會攔住她的巴掌，面前的少女身子纖瘦，握著她手腕的力道卻大得驚人。那個原本最是好哄好騙的堂姪女，不知什麼時候起，竟是逃出她的手掌心，甚至一個不留神還被她暗算了！

她不甘心地放下手，咬牙道：「沈妙，清兒的事，是妳做的吧？」

如今沈清神志不清，沒辦法知道事情究竟為何會變成這樣？可要說這事和沈妙無關，她是絕對不信的。不知沈妙是用了什麼法子，但是動了沈清，讓沈清變成這樣，她必定不會輕饒！

「大姐姐被歹人所害，我也十分遺憾，可是二嬸怎麼能懷疑我呢？畢竟若非和大姐姐換了屋子，那今日遇害的人可就是我了！這麼凶險的事情，我可做不來。」

那今日遇害的人，可就是我了！不說還好，沈妙一說此話，任婉雲更是怒不可遏，「那本就該是妳承受的，是妳讓清兒代妳受罪了！」

驚蟄和穀雨見任婉雲如此，心中又驚又怒。驚的是一向和善的二夫人撕破了臉皮，竟然如此凶殘。怒的是昨夜要不是沈妙機警，今日就是她們主僕三人沒有好果子吃了。可任婉雲居然還怪沈妙，這簡直是惡人先告狀，一點臉皮也不要了！

「二嬸萬萬不可這麼說，這還有佛祖在上呢！」沈妙輕笑一聲，眼波流轉間，彷彿有異樣的光芒，「這世上萬事萬物都是有定論的，昨夜出事的不是我是大姐姐，說不定也是命中註定的。二嬸一不去怪歹人，二不去怪天命，倒來怪我，這是個什麼道理？」

任婉雲幾乎要被沈妙氣吐血了，「你倒是伶牙俐齒，從前是我小看妳了。」

「哦，二嬸原來是這般看我的。」沈妙不甚在意的一笑。

任婉雲怎麼也想不到，她在後宅中玩弄手段多年，竟會栽在一個小姑娘手上，還是用這般慘痛的代價。

「沈妙，若妳是揣著明白裝糊塗，我也不妨老老實實的告訴妳。」既然都撕破臉皮了，任婉雲也不再做慈愛的假面，「妳以為這事就這麼完了嗎？老夫人不會放過妳，妳二叔也不會放過妳，那個人更不會放過妳。妳的下場，必然會比清兒悲慘幾萬倍，妳必然會千人枕，萬人騎，永遠淪為上不得檯面的賤人！」

「夫人慎言！」驚蟄和穀雨齊齊出聲，這任婉雲貴為沈府二夫人，沈貴好歹也是朝廷官員，任婉雲平日裡看著和氣高貴，竟然會說出這般惡毒粗俗的詛咒。便是仇人也不為過，沈妙如今年紀還小，便被這些汙言穢語汙了耳朵，那還了得？

任婉雲似乎這才注意到驚蟄、穀雨二人，冷笑一聲，「妳連兩個丫鬟都煞費心機的保了，我倒要看看，妳能保得了她們多久？」說罷，詭異的看了沈妙一眼，轉身拂袖而去。

待任婉雲走後，驚蟄和穀雨有些慌張的看向沈妙，穀雨擔憂道：「姑娘，就這麼和她撕破臉皮真的好嗎？」

「總歸是要撕破的，就算面上維持得再好，她也不會有絲毫心軟，白費力的事情，還做它幹什麼？」

後宮的生存之道，若是敵人，在明的，就讓他在明，在暗的，要想辦法讓他在明。她沒心思和任婉雲玩一齣表面和樂的遊戲，這場遊戲一開始就是暴風驟雨一般的，任婉雲如今已經被她氣得失了神智，接下來會如何，必然是瘋狂的報復。

「可是待回了府，老夫人必然是偏袒她們的。」

沈老夫人最偏愛的便是二房，不僅是因為沈貴是沈老夫人親生的，還因為任婉雲給沈貴生了兩個兒子。沈柏不必說了，如今在別地上任的二房長子到了年底，也是要回定京城的。有兩個孫子，沈老夫人怎麼不會偏愛二房。

況且任婉雲一張嘴把沈老夫人討好得暈頭轉向，待回去後還不全憑任婉雲怎麼說，誰會相信沈妙的話？

「偏袒就偏袒吧，本來也沒指望這些人為我做主。」

她的笑容落在穀雨眼中，穀雨鼻子一酸，突然道：「若真是如此，奴婢便拿了此事出去要脅，若是姑娘有什麼不好，奴婢就算拼了一條命，也要讓這件事傳告天下！」

「不錯。」驚蟄也神色一凜，「這傷敵一千，自損八百的法子雖然有些蠢，可到時候也必然不會讓他們好過了去！」

沈妙有些愕然，倒沒料到自己身邊兩個丫鬟還有這般魄力。詫異了一會兒，她反倒笑了。

是了，當初穀雨為了保護她，自己認下了偷盜皇宮玉器的罪名，被秦國太子處死了。驚蟄為了她拉攏權臣，以美色相誘自甘為妾，被那權臣的妻子活活杖責而死。她們兩人本就對她忠心耿耿，可惜前世，自己什麼都沒能給她們。

重活一世，說什麼也要護住這些丫頭。有些錯誤，犯一次就夠了。

「不必，這消息我原本沒打算傳出去，二嬸也不會讓傳出去的。」

「那這事豈不是要一直被捂著，可終究紙包不了火，大姑娘要是出嫁，自然會被發現的。」穀雨有些不解，瞞得了一時，瞞不了一世，除非沈清一輩子不嫁人，否則她一旦嫁人，清白之身不保的事情，誰都會知道了。

「所以他們一定會找個瞞天過海的方法，至於他們要對付我的手段，無非是找那個人幫忙。」

「那個人？」驚蟄追問，「那個人是誰？」

「自然是那個凌辱了大姐姐的歹人，妳們莫非以為，昨晚真是一場意外不成？」

驚蟄和穀雨身子一顫，雖然她們已經隱隱猜到了一些，可是卻不願意相信他們會這樣害沈妙，這手段實在太過惡毒了，一來就將人往絕路上逼。她們不相信沈妙會未卜先知，更不相信做出這種事情的是沈家二房。雖然知道東院的人心術不正，卻也沒料到會到如此境地，這種手段，分明是對付仇人的。

「姑娘，真的是二夫人命人做的嗎？」若只是一場意外，她們會慶幸昨夜沈妙躲過一劫，可若是故意的，對沈家二房便只有自作自受的活該了。

「可是姑娘為什麼說二夫人會找那個人幫忙，那個人……不是隨意找的嗎？」驚蟄有些摸不著頭腦。若是任婉雲隨意找個人汙了沈妙的清白，如今陰差陽錯，任婉雲不是應該恨不得殺了那個人，怎麼還會讓那個人來幫忙？

「因為那個人是豫親王。」

驚蟄和穀雨倒吸一口涼氣，之前不明白的事情，這會兒好像都明白了。若是那個人是豫親王，一切都說得清了。

之前便瞧豫親王好似對沈妙有意，可豫親王是什麼人，尋常女兒家見了面都要繞道走的。若是豫親王私下裡和任婉雲交易了什麼，任婉雲極有可能做出幫助豫親王凌辱沈妙的事情。

可是如今沈妙換成沈青，若是任婉雲將此事告知豫親王，以豫親王喜怒無常的性情，被人在眼皮子底下欺騙，必然不會放過沈妙。

「姑娘，那現在是否要給老爺寫信？」穀雨和驚蟄都慌了。豫親王，那是無法對抗的存在啊！

「無妨，沈清只是個引子，我要對付的，其實是豫親王。」

婉瑜啊，妳雖然有著公主的頭銜，卻不如草芥。前世娘什麼都不能為妳做，至少在現在，至少在這一世，那些欺辱過妳的，娘都會幫妳一樣一樣討回來。

此時的沈妙卻不知，她心中的打算，已經有人猜測到了。

在定京城外的某座樓閣裡，高陽把玩著手中盞杯，好奇道：「如此說來，沈家丫頭竟然和豫親王有仇，借著自家堂姐的手慢慢將豫親王拉進坑裡！這手段倒是高明，不過作為一個女子，未免也太過心狠了！」

「豫親王？」在他對面的謝景行揚唇一笑，「我看她想對付的，可不是豫親王。」

「不是豫親王？那是誰？」

「以豫親王為入口，殺入明齊皇室如何？」

而此時的沈府中，東院裡仍舊是一副忙碌的景象，下個月初三是老夫人的壽辰，沈老夫人喜愛鋪張奢侈，每每提前幾個月便要開始為壽辰做準備。而其中的花銷自然不小，中公的銀子都是任婉雲掌管，雖說任婉雲暗裡貪了不少，然而每年還是會將排場做足，以討好沈老夫人。

而寫請帖這事，就落在了三房夫人，才女陳若秋身上。

雖然已過中年，陳若秋仍舊保持著少女時的身段，許是書卷氣為她增添了不少氣度，看上去比之豐腴的任婉雲，陳若秋的容貌要更勝一籌。正因為她容貌美麗，性情溫柔，加之能吟詩作對，才把沈府三老爺沈萬迷得神魂顛倒的。成親多年，即便陳若秋無子，他既沒有納妾，也沒讓通房懷上孩子。

沈府的三位老爺，性情完全不同。大老爺沈信正直剛毅，可卻太過粗獷，不夠細心，有些一味重義氣。

二老爺沈貴善於逢迎，貪財好色，屋裡除了任婉雲外，還有好幾房妾室，只是任婉雲手段厲害，妾室雖多，卻只有兩個庶女平安出生，其中四姑娘沈東芸還在兩歲時就夭折了。

與沈貴相比，三老爺沈萬倒是有著真才實學的。他不好美色，可是卻將權勢看得太重，一心只想往上爬，為此甚至踩著下屬上位。

此刻，陳若秋正在寫帖子，日頭透過窗子，斜斜照在她身上，將她柔美的五官鍍上一層金光，沈萬瞧見了，不由得一笑，從身後將她環住。

「呀！」陳若秋嬌嗔道：「老爺這是做什麼，害得我這字沒寫好，白白浪費一張帖子了。」

「我瞧瞧。」沈萬裝模作樣的拿起那帖子一看，「字跡娟秀，就如同字的主人一般，哪裡就沒寫好了？」

陳若秋俏臉緋紅，沈萬見了，不由得心神一蕩。

即便是過了這麼多年，他這個妻子卻仍舊有一種吸引人的魔力，讓他看不到別的女人。這便是陳若秋的高明之處，沈萬喜愛什麼模樣的女人，她就變成什麼模樣。性子可以裝，衣裳可以換，投其所好就能立於不敗之地。

「二嫂今兒個該回來了吧？」陳若秋依偎在沈萬懷中，「也不知玥兒吃不吃得慣寺廟裡的東西？山路好不好走？有沒有顛簸著？」

「妳瞎操什麼心？二嫂總不會讓玥兒餓著凍著的。」見陳若秋還是一副憂心忡忡的模樣，不由失笑道：「妳總將玥兒當作孩子，別忘了，玥兒如今都到了可以出嫁的年紀了，那時妳待如何？」

「玥兒出嫁，我自然要為她挑一門十全十美的親事。門第和人品都要最好的，可不能像五娘……」她倏地住口。

之前沈老夫人與任婉雲商量，要暗中把沈妙送給豫親王，如了豫親王的願，從而扶持沈家二房與三房的事，回頭陳若秋就與自己的夫君說了。沈萬自然是同意的，他一生醉心於權勢，可無論怎樣往上爬，權力和名聲都不如沈信。

對於大房，他嫉妒多年，對於沈妙，更沒有一星半點兒感情。若是豫親王得了沈妙，高興了，在官場上提攜他，對於沈萬來說簡直是意外之喜。至於沈妙今後如何，下半輩子能不能好，沈萬一點兒也不關心。

「不知二嫂事情辦妥了沒有？」沈萬神情嚴肅起來。

陳若秋見狀，一顆心微微沉了沉。她知曉自己夫君從來將權勢擺在第一位，雖然對於大房陳若秋也不在意，可是對於女子來說，未免有兔死狐悲之感。

此次任婉雲突然提出要去臥龍寺上香，知情的人都知道這其中必然有什麼隱情。只怕這一次上山，再回來時，便能聽到沈妙的噩耗。

「放心吧，二嫂做事一向穩妥，不會出岔子的。」

「但願如此。」

兩人說著話，陳若秋身邊的貼身丫鬟詩情跑了進來，面上帶著些慌亂，「夫人，二夫人帶著三位姑娘回來了。」

瞧見詩情的表情，陳若秋倒是放心了許多，知道事情大概是成了。她微笑著與沈貴對視一眼，轉而換了一副關心的模樣，「三位姑娘可還好？有沒有累著？」

「不好，大小姐瘋了！」

陳若秋的笑容戛然而止。

第十五章　挑撥

一切就像是一個夢，井井有條的沈府，不過短短一日間，便亂成一團。

沈清瘋了。

二夫人任婉雲作為當家主母，雖然總是端著一張笑咪咪的臉，可那雷霆手段眾人都是有目共睹的。先不論她的人品如何，這麼多年，沈府在她手下沒出過什麼岔子，管家能力也是被眾人認可的。

然而這位遇事總是從容自若的高貴婦人，第一次在下人面前露出疲倦而瘋狂的神色。若非旁邊丫鬟，只怕別人還以為是不知哪裡跑出來的瘋婦。而她懷裡的姑娘，那便真的是個不折不扣的瘋子了，一直在尖叫掙扎。

雖然不知道是什麼原因，但是沈家大姑娘瘋了是真的，沈老夫人還下了死令，不准任何人提及此事。

最奇怪的是，沈清及沈玥身邊的貼身丫鬟，甚至是桂嬤嬤，全被關了起來。

如此一來，毫髮無損的，倒只有沈妙一人了。

榮景堂中，沈老夫人一張臉繃得緊緊的，一雙眼睛更是死盯著站在中間的沈妙，眼神如同毒蛇一般陰鷙。

明明計劃周詳，最後卻該出事的沒出事，不該出事的倒是出事了。只要一想，沈老夫人就胸口發悶，像堵了塊石頭。

陳若秋和沈萬坐在右下首，沈玥委屈的站在陳若秋身邊。之前便聽沈妙說過，想要保住書香和琴渺，只怕是很難了。

而任婉雲則跪在沈老夫人面前，沈貴今日衙門裡有事，還未回府，已讓小廝去請，自然是不知道自己的嫡女出事了。

「老夫人，您可要為清兒做主啊！」任婉雲哭得一把鼻涕一把淚。

沈萬都有些驚訝，這個一向最是端著架子的二嫂，如今這不管不顧的模樣實在是令人大開眼界，陳若秋心中卻有些快慰。

任婉雲老是仗著掌家之權不把三房放在眼裡，如今自己女兒出事了，還不是只有像條狗一樣的匍匐在地。

「五姐兒，我待妳視如己出，清兒也事事讓著妳，妳們是同根同源，血脈相連的姐妹，不說相互扶持，但妳怎能如此惡毒，妳可知道，清兒這一輩子算是被妳毀了，妳好狠的心啊！」

沈玥已將沈清被歹人凌辱的事情告訴了陳若秋和沈萬，榮景堂的下人也都被盡數屏退出去，所以任婉雲也不怕被人聽見了。

沈妙正要出言，突然聽得身後傳來一聲怒喝，「孽障，妳毒害姐妹，心如蛇蠍，該送妳下獄，凌遲處死！」

沈妙冷冷一笑，轉過身，面對著大踏步而來的男人。

她的二叔，沈清的父親，沈貴。

沈貴穿著官服尚未換下，大踏步的往廳中走來，想來是得知了沈清的消息後匆匆忙忙趕回來的。

任婉雲見狀，立刻哭得更加悲慘，「老爺……清兒她……」

任婉雲和沈貴之間的感情，倒不見得有多深，否則沈貴也不會將一個又一個的小妾往屋裡抬了。儘管如此，沈貴對任婉雲還是敬重的，不為別的，只因任婉雲能將沈府上下打理得井井有條，也能和沈貴同僚們的夫人交好，作為一個賢內助，沈貴對任婉雲相當滿意，所以該給的體面，沈貴絕對不會落下。

「沈妙！」沈貴怒視著廳中少女，任婉雲此次帶著三個嫡女上臥龍寺的原因，他是知道的。將三人都帶上，是為了防落人口實，誰知道出事的竟然是他的女兒沈清！來傳話的小廝告訴他，一切都是沈妙搞的鬼，雖然覺得不可思議，可如今總要遷怒一人。既然遷怒不上二房，那便將所有的罪責都推到大房身上。

「妳殘害姐妹，手段惡毒，今日大哥不在，我就替大哥好好教導妳！」他說著，大喝一聲，「請家法！」

請家法？陳若秋和沈萬互相看了對方一眼，自從陳若秋嫁進沈家，還從未見過這沈府的家法，聽沈萬說，家法都是用在犯了錯事的姨娘身上，對沈府的子孫倒還未用過。

而沈家是將門世家，那家法自然是不同尋常，小廝很快捧了一個長長的木匣子過來。沈玥好奇的瞧著，但待那長木匣子打開，見到裡頭的東西時，也忍不住倒吸一口涼氣。

那是一條長長的馬鞭，馬鞭也不知在什麼中浸泡了多年，看上去黑光油亮的，而且有成年男子半個手腕粗，一瞧便知道有多結實有力。若是被那馬鞭打上去，只怕半條命就沒了。若是下手再狠些，一命嗚呼也是輕而易舉的事。

「不錯，五丫頭犯了錯，你這個做弟弟的，自然該代替哥哥好好教導她一番。」沈老夫人見兒子回來，身板坐得更加筆直了，她對沈清到底也是存了幾分疼愛，見到孫女出事，心中不是不氣惱。既然沈貴發話，她自然也要順水推舟，「沈家治家向來嚴謹，犯了錯就該受到處罰。五丫頭，妳該慶幸妳二叔心善，心中疼妳，否則此事便不是請家法這麼簡單了，開祠堂請族中長老審判，妳是要被逐出沈家的。」說到這裡，她的目光突然一動，對啊，若是將沈妙逐出沈家，那不就好了嗎？

瞧見沈老夫人的表情，陳若秋心中暗罵一聲蠢貨。若是沈妙被逐出沈府，那麼以沈信的性子，肯定也要連著大房一起離開。雖然他們見不得大房好，可如今許多事情還是要借助大房的。這老太婆想得如此簡單，果真是個歌女出身，上不得檯面。

任婉雲聞言也一怔，大概猜到了沈老夫人心中所想，她倒是不希望沈妙被逐出沈府，不為別的，就因為不能這麼簡單就便宜了沈妙。她如今恨不得將沈妙留在沈府，這樣才能變著法兒的報復沈妙。況且將人逐出家族，哪裡是那麼簡單容易的事？

在眾人各自思量下，只聽得沈妙輕輕一嘆，轉頭看向沈貴，「二叔果然心善，大姐姐臥病在床，二叔不先急著去瞧她的病情，反而忙著替我爹管教我。二叔果真疼愛我，甚至超於大姐姐呢！」

此話一出，屋中眾人的反應均不相同。

陳若秋眼中閃過一絲諷刺，沈萬皺了皺眉，沈老夫人面色一變，沈玥張了張嘴，而任婉雲低下頭，暗自捏緊了雙手。

若說府上三個老爺，沈信雖然沒有將沈妙帶在身邊，卻是真心疼愛沈妙的。沈萬珍愛陳若秋，對陳若秋所出的沈玥也是如珠如寶，只有沈貴。

沈貴本來就是個貪財好色的人，大抵就沒有一點做父親的責任。對待兩個兒子還要好些，對於沈清這個女兒，卻是不怎麼在意。在沈貴眼中，沈清的價值在於日後嫁入高門，能為他的權勢增添一份助力。這一次沈清出事，沈貴之所以這麼生氣，並不是因為心疼女兒的淒慘遭遇，而是憤恨計畫被人打亂，恐懼豫親王知道後會發火，也惱怒因為沈妙白白賠上了一個日後可能為自己官途帶來助力的女兒罷了，總歸是一個「利」字當頭。

若是真心疼愛女兒的父親，知道此事後，必然先去探望女兒一番，哪能這樣匆匆趕回來，只是為了管教始作俑者。如此說來，她倒是有些可憐沈清了。

被沈妙一語道破心中所思，沈貴臉上閃過一抹尷尬，再看任婉雲，果然已經扭過頭去不再看他。沈貴心中有些驚訝，再看向沈妙時，目光便帶了審視，一句話便讓夫妻二人離心，這挑撥又準又狠，沈妙這手法，分明像是官場上的老油子。

壓下了心頭的驚異，沈貴怒道：「沈妙，妳到現在還不知反省，既如此，今日不好好教導妳，我便愧為人子，也愧對妳的父親。」他伸手去取了鞭子。

「二叔要如何教導我？用這鞭子殺人滅口，還是打個半死送到莊子上？」

沈貴的動作一愣。

其他人也都怔住，雖然察覺這些日子沈妙改變不少，可眾人一直覺得，那不過是裝出來的強硬，沒想到今日當著所有人的面，她不僅直接反擊，還給沈貴扣了一個大帽子！

「孽障，妳說的這是什麼話！」沈老夫人第一個出聲怒喝，「難不成妳要說妳二叔意欲謀殺妳？簡直反了天了妳！」

「是啊，五姐兒，妳怎麼能這麼說呢！」陳若秋也終於開口，卻是不動聲色的給火上澆了一把油，「妳害了清兒，怎麼還能倒打一耙，這是哪裡學來的規矩？」

陳若秋想，若是沈妙和二房兩敗俱傷，那她的沈玥便在這沈府是真正的如魚得水了。畢竟沈萬的權勢不及大房，子嗣不及二房，若不用些手段，在這偌大的沈府，他們三房怕是要看別人臉色過活了。

任婉雲哭泣著給沈老夫人磕頭，「老夫人您看，五姐兒便是這般恨咱們的！她害了清兒不知悔改，還要汙了老爺的名聲，這般囂張，分明是仗著大伯的勢欺負咱們！莫非這也是跟著大伯學的，五姐兒一個小姑娘哪裡懂得這麼多，定是身後有人教她這麼做的，我們與大伯相互扶持，大伯一家怎麼能如此相待啊！」

任婉雲倒是沒失去理智，直接將自己擺在一個弱勢的位置，她平日裡越是強硬，此刻展露出來的軟弱就越是讓人相信她所說的是真的。

可惜，她偏偏牽扯上了沈信。

龍有逆鱗，如今的沈信，就是沈妙的逆鱗。

她眸光掃過榮景堂的眾人，他們虎視眈眈，他們是一家人，他們能將黑的說成白的，死的說成活的。被他們包圍的自己，就像是一塊肥肉，落在餓狼的嘴邊。

可是這些巧舌如簧又能怎麼樣，後宮中那麼多能說會道的女人，最後留下來的有幾個，有多少又做了御花園繁花枝下的花肥？

「二嬸口口聲聲說是我害了大姐姐，那麼我想問一問二嬸幾個問題，二嬸可否為我解惑？」

任婉雲一愣，對上沈妙那雙清澈的眼睛，不知為何竟然有些心虛。可是再看周圍的人，便又放下心來，這裡全都是與她同一陣營的人，沈妙又有什麼本事顛倒乾坤？

「妳問吧！」

「好。」沈妙唇角一勾，「在臥龍寺，二嬸與大姐姐同住北閣，依照大姐姐身上的傷勢合理判斷，當時必定是努力掙扎呼救了，二嬸怎麼會沒有聽見呢？或者是聽見了，卻因為太疲乏所以並未出去瞧一瞧？」

「我……」任婉雲張口就要反駁。

沈妙卻不給她機會，繼續道：「當然，也許二嬸根本就未聽到呼救，為什麼呢？自然是因為大姐姐根本沒有呼救。大姐姐為何不呼救，莫非和那歹人是認識的嗎？」

「妳胡說！」這一下，任婉雲再也忍不住，尖利的打斷了沈妙的話。

沈貴和沈萬到底是男子，心思不如女子細膩，這些後宅中的事情尚且也想得不多。可陳若秋和任婉雲幾乎是立刻便明白過來。看向沈妙的目光中充滿驚懼，自然是前者是驚，後者是懼。

沈妙這話說得可怕，是啊，任婉雲和沈清同住北閣，若是沈清呼救，怎麼可能聽不見。若是聽見，又為何不前去瞧一瞧？莫非任婉雲是故意的？任婉雲自然不會故意害自己的女兒，可當時住在那裡的原本應當是沈妙。任婉雲沒理由加害親生女兒，卻不是沒可能去害堂姪女。沈妙就這麼直接的說出來，任婉雲心中那些隱密的計畫便不加掩飾的攤在眾人面前。

而她設想的另外一種可能，沈清根本沒有呼救，那是為什麼？只可能是沈清與人私通！

「我倒以為此事疑點頗多，二叔倒不如將我送到衙門，好好審一審，我定會將我所知道的事情原原本本的告訴大人，由大人定奪，說不準連那歹人是誰都能知道呢！」

「不行！」任婉雲和沈貴齊齊開口拒絕。

任婉雲說不行，自然是怕橫生枝節。若是沈妙將方才那番話說出去，明眼人都能瞧出其中的貓膩，她想謀害堂姪女的真相根本瞞不住，屆時別說沈清，她也沒臉活了。

沈貴說不行，卻和任婉雲想的南轅北轍，他只怕此事牽連到了豫親王。如今豫親王好容易因為沈妙可能提攜於他。本來這件事情就辦砸了，豫親王若知道沈妙與沈清互換，必會勃然大怒，要是再被牽連進來，給豫親王平白招惹麻煩的話，只怕他的官途就到頭了。

所以方才還氣勢洶洶的夫妻倆，異口同聲的阻止了沈妙的提議。

「那二叔覺得該怎麼辦？」沈妙目光掃過沈貴手上的長鞭，漫不經心的問道：「還要請家法嗎？」

屋中人靜默了一瞬，沈妙這是明晃晃的威脅啊！

彷彿為了印證眾人心中的驚訝似的，沈妙輕聲笑道：「二叔若堅持要動用家法，我也沒辦法，不過我向來是個倔脾氣，那歹人要我背了不屬於我的罪名，待父親回來，我也定會到衙門伸冤的。」

她的言外之意就是，今日沈貴打了她，日後等沈信歸來，她必然會告上一狀，甚至會攛掇著沈信去衙門上告，說是告歹人，誰知道她最後告的會是誰呢？

「二叔，您這家法是請還是不請？若是要請，就請快些。」沈妙清澈的眸中笑意點點，話裡帶著若有若無的嘲諷，「畢竟這麼多人，我也是逃不了的。」

簡直將榮景堂的一干人說成以多欺少的渾蛋了。

沈貴萬萬沒想到，他自認在官場上，見人說人話，見鬼說鬼話，任何情況都能應付自如，卻沒料到今日被自己的堂姪女威脅了。他倒不是完全想不出法子來應對，只是沈妙從頭到尾根本未曾給他反應的機會，一直都是沈妙在說，越到後頭，鋒芒越厲，最後倒讓他毫無還手之力。

沈萬目光中也閃過一絲詫異，他這二哥可是官場上出了名的老油子，就算是那些政敵都不曾將他逼得這般狼狽過。而將他逼到這種境地的，不過是一個十五歲的小姑娘！大房果真是如此堅不可摧嗎？

「妳……」沈貴臉皮都有些發紅了，今日本就是一時氣怒之下的作為，在他心中，沈妙仍然是那個蠢笨好騙的姪女。今日就算挨了打，日後連哄帶嚇，她也不敢將事情說出去。誰知道沈妙不知何時變成了刺兒頭，不僅沒有逆來順受，反而反將他一軍，讓他下不了臺。

若非忌憚著沈信，沈貴真的恨不得現在就宰了沈妙。

一直坐在堂上沉默不語的沈老夫人見兒子被逼到如此境地，雖然惱怒，但也不得不先按捺下來，沉聲道：「夠了！」

廳中又是一肅，眾人看向沈老夫人。

「五丫頭，妳二叔說的有理，只是念在妳年紀尚輕，這家法便也算了。不過此事也算因妳而起，從今日起，妳便日日在祠堂裡跪著抄佛經贖罪，什麼時候大丫頭好了，什麼時候妳再出來。」

竟是要將沈妙一直關下去的意思了！

沈玥聞言有些失望。她還想看沈妙被家法抽得下不了床，或者是被驅逐出家族呢！誰知道只是不痛不癢的關禁閉，要知道沈信就快回來了，屆時沈妙的禁足令自然會解開，到時候不是一切還跟從前一樣。

任婉雲也有些不滿，可沈妙方才的那幾句話震得她現在都不敢輕舉妄動，此刻也是心裡亂成一團，想不出更好的法子。雖然對沈老夫人的話頗有怨言，卻也知道這是權宜之計，便只能先隱忍下來。

「知道了，我會在佛祖面前，好好替大姐姐『贖罪』的。」沈妙的語氣分明是溫和的，可不知道為何，硬是讓人聽出了一種千迴百轉的感覺。

如今沈妙說的每一句話，似乎都有著別的含義，任婉雲不禁起了一身雞皮疙瘩。她不知道該說什麼話，便又只能捂著臉抽泣起來。

「行了行了！」今日沒有拿捏住沈妙，沈老夫人已經頗為不悅，再看任婉雲哭哭啼啼的，心中更是煩悶，「老二，將你媳婦扶回去，一個當家主母這般哭哭啼啼的像什麼話！其他人也都回去，五丫頭，妳現在就去祠堂裡跪著，今天的飯也別吃了！」

眾人依次告退，沈妙倒也沒在此事上計較太多，出了榮景堂，便往西院走去。

卻不知道自己身後，眾人的目光都落在她身上。

沈萬沉沉道：「五娘果真是長大了。」

「是啊！」陳若秋勾起唇角，「五娘這一次，可真的令人大開眼界。」

「娘，我覺得五妹妹有些可怕。」臥龍寺她那波瀾不驚的神情，暗中讓沈清吃了這麼大一個虧還能全身而退，饒是沈玥也感覺到了一絲恐懼。她竟不知，那個從來好說話又蠢笨的堂妹什麼時候有這樣的本事了？

「玥兒怕什麼？」沈萬摸了摸沈玥的頭，分明是慈愛的神情，說出來的話卻是陰沉沉的，「不過是個小丫頭，不知天高地厚，遲早會付出代價的。」

而沈妙乖乖聽話，走進了沈家的祠堂。

沈家是武將世家，先祖們在馬背上為沈家打下了繁盛的家業，可惜到了這一代，沈家也是貌合神離，離敗落不遠了。

沈老將軍那一輩其實最初人丁是很興旺的，可惜在一次戰爭中，他的幾個兄弟陸續戰死沙場，只有沈老將軍一人活了下來。沈老將軍生了三個兒子，偏偏只有一個是走武將的路子。如今沈府表面上還是繼承著原先的榮光，可是除了威武大將軍沈信，倒成了一個不折不扣的文臣世家，說起來也是諷刺。

「姑娘，反正沒人看著，您坐下歇一歇吧？」

驚蟄和穀雨也跟著進了祠堂，沈妙擔心任婉雲背地裡動手腳，雖然之前在臥龍寺她故意支開驚蟄、穀雨，讓兩人逃脫被滅口的命運。可偌大的沈府，人人就各自心懷鬼胎，倒不如放在身邊，任婉雲的手再長，也不敢明著在她面前動手。

「便是腿不麻，這地濕氣也重。」驚蟄忍不住抱怨，「這麼一直跪著，落下病根可怎麼辦？再說了，他們根本是惡人先告狀，待老爺回來了，看他們還敢……」

「妳少說兩句。」穀雨責備的打斷她，「若是被人發現，吃虧的還是姑娘。」

沈妙笑了笑，不甚在意。

「不過今日也算是出人意料了，他們一個鼻孔出氣，姑娘身邊連個人都沒有，卻毫髮無傷走出榮景堂，雖說跪祠堂也很糟糕，可是比起奴婢心頭想的，已經好很多了。」

進榮景堂興師問罪之前，沈妙是沒有帶丫鬟進去的，所以沈妙的丫鬟們都不知道裡面發生了什麼事。

「姑娘定是一人說服了他們一屋子人，面對那麼多人尚且不怕，姑娘如今是越來越有老爺的風範了。」穀雨也是滿心的佩服。

那麼多人？沈妙心中失笑，不過是一個小小的沈府，不過是一些上不得檯面的跳梁小丑。當初傅修宜要改立太子的時候，群臣都站在楣夫人和傅盛那一邊，她的傅明那時幾乎被軟禁，她也是一個人穿著皇后的朝服，站在金鑾殿上，與滿殿的朝臣爭辯。

只是最後她仍是沒能保住自己的兒子，這一次她才會選擇不擇手段。

殘忍？無情？狡詐？虛偽？卑鄙？這些都沒關係，只要刀尖對準的是敵人，只要倒下的是對手，所有的罪孽她願意一個人承擔。

先祖的牌位就在面前，沈妙閉上眼睛，雙手合十，心中默念：馬背上的先祖，倘若你們英靈仍在，請賜給我最利的箭和最快的馬，保佑我手刃仇敵。

默念完睜開眼，就瞧見穀雨眨巴眨巴眼睛看著她，從懷中掏出一個紙包來，「姑娘，奴婢這兒有些點心，您好歹吃一點吧！」

沈妙倒不會因為沈老夫人下令便真的禁食，接過紙包，打開一看，不由得一愣，「這是……」

「這是奴婢在臥龍寺姑娘房間裡發現的。」穀雨撓了撓頭，不好意思道：「奴婢覺得丟了也是可惜，就偷偷帶回來了。」

沈妙看著精緻小巧的點心，這是謝景行和她夜談的時候留下來的。這麼想著，彷彿又看到雨幕之中，少年英氣逼人的俊臉。

謝景行……沈妙沉吟，他究竟是個什麼樣的人呢？

而在彩雲苑裡。

大夫剛走，喝過安神藥的沈清已經睡著了。

即便看過了好幾遍，但每當看到沈清身上的傷痕時，任婉雲依舊覺得心如刀絞。那大夫是自己人，自然不會說出去，而他也明確的告訴任婉雲，沈清身上的傷太重了，並且神智已經不清醒，怕是要好好將養些日子。至於為何不清醒，自然是被嚇成這樣的。

在那一夜，沈清究竟遭受了什麼樣的折磨，任婉雲不敢想。那一夜她就住在附近，一直聽著沈清的淒厲慘叫與呼救，可是她以為那是沈妙便駐足不前，結果生生讓自己女兒被凌虐至此。只要一想起這些，任婉雲就悔得腸子都青了。

沈貴看了一眼床上的沈清，似乎覺得極為頭痛，轉身就要走。

「站住！」任婉雲叫住他，「清兒如今都成了這副模樣，你還要去那些狐狸精院子裡嗎？」

沈貴好色，屋中姬妾成群，各個貌美溫柔，但任婉雲厲害，將那些妾室收拾的服服貼貼。加之沈貴知道，只有任婉雲能讓他的官路走得更順遂，便不會做出寵妾滅妻的事情來，所以平日裡任婉雲也懶得管他。男人嘛，都是一個德行，妾室不過是玩物，她何必與之計較。

可是今日，她卻有些反常。

「妳不要這般無理取鬧好不好？」今日他被自己的堂姪女堵得啞口無言，豫親王那邊日後還不知會是個什麼局面，會不會遷怒於他？想到這些，沈貴便煩悶得要命，這時候再看到沈清的樣子，更是火上澆油，「我留在這裡也沒用，倒不如讓我清靜一下，想想接下來該怎麼辦？」

「你就只知道考慮自己！」任婉雲一改往日顧全大局的樣子，尖聲叫起來，「清兒在你眼中究竟是什麼？她如今成了這副模樣，你這個做爹的卻是不聞不問，什麼也不管！在你心中，怕是根本沒有清兒這個女兒，世上怎麼會有你這樣狠毒的爹！」

話一出口，連任婉雲的兩個貼身丫鬟香蘭和彩菊都愣住了。平日裡任婉雲總是泰然自若，便是沈清在臥龍寺出事，她也能強撐著主持大局。至於和沈貴，更是從沒說過什麼重話。如任婉雲這樣理智圓滑的人，今日竟如潑婦一般和沈貴吵架，實在是讓人難以置信。

任婉雲也不知道自己為什麼會這樣？看見沈貴這副模樣，沈妙之前在榮景堂說的那些話又迴蕩在她耳邊。

沈貴得知沈清出事，想到的第一件事不是查看沈清的傷勢，而是去管教沈妙，這擺明了沈貴根本就不在意沈清的死活，或許沈清對沈貴來說，也不過是一個有價值的器物，從前因為有價值所以願意養著，如今沒了價值，便不願再多看一眼了。

沈妙的挑撥，在榮景堂收到的成效甚是低微，卻終於積累到了現在，轟然爆發。

沈貴如今在官場上也是經常被人奉承的，哪裡有過被人指著鼻子大罵的時候，只是他心中雖然惱怒，卻也知道不能和任婉雲徹底撕破臉，便冷笑道：「妳說我不是好父親，那妳呢？妳可是個好母親？清兒是妳帶去臥龍寺的，本該是由妳照顧。妳就在她身邊，卻讓她在妳的眼皮子底下出了事。妳若是真心疼愛她，怎麼會沒有發現出事的是清兒呢？」

沈貴這話，根本就是在任婉雲心口上戳刀，傷口上撒鹽，令她整個人都呆立原地。沈貴見她不說話了，冷哼一聲，轉身拂袖而去，也不知去往哪個小妾的院子了。

任婉雲呆呆的立了片刻，突然雙腿一軟，癱倒在地，捂著臉，小聲哭泣起來。香蘭和彩菊心中又怕又驚，從來沒見過主子這般模樣。如今的任婉雲可以說是一敗塗地，哪裡還有半分從前的春風得意。

也不知哭了多久，任婉雲抹了抹眼睛，重新站起身來，「拿紙筆來，我要給垣兒寫信。」

沈垣，沈府二少爺，二房長子，任婉雲的大兒子，如今在柳州赴任，只待任期一到，便該回京為官了。

如果說三房裡，沈玥是最值得驕傲的，二房中，沈柏年幼，沈清到底資質不佳，沈垣卻是得天獨厚。年紀輕輕便考取功名，步入仕途，就是沈貴也十分重視這個兒子。

「爹靠不住，總歸還有哥哥的。」任婉雲看了一眼床上睡著的沈清，咬牙道：「垣兒最疼愛妳這個妹妹，沈妙那個小賤人，這一次我定要她為自己的所作所為付出代價的！」

香蘭連忙小跑著去拿紙筆，任婉雲就吩咐彩菊，「將沈玥的那兩個丫鬟灌了啞藥還給秋水苑，今後如何處理讓陳若秋自己看著辦。至於清兒的那兩個丫鬟，護主不利，自然是罪無可恕。讓她們就這麼死了，倒是便宜了她們，給我賣到九等窯子裡去，也讓她們嘗嘗被人凌虐的滋味。」

彩菊忍不住打了個寒顫，窯子和花樓可是不一樣的，花樓中姑娘可以選擇賣藝或者賣身，窯子裡的姑娘可全都是做皮肉生意的。而九等窯子又是所有窯子中最下等，所接待的客人全都是最粗魯的下等人，正因為是賣苦力的下等人，那些人自然不懂什麼憐香惜玉，有些甚至極為粗暴。而且窯子裡姑娘，除了來月事那幾日之外，每天都得從早到晚不停接客，得了的銀子也不是自己的，直接交給老鴇。若是哪一天得了花柳病，連藥都沒得吃，直接一張蓆子捲了扔出去，活活凍死、餓死、被狗咬死，都是很尋常的事情。

所以一般會被賣到九等窯子裡的，都是犯了不可饒恕的大錯，可豔梅和水碧在這事上，其實是無辜的，況且她們自小就跟在沈清身邊的，這麼多年沒有功勞也有苦勞，沒想到會落得這麼一個下場！

「奴婢知道了。」彩菊雖然同情，卻不敢替她們求情，免得遭受池魚之殃，「那桂嬤嬤呢？」桂嬤嬤其實老早就向她們投誠，所以說起來算是彩雲苑的人。

任婉雲低頭冷笑一聲，「那夜裡究竟發生了什麼事，我倒是不知，如今想來，還得好好問一問桂嬤嬤，畢竟她才是知道全部來龍去脈的人。」

✣ ✣ ✣

沈府後院最偏僻的角落，有一處廢棄的柴房，裡頭瀰漫著一股腐朽的氣息，而且這間柴房曾經關過無數人，那些人都是沈府犯了錯的人，有主子也有奴婢，那些人的下場都不太好，共同處就是在這裡關上一陣子，就會悄無聲息的消失在沈府中，彷彿不曾出現在這世上一樣。

此刻柴房中，正發出一些詭異的聲音，似乎是有人在奮力掙扎，而腳踢到了什麼東西，還有壓抑的叫聲。

燈籠被隨手放在一旁，昏黃的燈火下，更顯得柴房陰氣森森。兩名身材高大粗壯的婆子正分別掐著兩名丫鬟的下巴，將手中瓶裡的東西拼命往丫鬟的嘴裡灌。

兩個丫鬟不停的掙扎，可惜瘦小的身材在婆子手裡如小雞似的，根本抵擋不了。也不知過了多久，兩個丫鬟終於停止了掙扎，捂著自己的脖子表情痛苦。

「送去秋水苑吧！」婆子命令身後的小廝，兩個小廝進來將兩個丫鬟拖了出去。

婆子又指向另外兩個丫鬟，「這兩個也拖出去，不過夫人特意關照過，總歸是要賣到那等地方的，你們若是喜歡，可以先樂一樂。」

兩名小廝聞言，立刻目露垂涎之色，再看那兩個丫鬟，面上只剩下絕望了。

兩個婆子見收拾得差不多了，便起身要往外走去。

「夫人有沒有吩咐老奴該怎麼辦？」黑暗的角落裡突然撲出來一個人，抱住其中一名婆子的腿，「老奴該怎麼辦？」

那人不是別人，正是桂嬤嬤。

「嬤嬤別心急呀！」那婆子把桂嬤嬤的手從自己腿上扳開，陰陽怪氣道：「夫人如此看重嬤嬤，必然是會為嬤嬤做最好的打算，且等著吧！」說完，頭也不回的離開了。

屋中頓時又陷入了一片黑暗，桂嬤嬤縮在角落，單薄的衣裳根本無法抵禦夜裡的寒冷，然而比身上更冷的是心。一同關進來的四個丫鬟，沈玥的丫鬟被人灌了啞藥，也不知能不能活下來。沈清的丫鬟直接被賣到了九等窯子，任婉雲的手段如此狠辣，讓她不禁為自己的下場而擔憂起來。

桂嬤嬤不認為任婉雲會輕易讓自己好過，因為她不僅目睹了沈清的醜事，還在這件事中扮演了一個重要角色。本來害的是沈妙，最後卻是沈清被糟蹋了，任婉雲這樣的人，怎麼會輕易饒過她。

正想著，外頭突然傳來腳步聲，在夜裡顯得格外清晰。

桂嬤嬤身子一僵，恐懼的看著門的方向。

門後面是誰？是任婉雲派來滅口的人嗎？抑或是她還有一絲生機？

腳步聲不疾不徐，卻如同催命符一般擊打在桂嬤嬤心上，額頭上冷汗直冒，身體直打哆嗦。

吱呀——門被推開了。

來人手裡提著一盞碧色的燈籠，燈籠的顏色本就顯得有些詭異，在這裡更如索命的惡鬼一般。桂嬤嬤顫巍巍的抬起頭，只見門口立著一個籠罩在白色斗篷中的人，她逕自走了進來，緩緩關上門。

屋中便只有那盞綠瑩瑩的燈籠，散發出鬼火似的光。而來人也終於鬆開斗篷，露出一張清秀白嫩的臉，正是沈妙。

全九冊，未完待續

國家圖書館出版品預行編目資料

將門毒后／千山茶客 著 . -- 初版 .
-- 臺北市：東佑文化事業有限公司，2025.5
冊；　公分 . --（小說 house 系列；696）
ISBN　978-986-467-500-5（第 1 冊：平裝）

857.7　　　　　　　　　　114004142

小說house 696 > 將門毒后・卷一

作者：千山茶客
美術總監：T.Y.Huang
美術編輯：賴美靜
企劃編輯：江秋阮
發行人：黃發輝
出版者：東佑文化事業有限公司
地址：103022 台北市南京西路 61 號 5 樓
電話：02-2550-1632
傳真：02-2550-1636
E-mail：tongyo@ms12.hinet.net
網址：http://tongyo.pixnet.net/blog
劃撥帳號：18906450
戶名：東佑文化事業有限公司
登記證：行政院新聞局局版台業字第 5360 號
法律顧問：黃玟錡律師
出版日期：2025 年 5 月初版一刷
定價：290 元

書店總經銷：旭昇圖書有限公司
地址：235026 新北市中和區中山路二段 352 號 2 樓
電話：02-2245-1480　　傳真：02-2245-1479
出租總經銷：華中書局
地址：108056 台北市萬華區長泰街 34 號
電話：02-2301-5389　　傳真：02-2303-8494

阅文集团 | 本書由閱文集團授權出版
原著作名／重生之將門毒后